エルハーム姫が肩に乗せた
ラムリヤの頭を軽く撫でる。
まあ……冒険者達が
森に入っていることから考えても、
それほど強力な魔物はいないのだろうが。
この調子で探索を進めていくとしよう。
境界迷宮と異界の魔術師
13
小野崎えいじ
ONOSAKI EIJI
鍋島テツヒロ
ILLUSTRATION
Ashrey
男爵家当主兼テオドールの婚約者
アシュレイ＝ロディアス＝シルン
Ramliya
ナハルビア旧都で出会った魔法生物
ラムリヤ
Elham
バハルザード王国第2王女
エルハーム＝バハルザード

Theodor
異界の魔術師
テオドール＝ガートナー（マティウス）

侵食が部屋全体に及び、
椅子や机までが脈打つ肉の塊になって――
家具が文字通りに牙を剥いた。
四足の獣のように床を右に左に蹴って、
先程まで椅子であった
肉の塊が躍動して飛び掛かってくる。
「来い――」

「それじゃあ、私は楽師代わりということで」
ラミアの冒険者
イルムヒルト
Irmhild
世界の秘密を知る少女
クラウディア
Claudia

境界迷宮と異界の魔術師 13

Boundary Labyrinth and magician of alien world

著／小野崎えいじ
イラスト／鍋島テツヒロ

13

前回までのあらすじ

Summary of Boundary Labyrinth and magician of alien world

炎熱城砦の最奥・火の精霊殿にて封印されていた宝珠を入手し、メルヴィン王へ託したテオドールたちは、魔人を信仰する“デュオベリス教団”の聖地を調査するため、南方へと出立。目指すは砂漠の王国・バハルザード王国であった。

道中、怪しげな集団を発見したテオドール。バハルザード王国と、その統治下にある遊牧民の間に不和の種を蒔くことがその集団の目的であると見抜いたテオドールは、バハルザード王国第2王女・エルハームに助力を申し出、これを退ける。一件落着かと思われたが、テオドールは後に知る。この事件の裏で糸を引いていた人物こそが、グレイスの両親を死に追いやった仇敵であることに……

登場人物紹介

Boundary Labyrinth and magician of alien world character

シーラ

獣人。あまり感情を顔や口に出さないが、その耳や尻尾は雄弁。

アシュレイ

若くしてシルンを治める才女。兄は討魔騎士団エリオット。

グレイス

テオドールの従者にしてダンピーラの少女。得物は鎖付の両刃斧。

テオドール

その実力と実績から異界大使の任に就いている少年。前世の記憶を保有している。

クラウディア

月神殿にて崇められている、月女神その人。

ローズマリー

稀代の人形師にして薬師。魔力糸を戦闘に用いることもある。

マルレーン

エクレールやデュラハンなどの召喚獣を従える少女。

イルムヒルト

ラミアの少女。弓の名手であると同時に、リュートの名手。

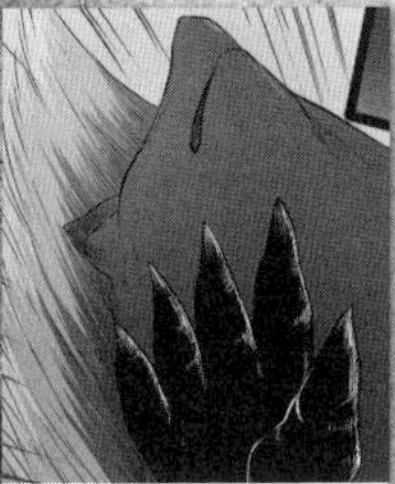

コルリス

巨大土竜。ステファニアの使い魔であり、鉱石が好物。

アドリアーナ

シルヴァトリア第１王女。炎の魔術を繰る明朗快活な少女。

セラフィナ

音を操作することができる、家妖精の少女。

ステファニア

ヴェルドガル王国第１王女。アドリアーナは無二の親友。

境界迷宮と異界の魔術師 13
Boundary Labyrinth and magician of alien world

Contents 目次

第139章　幻惑の森　005
第140章　執念と覚悟　021
第141章　古き罪　043
第142章　地下都市の空で　067
第143章　メルンピオスの再会　092
第144章　星の欠片　112
第145章　晩秋の境界都市　135
第146章　2人の鍛冶師　153
第147章　兄妹の出自　179
第148章　暗躍の痕跡　204
第149章　公爵家別邸にて　229
第150章　夢魔の宴　250
番外編　続・迷宮と大土竜　286

第139章 幻惑の森

破壊されたナハルビア王城跡の探索も一通り終わり、そこで出会った魔法生物――トビネズミのラムリヤが仲間として加わったところで、みんなでシリウス号に乗り込み、まずは予定通り空から森を見てみるということになった。

森……植生としては密林という印象だ。魔人崇拝のデュオベリス教団には聖地と呼ばれているらしい。教祖の正体が最古参の魔人であったために魔人達《たち》と何か関係がある……と見ての調査というわけだ。

南方の冒険者から情報収集をしてみると……森の奥に進むとどうしても迷って外に出てしまう、というものや、何やら怪しげな人影を見たというものがあった。

そうした噂《うわさ》を確かめる意味でも操船は俺が行う。周囲の状況を把握して地図を作れば、噂の真偽もはっきりするだろうというわけだ。

光魔法で姿を消したシリウス号が浮上する。森へ向かう冒険者達の姿を眼下に見ながら彼らと同じ方向へと飛行船を進めていく。

外壁を越えて、森に差し掛かった途端――。

「テオドール。これを見て」

と、クラウディアが方位磁石を見せてくる。方位を示す針がぐるぐるとせわしなく回っていた。

「予想はしていたけど……迷うわけだ」

方位が分からなくても適当に彷徨《さまよ》っていれば外縁部に導かれてしまうのであれば、森から脱出する分には心配いらないのかも知れない。自分の位置を見失っても森の外縁部をぐるりと歩けば拠点には戻れるという寸法だ。

事実、そのようにして森で得た物資を担いで拠点に戻る冒険者達の姿も上空から確認できた。外縁部は草原だから砂漠を歩くよりは気温も凌《しの》ぎやすくなるだろうし、食料や飲み水も上手《うま》くすれば確保できるだろう。冒険者達も上手く森の特性を利用しているようだ。

そのまま森の上空を進む。やはり樹冠の密度が高く、森の中の様子は空からでは窺《うかが》い知れない。まずはこのまま森を縦断してから外縁部を一周して、緑の生い茂る範囲がどれだけ広がっているのかなど、縮尺模型を作ることで大体の地形を把握させてもらうとしよう。

方位磁石がないから方向感覚は狂ってしまうのだろうが、外部モニターの水晶板から見える旧都の位置を目安にすれば大まかには問題がないはずだ。

そのまま進んだところで、グレイスが尋ねてくる。

「ん……船の進行方向を変えましたか？」

「いや。ちゃんと旧都を目安に進んでるし進行方向は変えていないはずだけど……あれ？」

んん？　ナハルビア旧都を置く方角を間違えていた……か？　シリウス号の進む速度を緩めて、状況を確認する。

——いや、待て。何か違和感がある。旧都から出てきてまず森を縦断するのだから……街を背負うように進んでいればいいのだ。

だからこの位置関係で間違いがない……はず。そんな単純なことで、悩む理由なんてないのに。何か間違っているような、妙な違和感があった。

見ればみんなもどこか腑《ふ》に落ちないような、怪訝《けげん》そうな表情を浮かべている。

「……マルレーン。祝福を」

俺が言うと、マルレーンがこくんと頷《うなず》いて祈りの仕草を見せた。更に精神防御の光魔法まで重ね掛けする。

「進む方向は間違ってない、はずなんだ。この違和感自体が森にある結界の効果だとするなら納得がいく」

対策を取ったからか、先程まであった違和感が薄れていく。

「ああ。確かにこれは厄介ね。方位磁石も役に立たない。感覚まで狂わされるとなれば……森の中では、自分がどこにいるか分からなくなるでしょう」

ローズマリーの言葉に頷く。

勘に従っても駄目だろうし、理詰めで進もうとした場合も認識を惑わされて外に連れ出されるという寸法だ。

俺達がすぐに気付けたのは、遠くまで見通せて自分の位置を見失わない空からだったからだろう。シリウス号の進む速度や人員の多さも関係している。

急激に違和感が強くなったうえに、人数が多いので結界の影響に個人差まで出て、逆にこちらの認識を惑わしているという手札が浮き彫りになってしまった。

これが森の中だったらと考えた場合、探索しながら進むとなれば何が起こっているかも分からないだろう。

件の冒険者グループはどうやって奥に進んだのだろうか。

例えば……星の位置を確認して方角を見るとか？　どちらにしろ認識が惑わされていることに気付けなければ森の中央に向かって進むことはできまい。

間違っているかもと思いつつも、どこに行けば良いかも分からずに森の中を彷徨うとなったら、精神的な負担の大きな探索になることは間違いない。

「どうする？」

シーラが尋ねてくる。

「予定通りだよ。このまま一旦森を真っ直《す》ぐ突っ切って、外周に沿って飛ぶ。地図を作ることからかな」

地図の上に書き記す事柄が増えたぐらいだ。この森は方位磁石を狂わせるほかに、認識阻害の……恐らくは結界が広がっている、と思われる。ならば、その結界の範囲がどこからどこまでなのかを大まかに調べることで、更に探索範囲を絞り込むことができるだろう。地上探索はそれからということになる。

◆◆◆◆◆

外周部分をシリウス号で巡って森の広さと形を検分。縮尺模型に地図として作り出す。

更に認識阻害に対して月女神の祝福で防御する組としない組を作ることで、どのあたりで違和感を覚えるか、どのあたりに差し掛かれば違和感が消えるかを、森の上空を往復して割り出していく。

その結果として――大まかな探索範囲を決めることができた。

「こんなところかな」

立体模型を見ながら言う。

「お疲れ様です、テオドール様」

「ん。ありがとう」

アシュレイが持ってきてくれたお茶を飲みながら、更に結界内部――探索範囲を拡大した模型を作る。

結界の範囲は楕円《だえん》を描いているが……このあたりは感覚頼りで割り出したところもあるので誤差が出てしまうのは仕方がないだろう。

ここから結界内部に間違いないと思われる場所を、幾つかのブロックに分けて順繰りに探索していくという計画だ。ブロックごとに分けて探索し、マスを潰していくことで、捜索範囲の漏れや無駄をなくす。

シリウス号は探索ブロック中央付近上空に待機。討魔騎士団をブロックの四隅に待機させて、迷ったかなと思ったら樹上に出てシリウス号を確認すればシリウス号と騎士団達の位置関係から自分のおおよその居場所が分かるという寸法だ。

「では、楕円の中央付近から始めましょうか」

探索班はパーティーメンバーと、アウリア、エルハーム姫という形になるか。

船で待機する側は主に監視役となる。基準点になっている騎士団員が攻撃を仕掛けられた際に、援軍や救助を送るような形で……つまりは前線基地となってもらうわけだ。

◆◆◆◆◆

「すまぬな、お主ら」

降下しながらアウリアが言うと、枝葉が独りでに掻《か》き分《わ》けられるように森の中に降りるための道を作ってくれる。そのまま空いた空間の中に飛び込んで、地上へと舞い降りた。

森林特有の濃い空気。湿度が高い。鳥や虫、動物の鳴く声がどこからか響いてくる。植生、森の様子は熱帯雨林のそれとでも言えば良いのか。

……対策せずに長時間行動をするとそれだけで体力を消耗させられるな。まずは探索班の面々を風のフィールドで防壁を作って囲い、虫や蛇、ヒルなどから身を守ると共に快適な温度、湿度を維持することから始めよう。

「ありがとうございます」

魔法を行使するとエルハーム姫が礼を言ってくる。

「いえ」

みんなに魔法をかけながら、周囲を見やる。大きなシダ植物やヤシの木など、北方では見ることのない植物が多いようだ。

極彩色の鳥が飛び立っていくのが見えた。生態系も、外の砂漠とはまるで違うようである。

このあたりは既に森の奥ということになるはずだ。冒険者の探索範囲外だから人の手が入った様子も見られないが……アウリアがいると茂みの深いところは枝葉が避けてくれる。後は空中移動を組み合わせれば、割合苦労せずに探索ができそうだ。

「よし——行け」

魔力を宿らせたバロールを樹上に飛ばし、俺達と共に移動させることで地上班と空中班の間で、互いの位置関係を分かりやすくする。

「……動物が多いわ。そこかしこにいるのね」

周囲の温度差を探っていたイルムヒルトが言った。となると生命感知の魔法も役に立たないかな。片眼鏡も森全体を覆っている微弱な魔力のせいで情報過多という感じだし。

「分かった。全部把握するのは大変だろうから、こっちに迫ってくるような動きをする者がいないかを警戒してくれればいいよ。ただ……噂話《うわさばなし》にあった人影には体温や臭い、音があるか分からないから探知能力だけを過信しないこと」

「了解」

「分かったわ」

「はーい」

シーラ、イルムヒルト、セラフィナの3人が頷く。

「では儂《わし》も契約精霊を、互いの位置が分かる程度の距離に広げて探索していくとしよう」

「よろしくお願いします」

「精霊達には何か怪しげな建物を見たことがないかと聞いてみたが、低位の精霊は自我が希薄で要領を得ん。契約精霊以外からの情報は期待できぬと思ってくれ」

「広範囲探知に枝葉避けをしてくれるだけで充分助かってますよ」

「ふうむ。そう言ってくれると嬉《うれ》しいがの」

と、アウリアは相好を崩すのであった。

では……ジャングルの探索といこうか。

◆◆◆◆◆

「変わった植物が多いわね……」

あたりを見回しながらローズマリーが言う。探索しながらも植生が気になっているようである。気にはなっているようだが調査優先ということで採取などはしていないようだ。

「解決したら珍しい植物を集めていくのも良《い》いかもね。温室なら育てられるだろうし」

「それは良いわね。終わった後の楽しみが増えるわ」

ローズマリーは楽しげに笑う。

とは言え食用や薬の原料であるとか……或《あ》るいは観賞が目的であっても、知識がなければ集めるのは慎重に行いたいところだ。有用な植物は冒険者達も採取しているだろうから、旧都の市場で情報を得てからというのが良さそうだ。

「ヤシの実を持ち帰るのは楽しみ」

「うむ。あれは良いものじゃな」

と、テンションを上げているシーラとアウリアである。

……まあ、ヤシの実やらバナナのような分かりやすいものなら良いんだがな。

カドケウスを平面的に広げるように放って、広域を調査していく。ラヴィーネやエクレール達も横に広がるように展開して、何か怪しい物がないかを探っている。

茂みの深いところはアウリアが干渉してくれているようで、独りでに枝葉が掻き分けられて見通しが利くようになっていった。

アウリアの干渉に驚いたヤマネコのような動物が茂みの奥に逃げていく。

粘着性の触手を操って虫を直接捕らえて食べる大きなウツボカズラであるとか、背中に花を咲かせているヤシガニのような生物、ターコイズブルーの巨大キノコ、きらきらと輝く鱗粉《りんぷん》を撒《ま》きながら飛んでいく蝶々《ちょうちょう》等々……奇妙な動植物が多いな。魔物なのかそうでないのかも定かではない。

「ん……何かこっちに向かってくる」

「上ね」

と、そこでシーラとイルムヒルトが同時に足を止めて上を見上げた。

「どうやら……猿の魔物のようじゃな」

どうやらアウリアには精霊が警告してくれるようだ。注意を促してくるが、アウリアの索敵能力はかなり高いと言えよう。

枝から枝に渡ってくるそれは――ああ。知っている魔物だ。グライドエイプと言われる猿の魔物。合計4匹。どうやら小規模な群れのようだが……。

「グライドエイプ。空を滑空できる猿だ。牙と足の鉤爪《かぎづめ》に注意」

と、簡潔に注意を促す。

脇にムササビのような被膜を持っていて滑空が可能なのが最大の特徴である。

だが、冒険者が遭遇したという人影ではあるまい。名前を呼び合って連携するような習性はないはずだ。

その荒れ狂ったような顔には、凶暴な魔物特有の気配がある。滑空しながら牙を剥《む》いて、こちら目掛けて迫ってきた。

「邪魔です」

シールドを蹴って突っ込んだのはグレイスだ。闘気を纏《まと》った斧《おの》が一閃《いっせん》されるとグライドエイプが2つになって落ちていく。そのグレイスの速度と破壊力に、他のグライドエイプ達の統率が乱れた。

「ラムリヤ！」

そこにエルハーム姫の肩に乗ったラムリヤが、飛んでくる猿の顔面に砂を浴びせかけていた。目潰しなどという生易しい代物ではない。鼻や口から入り込んで喉を塞ぎ、窒息させようというわけだ。顔面に纏わりついた砂は引っ掻こうが何をしようが引き剝がしようがない。砂で顔面を塞がれた猿が、もがきながら木立にぶつかって墜落していく。

続いて3匹目、4匹目。砂を避けて舞い上がろうとしたところをエクレールの雷撃に打たれ、最後の1匹はイルムヒルトの矢で額を貫かれて地面へと落ちていった。

「あっという間じゃな」

アウリアが感心したように頷く。

「このぐらいの魔物ならば。ラムリヤもかなり強いようですし」

エルハーム姫が肩に乗せたラムリヤの頭を軽く撫《な》でる。

「迷宮に慣れてると魔物の襲撃が少なく感じますね」

と、アシュレイ。

「普通の魔物は大挙して攻めてこぬし、別の種族との協力や連携も普通はしないからのう。迷宮が特殊なのじゃ」

確かに。頻度にしろ数にしろ、迷宮のほうが多いのは確かだ。これが迷宮なら更に2、3波は魔物の攻撃があるだろう。まあ……冒険者達が森に入っていることから考えても、それほど強力な魔物はいないのだろうが。この調子で探索を進めていくとしよう。

◆◆◆◆◆

1つのブロックを探索し終えたら、次のブロックへ。探索範囲を隣へ隣へと広げていく。

森の中には水が流れているところもあった。これは川なのだろうが……流れが緩やかでマングローブが自生していて緑に覆われているので上からでは川の位置が分からなかったというわけだ。というか……何やら自力で歩いているマングローブもいるな。

木の魔物の類なのだろうが、こっちを襲ってくる様子は見られない。ただ、ああいう魔物までいるとなると、ますます森の中の風景は信用がおけない。ここでは目に見えるものを目印にすべきではないな。

「む……」

アウリアが風の精霊の声に耳を傾けて頷いている。アウリアに伝言した風の精霊は再び飛び去っていった。こうやって斥候を行えるわけだ。

「この少し先に、大きな水場があるようじゃな」

「水辺はもっと詳しく調べてみましょうか。森に誰かが住んでいるなら、水源の確保は重要ですから」

「足跡が見つけられるかも知れませんね」

「ん。頑張る」

みんなと共に精霊の知らせてくれた水場へと向かう。

そこもマングローブが生い茂る場所であった。

……泉か。地下から水が湧いているようだな。澄んだ水を湛《たた》えている。どうやら森を流れる川の水源となっているようだな。早速シーラが水辺を調べて回る。

「動物の足跡はたくさんある」

そう言いながらシーラは水辺をぐるりと一周して見て回るつもりのようだ。ならば俺は、水辺の中心付近を調べるとしようか。

水面を移動しながらあちこち見ていると、なにやら水中の深いところにぽっかりと開いた穴を見つける。人が余裕で入っていけそうなぐらいの穴だ。

……なんだこれは。水中洞窟、か？

「テオドール！　何か来る！」

その時、シーラの警戒するような声が聞こえた。木から木へと。幹を蹴って反射を繰り返しながら何か小さな人影のようなものが高速で迫ってくる。

金属の煌《きら》めき。一旦右に飛んでから反射して――こちらに向かって突っ込んでくる。風切り音。その一撃を背中側に回した竜杖《りゅうじょう》で受け止めた。

果たしてそいつは――片刃の剣を携えていた。

峰打ちで俺の意識を刈り取るつもりだったらしい。視線と視線が一瞬交差する。フードの下から一瞬垣間《かいま》見《み》えたその顔は、確かに子供の顔をしていた。

身体《からだ》の向きを入れ替えながら振り払うよう杖を振るうと、その勢いに乗るように後ろに跳んだ。空中で一回転しながら枝の上に留まるようにして、俺から距離を取る。

相当身が軽い。しかもこの身のこなしと、今の打ち込みの重さ。普通の子供とは思えない。妙な波長の魔力を持っているな。魔人……ではないようだが。

「魔術師が今の一撃を杖で止めるなんて……」

初撃を止められたことが予想外だったというわけだ。だが動揺も一瞬。剣を構え直した。フードから覗《のぞ》いているのは僅かだけだが、口をへの字に曲げて……決然とした表情を浮かべているのかも知れない。

噂の出所の冒険者達もこの者達に奇襲を食らったようだが……話が正しいとなると最低でもあと2人はいるはずだが——。

「あと2人！　近付いてきてる！」

イルムヒルトが言う。カドケウスの視界にも木立の間に見え隠れする2人の小さな人影が捉えられている。1人は外套《がいとう》を纏った黒色の影。もう1人も外套を羽織っているが、その隙間からリボンとスカートが見えた。それぞれが揃《そろ》いの外套を羽織っている。

こちらを包囲したということなのか、一定の距離を取りながら円軌道を描きつつ、右に左に、幹から幹を蹴って跳び回っている。

「戦いに来たわけではないのです！　話を聞いてくれませんか!?　私は、ナハルビア王家縁のものです！」

エルハーム姫が言った。剣を持った子供はそれには答えずに仲間に呼びかける。

「シグリッタ、マルセスカ。気を付けて。多分この人達、強いと思う」

「……分かったわ」

「シオンも気を付けてね」

風に乗って、そんな声が聞こえた。……問答無用でこちらの排除優先か。

黒マントは魔道書のようなものを手の平の上に浮かべている。独りでに開いたページから、インクが溢《あふ》れ出すように黒い液体が空中に浮かんで——大きな鳥や犬、蜂などに姿を変えていく。

もう1人は杖の両端に鞘《さや》が付いたような、特異な形状の武器を手にしている……鞘の下は両端とも刃物になっているのだろうか。

そしてシオンも。殺すつもりはないのだろう。剣の刃を返すことをしない。峰打ちに拘《こだわ》っているように見えるな。

1つだけ確認しておきたいことがある。

「森の咎人《とがにん》達」

そう言うと、シオンがぴくりと反応する。

あまり腹芸は得意じゃないようだな。だが構えは解かない。ますます戦意を漲《みなぎ》らせているように見えた。

「無理矢理戦わせられている……なんてことは、ないよな？」

「侮辱する気ですか？　これは、僕達の意志でやっていることだ」

と、若干、怒気を含んだ声が返ってきた。

侮辱。それは森のどこかにいる主達を尊敬しているからか、それとも自分達の行動に矜持《きょうじ》を持っているからか。

注意深く見ていたが、片眼鏡にも不自然な魔力の反応は見えなかった。揺さぶりをかけてやれば、精神操作系の術が施されていたなら妙な反応もあるだろうと思っていたが。

感情的になっても魔力の流れ自体は自然ということは、言葉に嘘《うそ》はないと見ていいだろうか？

「違う。勘違いなら済まなかった。彼らに聞きたいことがあるだけなんだ。彼らに危害を加えるつもりはない」

「信用する材料がありませんし、理由も聞きたくありません。知っていて奥まで来たのなら、気絶させてお引き取り願うだけでは駄目になりました。ここでの記憶は奪わせてもらいます」

などと言っているが……。交渉の余地はあると見た。

要するにこちらを排除することが不可能だと明確にしてやれば、後は向こうの主張を通すためには否が応でも俺達と話をするしかないのだから。

案内は頼めなくとも、何故《なぜ》邪魔をするのかだとか、理由ぐらいは聞くことができるだろう。

第140章　執念と覚悟

本から生み出された動物達《たち》が、黒マントの術者を中心に陣形を作った。

……数が多いな。こちらを逃がさないための備えであり、数としての不利を補う目的か。

「……魔力はあるが生命反応はないみたいだ」

本の力によるものか黒マント自身の術によるものかまでは分からないが、動物達の動きには独自の意志が感じられない。使い魔でも魔法生物でもなく、術式で制御された代物だろう。

あのインクの獣達は術者の制御で統率された動きをするのか、命令1つで術式によって予《あらかじ》め定められた動きを自動的に行うものか。或《あるい》いはその両方を切り替えられる可能性もある。

「分かりました。では、私達は迎撃に回ります」

グレイスとデュラハン、イグニスは俺の言葉を受けて迎撃を選択したらしい。

後衛から少し離れた位置で正面と左右に陣取るように立ち塞がる。重量級の武器を持っているために乱戦で皆を巻き込まないように。そして連中を直接相手取ることを避けるためだ。

手加減が難しい部類の武器だが、代わりにインクの獣達への迎撃目的なら思う存分振るうことができる。

「私は前に出るね、シグリッタ」

「……援護する」

黒マント――本を操るほうがシグリッタで、両端に刃が付いた特殊な形状の剣を持つほうがマルセスカか。

前に出てくるつもりのマルセスカはシーラが抑える形になるだろう。木の幹を蹴って跳んだマルセスカに合わせるようにシーラも横へ跳んでいく。

「エルハーム殿下！　アウリア様！　私の側へ！」

「はい！」

「うむっ！」

数に対抗するためにアシュレイがディフェンスフィールドを展開する。マルレーン、クラウディア、ローズマリーにイルムヒルト、セラフィナ、アウリアにエルハーム姫と。防御陣地を中心に、後衛は後衛として互いの背中を守る形の構えを見せた。

「……行きなさい、お前達。まずは……前に出てきた人達を片付けてから」

そして――シグリッタの静かな声に従って、動物の群れが動き出す。包囲するように上下左右に展開するが、後衛に対してはすぐに攻撃を仕掛けては来なかった。包囲して逃がさないことを優先しているのだろう。

代わりに、シグリッタの直接制御を受けたのであろう獣達が左右に展開しながらグレイス達目掛けて迫っていく。

グレイスの赤く輝く瞳が細められ、闘気に輝く斧《おの》が唸《うな》りを上げると、上下から時間差で突っ込んできた鷹《たか》と狼《おおかみ》がそれぞれ縦横、真っ二つにされていた。切り裂かれた途端インクに戻るように黒い染みとなって虚空に消える。

1匹1匹の強さはそれほどでもないようだが、数が多い。それにやはり、シグリッタによって統率されているのだろう。

グレイスの攻撃の重さや速度を見て取ったシグリッタは眉を顰《ひそ》めた。浮かんでいた本のページが捲《めく》られて、獣達の動きが変わる。真っ直《す》ぐに前衛に突っ込むのではなく、微妙な距離を取りながら死角から攻めてくるような戦法を選択したようだ。

「ラヴィーネ！」

それに対してアシュレイ達が弾幕を張ることで、死角に回り込むことを防ぐ。

「こちらにも来よるか！」

応じるように獣達の一部が後衛に向かって迫っていくが、アウリアの使役した風の精霊に巻き上げられて木立に叩《たた》き付けられ、クラウディアの黒い茨に搦《から》め捕られて身動きできなくされる。

シグリッタもシグリッタで、こちらと狙いは同じなのだろう。捕らえられた獣は即座に制御を放棄して黒い染みにしてしまう。代わりとでも言うように新手を本から生み出していた。

前衛と後衛に対して同時に牽制《けんせい》と分断を行うことでシオンやマルセスカに攻撃が行かないよう、1対1の状況を維持できるように獣を動かしているようだ。つまり、1対1の戦いに自信があるのだろうが、それはこちらとしても望む形である。

マルレーンもソーサーを防御的に使っているし、ローズマリーも状況を窺《うかが》いながら無理にシグリッタまでは切り込まず、距離を取って牽制することで応戦する構えのようであった。

そして――木立を蹴って突っ込んでいくマルセスカと、迎え撃つシーラの影が激突。武器と武器のぶつかる剣戟《けんげき》の音を打ち鳴らした。

マルセスカのそれは——舞い踊るような動きと言えば良いのか。身体《からだ》と武器を独楽《こま》や風車のように回転させ、両端の刃を操って切れ間のない斬撃を繰り出す。

シーラも両手に鞘《さや》に収めたままの真珠剣を握ってそれと切り結ぶ。下方から掬《すく》い上げられるような一撃をシーラが右の剣で弾《はじ》き返せば、反動を利用するように上方向から肩口に刃が降ってくる。左剣で迎撃。弾かれるようにお互いが後ろに跳ぶ。即座に反転して突っ込むシーラと、二度、三度と木を蹴って方向転換しながらシーラに向き直って突っ込むマルセスカ。

両者とも速度を活《い》かして戦うタイプなのか、空中から地上、地上から空中へと戦う場所を目まぐるしく変えながら高速で武器を叩《たた》き付け合う。どうやらシーラの幻惑的な動きを、目で見て付いていっている様子だ。姿を消しての一撃にも反応するのは勘の良さかそれとも魔眼のようなものを持っているのか。

シーラも消費魔力を節約するためか、マルセスカ同様に木の幹を蹴って突っ込んだりしている。

「なかなかやる」

「凄《すご》いっ」

シーラの短い言葉と、マルセスカのどこか楽しげな声。

「やれやれ。マルセスカは……ちゃんと目的分かってるのかな？」

俺と対峙《たいじ》するシオンは、マルセスカの様子に眉を顰めた様子だが……俺から視線は外さずにいた。

「目的があるなら、是非聞きたいんだけどな」

「僕は答えない、と言いましたよ」

シオンが虚空に剣を振るうと三日月形の軌跡がその場に留まるように残る。斬撃の軌跡だけをその場に残して、同時にシオンが右斜め上へと跳んだ。木を蹴って鋭角に軌道を変えると突っ込んでくる。

と、その次の刹那、空中に留まっていた三日月の斬撃も僅かに時間をずらしてこちらに迫ってきた。

上に跳んで飛来する斬撃から身をかわす。当然、本体と斬撃は先程まで俺のいた場所に突っ込むことになるが——シオンは自分が一度飛ばしたはずの斬撃を刀身で搦め捕ると、軌道を変えて真上にいる俺目掛けてもう一度放ってきた。

身体を回転させて飛来する斬撃から身をかわす。見た目は斬撃に見えるが、峰を用いているからか、性質も打撃に近いもののようだ。やり過ごしたそれは枝をへし折って樹上へと突き抜けていく。

身をかわしながら、シールドを蹴ってシオン目掛けて突っ込む。シオンもまた近接戦闘に応じるように突っ込んできた。

ウロボロスと剣の峰を叩き付け合うように交差させる。逆さになったままシールドで踏ん張ってシオンを弾き飛ばす。シオンはフードの隙間から覗《のぞ》いた目を丸くしながらも、こちらの振り払う動きに乗るように後ろに跳ぶ。そして木を蹴って真横に反射しながら、また先程のように斬撃を飛ばしてきた。

斬撃といっても、闘気の類とは違う。魔力。そう。何やら不思議な波長の魔力をそのまま固めて飛ばしているような印象だ。イルムヒルトの光の矢に近いかも知れない。となると性質も食らっていいかどうか、怪しいものだ。

何かしらの追加効果があると考えて、極力触れないように対処するほうが良《い》いだろう。杖《つえ》でもシールドでも受けずに身体のぎりぎり紙一重で滑らせるように避けてシオンを追う。

「おかしな動きを！」

シオンはそう言いながら、シールドを自分の足元に展開して、その場に踏み止《とど》まった。

こちらと同じ空中機動の方法を行えるのかと思ったが――それこそ即席の見様見真似《みようみまね》なのだろう。やりなれない制御のためか、シオンの身体がシールドごと少し沈んだ。

その隙を見逃さず、大上段からウロボロスを振り下ろす。剣を真横に構えてシオンが受ける。既にシールドの制御に応用を利かせたか。沈み込んだ身体がしっかりと固定されていた。そのまま――空中で互いに踏み止まって斬撃と打撃の応酬となった。

袈裟懸《けさが》けの一撃を、斜めに構えたウロボロスで逸《そ》らして首に向かって回し蹴りを放てば、シオンは魔力を集中させた左拳で振り払うように迎え撃つ構えを見せた。激突する寸前、蹴り足にシールドを展開して左拳とぶつける。激突と同時にシールドごしに蹴り足から魔力衝撃波。

「なっ!?」

シオンの左拳が弾き飛ばされる。こちらも弾き飛ばされる反動に合わせ、掬い上げるようにウロボロスの一撃を放つ。が、シオンもまた合わせるように空中で宙返りをしていた。薄皮一枚掠《かす》めるように回避すると、シールドを蹴って木の幹目掛けて飛ぶ。

もうシールドを足場として操れるようになったか。大したセンスと運動神経の持ち主だ。魔力の規模と出力は分からないが制御能力はかなり高いと見える。そして3人とも……魔人が使う飛行術は持っていないらしい。

互いに木立の間を縫うように、木の幹とシールドで反射を繰り返して杖と剣とをぶつけ合う。

「行けっ！」

一瞬距離が開く。シオンが拳を握ると、空中に残していた無数の斬撃の軌跡が、四方八方から衝撃波となってこちらに飛んできた。

いくらでも留め置けるうえに好きな方向に発射できるというわけだ。正面――シオンのいる方向へと岩の塊を放って相殺。弾ける欠片《かけら》に対してシールドを展開しながら突破し、最短距離を突っ切る。すぐ背後で左右から飛んできた斬撃と斬撃がぶつかって爆《は》ぜる。

シオンが後ろに飛びながら見たことのないマジックサークルを展開。と――シオンの身体が2つに分かれて左右に飛んだ。ミラージュボディではない。片方はシオンの本体。もう一方はシオンの影。ミラージュボディのような幻影ではなく、どちらにも実体がある。影が蹴る木の幹が揺れた。鋭角の軌道を描いて反射。挟み込むように突っ込んでくる。

「ネメア！　カペラ！」

キマイラコートから咆哮《ほうこう》を上げて獅子《しし》と山羊《やぎ》が飛び出して、分身を迎撃。俺は本体を迎え撃つ。シオンの斬撃をウロボロスで受け止める。片手で受け止められる威力の斬撃ではないが、そこは同時にシールドを展開してウロボロスを支える。真っ向から受け止められて動きを止めたシオンに、至近から低級の風の弾丸を撃ち込んだ。

「くっ！」

それをシオンは空いた腕で受け止め——身体ごと後ろに押し下げられる。遅れて影も跳び退《すさ》った。

影の魔法はそれなりに高度な術式のようだ。影と滞空させている斬撃波の制御、そこに攻防のためのシールドを加えて、魔法の並列処理が間に合わなくなったというところか。

「信じられない。外の世界にはこんな人がいるなんて……」

距離が開いたところで……シオンが剣を鞘に収めて留め金で固定する。諦めた、というわけではない。そのまま構える。影もまともに動かしても通用しないとなった途端に消した。

剣を鞘に収めた理由は明白。刃、峰、切っ先。全て使わねば斬撃の方向が限られるために剣技も限定されてしまうというわけだ。冒険者を相手にした時は峰打ちで事足りていたということなのだろう。だから、ここからがシオンの全力とも言える。

シオンの表情は真剣そのもの。執念か信念か。こういった手合いは、決して油断できない。何をしてくるか分からないからだ。何が……そこまで彼らを突き動かすのか。

「理由ぐらい、聞かせてほしいんだが」

「……ナハルビアの人なんて……みんなに会わせたって悲しませるだけです。だから、帰ってもらわなきゃ駄目なんだ」

「それは、シオン達の主が言ったことなのか？」

「言ったでしょう。僕達が勝手にやっていることだって」

なるほど。記憶を奪うと言っていたが、それもシオン達の持ち物ではなく、咎人達《とがにん》の所有する品というわけだ。だからシオン達にとっては最後の手段であり、追い払った冒険者には使わなかったのではなく、使えなかった。

「無明の王が魔人達の盟主を復活させようと暗躍していると聞いても？」

「無明の王……？　誰ですか、それは」

ああ。それは俺達の側の呼び名か。

「30年以上も前にナハルビアを滅ぼした奴《やつ》だよ。けれど咎人達が、何かの理由で自分達を森に縛っていることも知っている。だから無明の王とは袂《たもと》を分かっているんだろう。本当に……危害を加えに来たわけじゃないんだ。わざわざ喧嘩《けんか》を売りに来る理由がない」

そう言うと、シオンは目を閉じる。

「僕達はあの人達が戦いに巻き込まれるのが嫌なだけなんです」

それが理由か。そうやって、彼らを守ってきたと。俺達の言葉が本当であるという確信がなければ通すわけにはいかないと。ならば――。

「別に、事情を聞くのはシオン達を通してでも良いんだがな」

「僕達が負けたならお約束します」

「お前達が勝ったら？」

「必要な情報を伝えて、不必要な記憶、不都合な記憶だけ消します。方法は……その時になったら考えます」

……そうか。

「分かった。約束する」

守ろうとしているものがあってずっと動いてきたというのなら、負けたぐらいでは踏ん切りは付かないだろうさ。

だが、悪いがこっちだって退けない。咎人達に不都合な情報であっても、俺達にとっては必要不可欠な情報である可能性がある。

そしてシオン達は、ギリギリのところでどうしたって彼らを庇《かば》おうとするだろう。だから主導権は、渡せない。

距離を取って剣を構えたシオンが、大きく息をつく。そして真っ直ぐにこちらを見据えてきた。

「行きます――――！」

「来い！」

シールドを蹴って最速最短の距離をシオンが突っ込んでくる。引かずに迎え撃つ。

斬撃からの高速の切り返しと刺突。先程にも増した猛烈な速度。前髪を掠っていく切っ先。傾けた首の頬の僅か隣に鞘が突き込まれる。

体内で魔力を練り上げながらウロボロスで打ち合う。行き過ぎたら即座に反転、反射して激突。木々の間に無数のシールドを残しながら低級魔法の弾丸と斬撃波をばら撒《ま》く。高速ですれ違いながら互いの先を読むように弾幕を張って相手の動きを阻害しながら突っ込んでいく。

「影よ！」

シオンの咆哮《ほうこう》。マジックサークルが展開して分身の一部――つまり剣を握る腕だけがシオンの身体から現れた。薙《な》ぎ払うような一撃を見舞ってくる。ネメアの爪で受け止める。逆方向からシオン本体の剣が迫る。こちらも大きく引いたウロボロスによる薙ぎ払いの一撃で迎撃。寸前、シオンは歯を食いしばって剣を手放し、影でネメアに摑《つか》みかかっていた。

ウロボロスによる胴薙ぎの一撃を食らうことは覚悟の上の捨て身。キマイラコートと竜杖《りゅうじょう》の動きを抑えようという構えなのだろう。こちらもマジックサークルを展開する。

木立の間から時間差で斬撃波がこちらに向かって突っ込んでくる。シオンの空いた手の平にも魔力の輝き。シオンの狙いは明確だ。俺の動きを止めて全方位から斬撃波を叩き込み、自爆覚悟の攻撃を敢行しようというのだろう。

交差と衝撃。斬撃波の激突による爆発。俺もシオンも、動きを止めていた。

ぐらりと、シオンの身体が崩れる。落下しそうになるシオンの身体を抱える。

シオン本体からの一撃は多重シールドで止めている。逆に、ウロボロスを手放した俺の掌底が、シオンの顎先を捉えていたというわけだ。

シオンの失敗は俺の動きを止めるために直接触れようとしたことだ。それで短距離の転移を用いて2人同時に全方位からの攻撃を抜けた。そして転移と同時に掌底を叩き込み、シオンの意識を刈り取った。

「シオンッ！」

「私が行く！」

シオンの敗北を見て取ったシグリッタとマルセスカが血相を変える。シグリッタが本から生み出した天馬に跨《また》がってこちらに向かって突っ込んでこようとしたが――。

「止《や》めなさい！」

と、大きな声が空気を震わせた。

「何か大きな騒ぎになっていると思って見に来てみれば……。シグリッタ、マルセスカ。あなた達の負けです。退きなさい」

森の木立の間に、白髪の女性が立っていた。

歳《とし》の頃は20代半ば、ぐらいだろうか？　長身で痩軀《そうく》。長い錫杖《しやくじよう》を手にしている。

「で、でも、フォルセト様……」

マルセスカは悪戯《いたずら》を見つかった時の子供のようなうろたえ方で何か言おうとしたが、フォルセトと呼ばれた女性は首を横に振る。

「相手にこれ以上シオンを傷付ける意志がないことに甘えて、戦おうというのですか？」

「それは……違うわ。シオンも大切だから」

シグリッタはフォルセトの言葉に俯《うつむ》いた。インクの獣達がシグリッタの本の中に戻されていく。ページが独りでに目まぐるしく捲られて、その中に獣達が大挙して飛び込んでいく。

「……ええと、シオンさんをお返しします」

「ありがとうございます。怪我《けが》をしないように加減してくれたようですね。そして、申し訳ありませんでした。私達の監督が至らなかったばかりに」

フォルセトはシオンを受け取ると頭を下げてきた。

「いえ。勝ったら話を聞くという約束でしたし……彼らも傷付ける意図を持って行ったことではなかったようです」

みんなに視線を向けると、彼女達も頷《うなず》く。怪我はしていないということだろう。

「それに、彼らの不安も分からなくはありません」

咎人達が魔人と繋《つな》がりがあるだとか、隠遁《いんとん》している魔人だと仮定すると、事と次第によっては迫害の対象になる可能性はある。シオン達が森の咎人達を尊敬しているというのなら、庇うために動く、というのも理解はできる。

俺の言葉に、フォルセトは目を閉じて少し状況を飲み込むために思案していたようだったが、やがて静かに首を横に振った。

「それでも、間違っています。私達に用のある方々が事情を聞きたいというのなら、私達が説明をするべきですし……戦ってほしい、守ってほしいと、この子達に望んだこともありません。この子達がしようとしてくれたことは理解しますが……」

フォルセトはそう言ってシオンのフードを取ると、その髪を優しく撫《な》でた。

「ん……。フォルセ、ト様……？　あっ！」

シオンは薄く目を開け、それから状況を理解したのかフォルセトから離れる。

「シオン。あなた達の負けです。状況は分かりますね？」

「……はい」

シオン達3人は悪戯を見つかった子供のようにフォルセトの前で肩を小さくしていた。

「では、彼らにきちんと謝罪を。私達のお客に、無礼を働いたのですから」

「はい……」

3人は並ぶと、それぞれフードを取って頭を下げてくる。

シグリッタもマルセスカも、シオン同様、見た目に特殊なところというのはない。顔立ちは整っているが割合普通というか、あどけない子供といった印象だ。

見た目だけでなく中身も子供に近いように思えるし、フォルセトのシオン達への接し方にしてもそうだろう。

少なくとも、フォルセトに関して言うなら3人を大事にしているというのが言葉や態度の端々から伝わってくる。

「その……いきなり攻撃を仕掛けて、申し訳ありませんでした」

「……ごめんなさい」

「ごめん、なさい」

それぞれ謝罪の言葉を口にする。

「分かりました。謝罪をお受けします」

答えると、再びフォルセトが一礼した。それから顔を上げて、シオン達を見やる。

「やり方は間違っていたけど……ありがとう。私達のことを心配してくれた、その気持ちは嬉《うれ》しいわ」

フォルセトは屈《かが》み込むと、シオン達3人を纏《まと》めて抱き寄せるようにして言った。

「……ごめんなさい」

シオン達はフォルセトから抱き締められて、顔を埋めるようにして口々に彼女に謝る。

フォルセトからそう言われたことで安堵《あんど》したのか、それとも気持ちを汲《く》んでもらえたのが嬉しかったのか。3人はフォルセトから髪を撫でられたまま小さく嗚咽《おえつ》を漏らす。

ふと見れば、みんなもその光景に微笑《ほほえ》みを浮かべていた。

やがて……3人が落ち着くのを待ってから、エルハーム姫が声を掛けた。

「お初にお目にかかります。私はバハルザード王国第2王女、エルハーム＝バハルザードと申します。母はシェリティ。ナハルビア王家の生き残りです」

「ナハルビア王家の……」

フォルセトはエルハーム姫の言葉に少し驚いたような表情を浮かべて、それから目を閉じる。

「僕達は、ヴェルドガルとシルヴァトリアから来ました。30年前の事件を起こした人物が、魔人を率い、ヴェルドガル王都の地下に封印される魔人達の盟主復活を画策して暗躍しているようなのです」

「そう……そうなのですか。あれは……そのようなことを」

フォルセトは眉根を寄せて首を横に振る。やがて目を開くと言った。

「話せば長くなります。私達の町へ案内しましょう。そこで腰を落ち着けて話をしたいのですが、構いませんか？」

「その、他にも仲間がいるのですが」

「空にいる竜に乗った方々ですか？」

「そうです。今は姿を消していますが、船も空に浮かんでいます」

フォルセトは言われて目を丸くしたが、少し思案してから頷く。

「分かりました。その方々も、あなた方の姿が見えなくなれば心配をするでしょうし、連絡や同行についてはそちらにお任せします。そのほうがあなた方も安心でしょう」

「ありがとうございます」

フォルセトは……そういったことを決められるだけの、権限がある人物ということか。

口振りからするとフォルセト達とシオン達の素性は少し違うようだが……。まあそれについても
これから話を聞けるかな。

通信機でエリオット達にも顚末《てんまつ》を伝えておくことにしよう。

「ああ、それと」

そう言ってフォルセトは俺に向かって微笑む。

「先程、あなたは彼らと仰《おつしや》いましたが、彼女達ですね。３人とも女の子ですよ」

……なるほど。視線を送ってシオン達の様子を見やる。

「２人とも、ごめん。僕に付き合わせて……」

まだシオンは立ち直っていない様子だが、マルセスカは明るい笑みを浮かべ、シグリッタは首を
横に振る。

「私達1人1人で決めてやったことだもの……」

「うん。だからシオンは、私達に謝る必要ないよ」

「……ありがとう」

と、シオンがぎこちなく笑みを浮かべた。

「……こんなにたくさん使うことになるとは思ってなかった……から面倒……かも」

そう言いながらシグリッタは手にしていた本を開く。

「……あー。大分使っちゃったね」

マルセスカが、シグリッタの持っている本を覗《のぞ》き込んで言った。白紙、動物の絵、白紙、白紙……と、乱雑な有様になっている。

「また描かないと駄目ね……」

シグリッタは白紙になっているページを確認すると両手で挟むように本を閉じる。

……自分で描いた絵を具現化して操るような術か能力……ということになるのかな？　最後に翼の生えた馬を出してきたあたり、他にも隠し玉があるのかも知れないが。

まあ、3人に関しては割と大丈夫そうに見えるが。

◆◆◆◆◆

そして……連絡を受けて船から降りてきたステファニア姫とアドリアーナ姫、ジークムント老達、討魔騎士団と合流し、自己紹介を終えたところで移動することになった。

先導するフォルセト達に付いていくと、程なくして大きな木の前に到着した。先程の泉から、それほど距離も離れていない。

……他より太い幹を持つ木だが……一見した感じではまだ普通の範疇《はんちゅう》ではあるだろう。

但し、片眼鏡で注意深く見ると妙な魔力を纏っている。ナハルビアの王城にあったような隠蔽の魔法が施されているのかな、これは。

フォルセトが錫杖で地面を突くと、幹の一部が歪《ゆが》んで大きな洞が口を開けた。

「では参りましょう」

洞の中へとフォルセト達が進んでいく。俺達も後に続いて洞に入り、螺旋《らせん》階段を下りるように下へ下へと向かう。

下り切ると細い通路に出た。脇に見張りが待機するための小部屋があって、そこにいた男は俺達の姿を見かけると驚いた顔で腰を浮かせたが、フォルセトが手で押し止める。

「私の客です。くれぐれも無礼のなきよう」

「は、はい、フォルセト様」

フォルセトは頷くと、そのまま前に進む。そして通路をかなり下ったところで――突然、視界が開けた。

「地底の町……」

「また……凄い場所に出ましたね……」

クラウディアとグレイスが言うと、マルレーンも目を丸くしてこくこくと頷いた。ローズマリーやシーラ達、そしてステファニア姫やジークムント老達は言うに及ばず、色々なものを見慣れているはずのアウリアも同様の反応だ。

みんなが驚くのも分かる。木の洞を抜けたと思ったら、地下に広大な空間が広がっていたのだ。それは地底の町とでも呼ぶべき場所であった。広大な空間を掘り抜いて、きちんと平地を確保したうえで、そこに町を作っているのだ。

今俺達がいるのは、町の外周部の隅――つまり、壁際の天井付近ということになるか。高所から細い道が町へと続いている。

……見晴らしのいい場所だな。建造物も大きな神殿とも城ともつかない建物から民家のような小さな家々まであるようだ。外の町と比べると都市と呼べるほどの規模ではないが……暮らしていくには十分な広さがあるだろう。あちこちに天井を支えるような、巨大な柱も立っている。

天井に生えた水晶から柔らかい光が町に降り注ぎ……町の周囲には地底湖のようなものまで広がっていた。

そして地底湖から水柱が立って下から上へと逆流して……天井へと注がれていくという常軌を逸した光景まで見える。外周の壁から噴き出して地底湖へと注ぐ真っ当な滝も見えるから、これは地下水脈を水源として利用しているわけか。

……少なくともこの町全体が真っ当な構造物ではないな。外に結界が張られていたこともそうだが、高度な魔法があちこちに使われていると見える。

ともかく、ああやって地上の森へ地下水を供給して植物を育てることで、人払いの結界を視覚的に補強しているというわけだ。

「ようこそ、ハルバロニスへ」

と、フォルセトが言った。それが町の名前か。

大通りを真っ直ぐ進み——俺達はハルバロニスの中心部に聳《そび》える、青い塔のような建物に向かって進んでいくのであった。

第141章 古き罪

……外界からの客というのは彼らにとっても相当珍しいことなのだと思われる。道行く人々も足を止めて驚いたような顔をしていたし、家々の窓から覗《のぞ》いている者もいた。視線が合うと顔を引っ込めてしまったりと、大人達《たち》はこちらを怖がっているというような反応のほうが大きいように思う。

翻って小さな子供の反応の仕方は、どこでもそれほど変わらないのかも知れない。路地からこちらを興味深そうに見ていたり、こちらに近付いてこようとして母親らしき人物に止められていたりといった具合だ。

「心配はいりません。私の客です」

「は、はい」

子供を連れ戻しに来た母親にフォルセトが言うと、恐縮したように答える。俺も合わせるように会釈すると、向こうも一礼を返してきた。

フォルセトやシオン達がいるからか、そこまであからさまにこちらを避けたり拒絶したりというようなことはないようだな。

「あまり気を悪くしないでくださいね。皆、外の世界が怖いのです」

と、フォルセトが言う。

「外と接触の機会がなかったのなら仕方のないことかと」

住人達の反応を見る限りでは、魔人という感じではないな。

こうやって隠れ住み、侵入者には怯《おび》えるような反応を見せるというのが、まず魔人の性質からして考えにくいというか。少なくともフォルセトが無明の王を知っているのは間違いないようだが。

「戦えない人のほうが多いから、外から来る人達が怖いんじゃないかと思います」

「……でも、戦える人は外に出て、狩りや採集をしたりもするのよ」

「私達も手伝えるからってお願いしたんだよね」

「本当の理由は……入口近くまで誰かが来たら追い返すためでしたけど」

そんなシオン達の言葉にフォルセトが目を閉じる。

「私達は……自らの意志でここにいます。しかし、この子達は違う。外に出たいというのなら望みに添うようにしてあげたいとも思っていました」

フォルセトの言葉に、シオン達は申し訳なさそうな表情で俯《うつむ》く。反省はしているのだろう。

「……シオン達がいない時はやはり侵入者の記憶を消したりしていたのですか？」

「森に入ってくる者の多くは冒険者ですから……ハルバロニスまで辿《たど》り着く者も、ごく僅かながら今までもいました。その場合、私達は迷い込んだ者の記憶を消して帰していましたが……薬の原料も希少で、これから先もずっととなると難しい状況でもありました。だからシオン達もああいった行動に出たのだと思います」

結界も完璧じゃないというわけだ。実際、冒険者達もハルバロニス付近まで来てしまったようだしな。記憶操作の薬を節約できるなら発見される前に排除するというシオン達の行動も、理には適《かな》っているか。

やがて町の大通りを進み、俺達は青い塔へと到着する。重要施設に見えるが、見張りのような人物は立っていない。ハルバロニスの中は平和ということなのだろう。

暗青色の石材で作られた建物。表面が大理石のように滑らかだ。

「シオン達は古老達を呼んできてくれるかしら？　彼らは議場へお連れしてお話を進めておきます」

「分かりました」

シオン達は頷《うなず》くと、塔の中の通路を足早に歩いていった。

「では、こちらへ」

フォルセトはシオン達が向かったのとは逆方向に進んだ。塔の外周部分にあたる通路を進み、そして通されたのは大きな円卓と椅子のある部屋であった。

「お掛けください。隣の部屋から何か飲み物を運んできましょう」

議場の隣に小部屋があり、そこからフォルセトはティーセットを運んでくる。使用人に類する者もいないのだろう。フォルセトが手ずからお茶を淹《い》れてくれた。みんなの見ている前で淹れることで薬の類を盛っていないと明らかにしているのだろう。まあ……魔法薬も薬も毒も、対策はしてあるからどちらにしても問題はないが。

全員に飲み物が行き渡ったところで、フォルセトが椅子に腰かける。

「改めて自己紹介をさせてください。私はハルバロニスの長として結界を預かっている、フォルセト＝フレスティナと申します」

そう言って一礼して顔を上げる。

「あなた方も知りたいことは色々あるでしょう。話せば長くなりますが……順を追っていきましょうか。シオン達の出自にもかかわる話に繋《つな》がってくることでもありますので」

「お願いします。分からないことがあれば質問させてください」

フォルセトが頷く。

「まずナハルビアの民が私達を咎人《とがにん》と呼ぶその理由からでしょうか。そもそもの話をするならば、遥《はる》か昔私達の祖が大罪を犯して国元を追放されたからなのです。古の貴き姫君を裏切りし者達、輝きの都より、荒れ果てた荒野へ落とされん。これが我等《ら》がこの地に来た理由です」

……それは……。

「……月の民の末裔《まつえい》ね。あなた達は」

クラウディアが静かに言った。

「それも……ご存知でしたか。私達の祖先は……悠久の昔に世界のために身を捧《ささ》げた月の王女を裏切ったと伝えられています」

「知っているわ。フレスティナ家は月の王家に仕える文官の一族だもの。その当時の当主の名はハイゼル、その娘がシェリアだったわね。幼い頃は……シェリアにも遊んでもらったことがあるのだけれど」

クラウディアが言うとフォルセトは少しの間何を言われたのか分からないという様子であったが、理解が追い付いてくると驚愕《きようがく》の表情を浮かべて腰を浮かせた。

……そう。そうだろうな。これだけの高度な魔法技術が使われた都市も、住人が月の民の末裔であるならば説明が付く。直系か地上人との混血かまでは分からないが。

「……ま、まさか……貴女様《あなたさま》は――」

「クラウディア＝シュアストラス。それが私の名だわ」

「古の……！　貴き姫君……！」

フォルセトが椅子から離れて平伏しようとしたのを、クラウディアが止める。

「あなたが私に頭を下げる必要はないわ。そもそもあなた方がしたことではないのだし……一族郎党の流刑というのは、当時の国王が決めたのでしょうけれど……随分なものね。何があったのかしら」

クラウディアに促されて、フォルセトは静かに椅子に戻る。

「……勿体《もったい》ないお言葉です。時の国王陛下にとっては、それもより多くの者を生かすための慈悲であったのでしょう。しかし私達は地上に落とされて尚《なお》、災厄を外に放ってしまいました。私達が自ら咎人を名乗るのは、それを忘れぬ戒めでもあります」

「災厄というのは魔人達の盟主のことですか？」

「……はい」

尋ねると、フォルセトは眉根を寄せて頷いた。

「私への裏切りというのは、地上の者が迷宮中枢へ侵入しようとした事件のこと？　フレスティナ家が手引きをしたということかしら？」

「当時は混乱があったのではっきりしていない部分も多いのですが、恐らくは。姫君——クラウディア様が地上に降りた後……魔力嵐が収まるまでにはかなりの時間がありました。地上の物資を当てにできなくなった月は、相当困窮したと言います。その中で、フレスティナ家に1人の魔術の天才が生まれました。それがイシュトルム＝フレスティナです」

フォルセトが目を閉じる。

「イシュトルムは……己の力を修業によって高めたうえで特殊な儀式を行うことで、月の民の誰しもが月の王族と同様、自らに向けられる信仰などの感情から力を引き出すことができるようになると提唱したのです」

「魔人……」

フォルセトはシーラの呟《つぶや》きに静かに頷くと、言葉を続ける。

「月の民は物資の困窮故にそれを喜ぶ者と、イシュトルムの提唱する儀式の不確かさに疑念を抱く者と……そして、王族の神秘を侵害する不敬なものであると反対の立場を取る者、3派に分かれたと言います。時の国王陛下もイシュトルムの言葉には懐疑的であったそうですね」

……だろうな。イシュトルムの儀式は月の王族の立場を危うくするだけでしかない。

「反対派も研究のうえで対案を出したのです。魔力嵐も既に迷宮の力によって鎮められたのではと。そして……それが正しければ迷宮はもう必要ないとイシュトルムは考えたのでしょう。イシュトルムは——自らの主張を通すために、地上に干渉を行ったと言われています」

「それが——迷宮深層の奪取ですか」

「はい」

迷宮を停止か破壊してしまうことで、月の困窮を解決する手段をイシュトルムの術に依存させることができるというわけだ。

逆に、そのままの流れに任せたら、イシュトルムは月の王族や反対派にとって邪魔者と見られる可能性がある。

苦境から皆を救った英雄となるか、それとも座して待ち、流れに身を任せるか。イシュトルムは手を汚してでも英雄と呼ばれることを選んだ。

或《あ》いは……自身の提唱した儀式がどういった結果をもたらすのか、既に知っていた可能性もある。

王家に……取って代わろうとしただとか。

「そして事が露見し、イシュトルムは処断されました。彼に与《くみ》した者達も月の都から魔物ひしめく荒野へと追われたのです。私達は……その末裔です」

……フォルセトは流刑を王の慈悲と言ったか。とすると、反対派はもっと重い処罰を望んだのかも知れない。半端な処遇で怨恨を残せば後の政情不安にも繋がる。困窮しているから口減らしも必要。だからこそ罪のない者は生かすための流刑……となるのだろうか？

フォルセトは、自分の罪を告白するかのように、嘆息して目を閉じ、首を横に振った。

と、扉をノックする音が響き、物憂げな様子であったフォルセトが顔を上げる。

「どうぞ」

そう答えるとシオン達3人と共に、ゆったりとしたローブを纏《まと》った数人の男女が議場に入ってきた。古老という言葉に相応《ふさわ》しい雰囲気を持つ老人達だが、かなり穏やかそうな者達ばかりであった。

「休んでいたところを呼んできてしまってごめんなさいね」

「いや。ナハルビア王家の縁者が訪ねてきたとなれば迎えぬわけにはいきますまい」

「そうですな。客人については、既にシオン達から説明を受けております」

「まずは自己紹介と……それから先程までお話ししたことについての説明をしてしまいましょうか」

フォルセトの言葉に頷き、互いに自己紹介をしていく。

クラウディアの自己紹介の折に……出自について話が及ぶとやはり古老達は目を丸くしていた。

「シュアストラス王家の貴き姫君……！」

「北の迷宮から、この隠れ里まで直々にお出《い》でになられるとは……」

古老達の注目を浴びて、クラウディアは静かに頷く。

「私が地上に降りてからの月の情勢は分からないけれど、あなた達の家の人達とも、何人かは面識があるわ」

そう言ってクラウディアは先程の自己紹介で知らされた、それぞれの家名と当時の家長や家人の名、月での役職名を口にしていく。

どうやら出自を聞いている限りでは古老達は月の貴族の出、といったところか。かつては武官、文官などの家柄であったらしい。

「……恐れ入りました。我等の家のことを全て覚えておいでとは」

と、古老達はクラウディアの言葉に感じ入っている様子だ。胸に手を当てて敬礼するような仕草を見せる。

「まあ、私との話はこのくらいで。後で色々と話をしましょう。自己紹介はまだ終わっていないもの」

「はっ」

古老達が頷いて、他の者達も名を名乗っていく。エルハーム姫が静かに言った。

「エルハーム＝バハルザードと申します。母、シェリティはナハルビア王家の最後の生き残りとなります」

「おお……。ナハルビアの……」

古老達は感極まった様子でエルハーム姫を見やる。

「……申し訳ありませぬ。儂《わし》らの力が及ばないばかりに、再び災厄を世に放ってしまうことになってしまいました」

「左様……。エルハーム殿下とお母上……そして命を落としたナハルビアの者達にはどうお詫《わ》びすればいいのか……」

と、古老達が沈んだ面持ちを浮かべると、シオン達も辛《つら》そうに俯く。

30年前の事件で……無明の王が新たな魔人となって彼らと袂《たもと》を分かったのならば……出ていこうとした魔人を止めようとして犠牲が出ていてもおかしくはない。

ナハルビアの生き残りがいることを知らなかったというのも、彼らもまた当時混乱の中にあったと考えれば理解できる。

ナハルビアの王族も彼らにとってみれば身内のようなものだろう。ハルバロニスでも犠牲者が出ていれば、シオン達としても触れてはほしくない古傷ではあるか。

「月を追われて……それからのことを聞かせてくださいますか？」

「そう、ですな。話の続きと参りましょう」

全員の自己紹介を終えて席に着くと、シオン達がお茶を淹れて回る。それが終わると、一礼して議場を出ていった。

「我等の祖先は地上に追われましたが、行動の自由を許されてはいませんでした」

「地上に落ちた後、再び迷宮に近付くことを禁じたのでしょう」

古老の言葉に、フォルセトが頷く。

「荒野を覆う結界の牢獄《ろうごく》に捕らわれ、そして――丁度その頃、ナハルビアの祖となる者達もまた、東より流れてきました」

「彼らは国破れて東から追われてきたそうです。傷付いた彼らを我等は迎え……そして結界の外に出られぬ我等は彼らを欲し、彼らもまた我等の魔法を欲し……そして結界の端に都、結界の中心に隠れ里を築き、草木を育てて――ナハルビア王家の歴史が始まりました」

「何故《なぜ》、都と隠れ里に分かれたのですか？」

エルハーム姫が尋ねると、古老の1人が目を閉じて答える。

「……やはり地上の者達が恐ろしかったのでしょうな。クラウディア殿下への背信は、迷宮への破壊工作に他ならず……地上に住まう全ての者達にとっての敵対行為ですから」

だから、建国に深く関わっておきながら、ナハルビアにも積極的には姿を見せず、森の中で暮らしたわけか。

「封印が効力を失ったのか、それとも世代が替わって許されたのか。月の結界も解かれました。月に戻ることは叶《かな》いませんが、外に出られるようになっても私達の祖先は森を離れなかったのです。しかし――」

「我等の中より、イシュトルムの提唱した秘術を復活させようと試みた者が現れました」

「ベリスティオ……。この者もまた、文武に秀でた天才であったそうですが……それ故でしょうな。自らの力によって魔人として目覚め……自分に従う者達を魔人へと変貌させて……外へと出ていきました。ナハルビアとは別に、魔人達の国を作ろうとしたのです」

「魔人として目覚めた者達と、そうでない者の力の差は大き過ぎる。かと言って魔人として変じてしまえば破壊や殺戮《さつりく》を嗜好《しこう》してしまうようになる。魔物を従え、魔人と魔人はその間に子を儲《もう》け……外での戦火も広まっていく一方だったと言います」

「ナハルビアは見逃されていましたが……それでも犠牲者が出たそうです。祖先達は自らの内に秘める力をも恐れました」

……盟主ベリスティオか。力の差が大き過ぎるというのは……たとえ月の民であれ、魔力循環も祝福もなくては魔人に対抗するのは難しい、ということだろうか。

そうなると……ベリスティオが現れるまでの間に魔力循環などの技術体系が月で作られたという

ことになるだろうか。

「そんな折です。月の都より来たという、７人の魔術師が祖先達のところを訪れてきました。時の長と古老達は彼らに、ベリスティオについての知る限りを教えました」

七賢者の話だな。

「……そして、彼らは盟主を封印し、魔人達を倒したと」

「そうなります。ベリスティオは魔人と契約し、そしてこれを覚醒させることで、肉体を滅ぼされても器を渡り歩くことができるという……ほとんど不滅に近い術を持っていたそうです」

……だからか。ベリスティオを封印した理由はそれだ。敢《あ》えて器を破壊せずそのまま封じてしまえば渡り歩くも何もない。

その能力そのものを封印できれば或いは完全に倒せたのかも知れないが……。封印術が及ばなかった可能性であるとか、後から反省として封印術が更に発展したとも考えられる。

「その７人は、北方に渡って魔法王国ベリオンドーラの礎を築きました。ベリオンドーラは……その後魔人達に滅ぼされて、シルヴァトリア王国となります」

「そう、だったのですか」

こちらからも彼らの知識を補完するように情報を提供する。

そして……魔人の盟主は倒したが……彼らは自ら咎人を名乗り、自分達を結界に閉ざしたというわけだ。

「順を追っていきましょうか。ナハルビアを滅ぼした無明の王に関しては……やはり魔人なのでしょうか？」

「……はい。あれの名はヴァルロスと言います。フレスティナの分家――私の親戚筋にあたる人物ですね」

フォルセトは目を閉じて首を横に振る。口調こそ淡々としたものであったが、表情は浮かないものだった。

……ヴァルロス。そいつが魔人達の首魁《しゅかい》の名か。ガルディニスが若造と言った魔人のこと、だろう。

「あれもまた自らの力で魔人へと変貌し、そして覚醒した者です。その意味ではベリスティオと同格かも知れません」

「……その、能力は？」

「よく分かりません。少なくとも、盟主と同じ力ではないようですね。黒い――おかしな力を用いますが……私達では戦いにもならなかった。当時、私はまだ子供でしたが魔力だけは人一倍ありましたので……ありったけをぶつけてみたのですが……気が付いたら壁に叩《たた》き付けられていました」

そう言ってフォルセトは自分の肩を押さえる。フォルセトも戦ったのか。

見た目との年齢が合わないのは……月の民がエルフ達ほどでないにしろ、それなりに長命だからだろう。まあ、魔人はほとんど不死に近い連中だが。

「ヴァルロスの奴《やつ》めは魔人に変じると、すぐに町を出ていこうとしたのですじゃ。儂らもヴァルロスを止めようとしましたが……その際、多数の怪我人《けがにん》や死者が出てしまいましてな……。目覚めたばかりで加減ができないとは言っておりましたが……まさか、ナハルビアの者達まで手にかけるとまでは……」

「力では止められんまでも、あやつの説得さえできていればと……今でも悔やんでおるのです……」

そう言って、古老の1人が嘆息する。

そしてヴァルロスはナハルビアの都に向かった。仮に……ナハルビア王家が、止めようとした際に封印という手段に頼ったのだとしたら……それは結果から言えば悪手だっただろう。

ヴァルロスが封印を破るために、王城ごと吹き飛ばしてしまった可能性も想定される。生き残りを掃討しなかったのも、瓦礫《がれき》を出さなかったのも、目的が達成されたから、それ以上を嫌ったという、ヴァルロスの配慮かも知れない。

肉親も仲間も切り捨てて、それでも……いや、だからこそ……そいつは止まらないだろう。前に進まなければ何のために犠牲を出したのかも分からないから。

「ヴァルロスは、何故そんなことを?」

「国を作る……つもりなのかも知れません。隣国であるバハルザードの混乱と、逃げてきた難民達を見て、魔人となることを決めたそうです。優れた者が国を治めれば混乱など起こらない。優れた王がいても代が替われば国が乱れるのなら、不変の存在こそが上に立てばいいのだと。そうするだけの力を秘めながら自らを縛りつける私達を、惰弱だと言っていました」

……なるほどな。言動といいあの王城の破壊の仕方といい……他の魔人とは毛色が違うように思える。生まれながらの魔人ではなく、自らの力で変じたからか？

その目的は、魔人達の国を作ること。――いや、人間や魔物、他の種族も含めて統治するつもりか。そのための手段として、魔人達を纏めるための錦の御旗……盟主が必要となるということだろうか。

「思えば……あれにとっては、あの時動くしかなかったのかも知れぬのう」

「と、仰《おつしや》いますと？」

「我等の前に長や古老の任に就いていた者達は、二度と魔人を出さないよう……意志を持たないホムンクルスの器に、自らの力を分けて封印してしまうという研究を続けてきたのです」

「その研究が完成してしまえば、魔人化の道もなくなるというわけですか」

自力で魔人になるには、相当力を高めないといけないようだし。

「ですが……少し予定とは違いました。目覚めたホムンクルスには自分の意志があったのです。結局その計画も、今は白紙ですね」

と、フォルセトは苦笑する。

「ああ、もしかして……それがシオン達ですか？」

「はい。先代の長や古老達は彼女達を眠らせておきましたが……私達が彼らの後を継いでからは……シオン達を目覚めさせ、私達の子供として育てることにしました」

なるほど……。道理で高い能力を秘めているわけだ。月の民の力の器になり得るだけのポテンシャルが必要なわけだし。

「このうえ――自分達の力まで誰かに預けて、見て見ぬ振りをし続けるのは卑怯《ひきょう》なのではないかと。私達はあの時……ヴァルロスに言われたことが棘《とげ》となって抜けないままなのです」

と、フォルセトは自分の胸に手を当てて眉根を寄せる。

「まあ……儂はシオン達を家族として迎えられて良かったと思うておるよ」

「そう、ですね。あの子達を見ていると、力を貰《もら》えるような気がします」

目を細めて言った古老のその言葉に、フォルセトは小さく笑う。そんなやり取りに、クラウディアは顎に手をやって遠くを見ているような様子だ。魔人と月の関連、か。

「……クラウディア。大丈夫？」

思案しているクラウディアに声をかける。

「ええ。平気よ」

クラウディアは俺を見ると静かに頷いた。

「魔人達が元は月の民であったとしてもね……。きっと私のするべきことは変わらないわ。テオドールと会ってから……迷宮を出ると決心した時にね。私は私が守りたいもののために戦うって決めたの。グレイスだって、そうだったものね」

「クラウディア様……」

クラウディアに穏やかな笑みを向けられて、グレイスも微笑《ほほえ》む。

マルレーンが心配そうにクラウディアの手を取ると、彼女もまたマルレーンの髪を撫《な》でて答えた。

「……外の世界で生きていくだけなら、魔人となる必要はなかったはずだわ」

「確かに。戦いと支配を選んだのは、盟主達の選択によるものですね」

ローズマリーの言葉に、アシュレイが頷く。

……そうだな。かつてこの町を出ていった盟主であれヴァルロスであれ、月の結界が解かれていたのなら、そのままの姿で出ていくことは可能だったはずだ。

だというのに魔人となって、連中は戦うことを選んだ。魔人と化したことで負の感情を食らう存在になってしまったからという部分もあるだろう。

捕食する側とされる側に分かれてしまって……大きな力も持ってしまったから戦いを選んだわけだ。

「……ヴァルロスも。間違っているわ。不老不死の統治なんて上手《うま》くいくわけがない。心の変容を防ぐ措置を施されていた私だって、閉じ込められてしまったことに随分と悩みもしたし、外を見たくないとさえ思った。そして今は……みんなと一緒にここにいる。変わらないものなんて、有り得ないわ」

「そうだな……」

俺が戦った魔人達だってそうだ。生きることに飽きていたような節さえあった。

クラウディアの言葉に、フォルセトや古老達は自分達の身に置き換えて思うところがあるのか、静かに聞き入っていた。

「問題は……これからどうするかじゃな」

古老の1人が、ぽつりと言う。

「まず、今の状況を説明させてください」

これから。つまり外の世界に関わるのか、それとも再び彼ら自身を結界に閉ざして生きていくのかということか。

ナハルビア旧都の地下にある魔法陣は、恐らくこの町を再び結界に閉ざすためのものだろう。であるなら、何か判断を下すにしても、現在の外の状況などを説明したほうが良《い》いだろう。

「シオン達にも同席してもらいましょうか」

「そうですな。彼女ら自身の話は終わっておりますので」

「うむ。我等のシオン達への本音を聞かれては、反省させられませんからな」

「客人方に頭を下げるべきは我々でしょうからのう」

……なるほど。孫のように可愛《かわい》がっているわけだな。

古老達が腕組みしながら頷き合うと、苦笑したフォルセトが立ち上がり、シオン達を呼びに行くのであった。

◆◆◆◆◆

「……というわけで、城砦《じょうさい》跡でバハルザードのカハール達と戦い、これを捕らえてからナハルビアの旧都を調査し、森へ来たというわけです」

シオン達が議場に戻ってきてから――リネットから始まった魔人絡みの事件を話して聞かせた。

宝珠と瘴珠《しょうじゅ》、迷宮でのクラウディアとの出会い、教団とガルディニスの話。シルヴァトリアと七賢者のこと……まあ、大体全部だ。長い話になってしまったが、全員が聞き入っていたようである。

「……ナハルビア旧都の地下にあった魔法陣の役割ですが……結界でこの町を閉ざしてしまうというものであったなら……私の心情としてはその役目を行使したくはありません」

と、エルハーム姫が言う。

「そうですね。きっと、私達が負うべき責務をナハルビア王家に押し付けて、歪《ゆが》みを生み出したからヴァルロスもあのような行動に出たのだと思います」

クラウディアはその言葉を受けて立ち上がると、凛《りん》とした声で言った。

「あなた達の祖先は、私を閉じ込めたのかも知れない。魔人を生み出したのかも知れない。けれど、その子孫であるあなた達に罪はないわ。あなた達の祖先を地上に追放したのが月の王家であるなら……私が今ここで、はっきりと宣言をしましょう。あなた達は既に、咎人などではない」

クラウディアの言葉を受けて、フォルセト達は目を見開き、そして平伏する。

やがて顔を上げて、口を開いた。

「……クラウディア殿下が迷宮の外に出て戦われておられるように、我等も変わるべき時が来ているのかも知れませんな」

「差し当たっては……事態の解決のための協力でしょうかの」

その古老の言葉に、反対する者はいなかった。

「そのための方法を考えねばなりませんね。いきなり結界を解いて外に出るというのは、ハルバロニスの民達の心情を考えても難しいところはありますが……」

「私は父、メルヴィン王の名代としてここにいます。外の世界との軋轢《あつれき》が予想されるなら、ヴェルドガルはその解消のための協力をお約束しましょう」

「同じく、私もシルヴァトリア国王エベルバートの名代として参りました。シルヴァトリア王家もヴェルドガル王家と意見を同じにするものです」

ステファニア姫とアドリアーナ姫が言う。

「父――ファリード王も森の民との親善を望んでいるからこそ、私はここにいます」

と、エルハーム姫。

つまりヴェルドガル、シルヴァトリア、バハルザード3国からの協力と庇護《ひご》、ということになるか。

「……これは心強い」

「ハルバロニスの皆への説明は徐々に行っていきましょう。こちらは急務というわけではありません。しかし、クラウディア殿下とテオドール様に協力し、戦力を派遣するのは早急に行わなければならないと私は考えます。当事者でありながら矢面に立たないのであれば、我等は咎人ですらない。卑怯者としての誹《そし》りを受けましょう」

フォルセトの言葉を受けて、古老達が頷く。

「左様ですな。我等にはヴァルロスを止められなかった。責任がある」

「しかし誰を？　儂達の中で戦力として最も強いとなれば……」

皆の視線がフォルセトに集まる。

「この場を離れても契約の儀式で維持される結界には問題がありません。それが役目であるというのなら喜んでお受けしましょう」

「うむ……では――」

「そ、その！」

と、その話を横で聞いていたシオンが声を上げた。フォルセトへの視線が、今度はシオンに集まる。いや、シオンだけではない。シグリッタとマルセスカも一緒に古老達を真っ直《す》ぐ見つめている。

「フォ、フォルセト様が外に出ていかれるなら、僕も連れていってくれませんか？」

「何を言うのか。我等に責はあるが、シオン達には何の関係もないことではないか」

「そういうのじゃ、ないんです」

古老の言葉に、シオンは首を横に振った。

「僕達が作られた理由も実験が失敗したことも、知っています。だから、本当ならそこで用がなくなっていたはずの僕達を……こうやって育ててくださったことに感謝してるんです。その恩を返したいって、ずっと思っていて。だけど、僕達は間違って……勝手なことをして、迷惑をかけてしまった」

「今度こそ……ちゃんと恩返しをしたい、わ」

「うん。戦えるっていうなら、ここでは私達が一番強いもんね」

「ですから、フォルセト様のことを守らせてください」

シオン達の言葉に、フォルセトは目を閉じて思案するように俯く。

「あなた達……」

「むう……」

古老達としては……シオン達が心配でもあるのだろうし、その気持ちを汲《く》んでやりたくもあるのだろう。

「……少し、考えさせてくれるかしら。みんなで話し合って決めたいわ」

「はい」

フォルセトが言うと、シオンは真っ直ぐ彼女を見たまま頷いた。……決心は固いように思えるな。

「お客人方、今日はこの町に泊まっていかれてはいかがでしょうか。部屋を用意させましょう」

「船にいる方々も、交代で休んでもらえたらと思います」

「ありがとうございます」

「シオン達には、結果が出るまで部屋や町の案内を頼めるかな」

「分かりました」

ということで、議場での話はお開きとなった。

「あ。テオドール様。少しいいでしょうか？」

出ていこうとしたその時にフォルセトに呼び留《と》められる。

「何でしょうか？」

「シオン達と戦っての感想というか、意見をお聞かせ願えませんか？」

ん……。外界を知らないだけに相対的な評価というのは難しいだろうからな。

「……そうですね。お互い必要以上の怪我《けが》をさせないという約束のうえでの戦いではありましたが……。空中移動の方法を、戦いの中で真似《まね》された時は、割と驚きましたよ」

センスについては相当なものだろうとは思う。

「マルセスカも、強かった」

と、直接マルセスカと剣を交えたシーラが言う。シーラについていった動きもそうだし、シグリッタの術もかなり強力であることは間違いない。

諸々《もろもろ》思うところをフォルセトに伝えると、彼女と古老達はなるほど、と頷いていた。

議場を出て、シオン達に塔の上階にある部屋に案内してもらう。

「……ありがとうございます」

と、少し歩いたところで、シオンはおずおずと言ってくる。

「まあ、正直なところを言っただけだけど」

「それでも、嬉《うれ》しかったです」

シオンは笑うと、やや歩調を速めて、俺達を塔の上へと案内してくれるのであった。

第142章 地下都市の空で

シオン達《たち》に案内されて塔の上階にある部屋へと通される。

……何となくだがタームウィルズの王城セオレムに似た建築様式かも知れない。

どちらも月由来だと考えると納得できる部分もあるが……砂漠の街マスマドルの領主の館で見たような内装、絨毯《じゅうたん》を敷いてその上で寛《くつろ》げる作りなど、ナハルビアの影響も見られるな。

とは言え、ハルバロニス内の気温は暑くも寒くもなく、快適な温度に保たれているようだ。

「この部屋や隣の部屋を自由に使ってください。町や塔への出入りは自由なので、希望するなら案内もします。僕達は向かいの部屋にいますから」

「ありがとう」

シオンの言葉に頷《うなず》く。

「あれは何の施設ですか？　何かの作物を作っているのですよね？」

アシュレイが塔の窓から町並みを一望して、シグリッタに尋ねた。

「あれは……水田……よ。外だと育ちにくいから、中で稲を育てているの」

「……稲？」

……何やら気になることを言ったが。

俺も窓際に行って町を見下ろしてみると確かに遠くに水田が広がっていた。既に収穫された後の田もあるようだが……。町に入ってきた時には、塔の陰になっていて見られなかった場所だな。地下ではあるが、魔法の光が降り注いでいて、それで作物を育てられるというわけだ。

水田の向こうは地下水脈の一角を壁で囲ってあり……そこでは魚を養殖しているのかも知れない。ハルバロニスの住人が魚を魚籠《びく》に網で移しているのが見えた。

足りないものは上の森から狩りや採取などで調達。ハルバロニスと結界内部で完全に自給自足が可能な環境を整えているのだろう。

「お米って言ってね。炊くと美味《おい》しいの。たくさん収穫できて、保存もできるんだよ」

と、マルセスカが明るい笑顔を見せながら言う。

「月の王様の慈悲、だそうです。地上に追放した時に、いくつかの作物の種も預けてくれたとか」

「ハルバロニスは水が豊富だから……ああやって稲を育てているのよ」

「……ああやって水を張って育てるのね」

と、クラウディアが稲を見ながら頷く。

「クラウディアは初めて見るの？」

尋ねると、クラウディアは頷く。

「魔力嵐が起こる前に地上から送られてきて、育て方を調べていると言っていたけれど、実際の場面を見るのは初めてね」

なるほど……。地上を支配していた月ならば、色々な地域から作物を集められるか。クラウディアが地上に降りて以後は交流が途絶えていたわけだから、当然魔力嵐の大災害以前に月に持ち込まれたもの、ということになる。

それにしても、追放されながらも月の王家への恩義を忘れていない様子なのは、食べ物関係で恩情を残してくれたからという面もあるのかも知れないな。

「……興味があるわね。森に生えている有用な植物や食べ物も持ち帰りたいと思っているのだけれど」

「それならお手伝いします。んー。稲の種籾《たねもみ》も……多分持ち帰れるかな？」

ローズマリーの言葉に、シオンが頷いた。

うむ……。元々森で採取などをしていたシオン達の協力があれば色々と捗《はかど》りそうだ。

種籾を持ち帰れるというのもそうだが、俺としては今日の夕食も楽しみになった。後は稲の種類が気になるところだ。個人的にはジャポニカ米に類似した品種だと嬉《うれ》しいのだが。

◆◆◆◆◆

「――というわけで、今日はハルバロニスに宿泊できます」

夕食まではまだ間があったので、一度シリウス号に顔を出してエリオット達と連絡と相談をしておくことにした。

「分かりました。半舷休憩ということでマスマドルの時とは順番を入れ替えて宿泊ということにしましょうか」

「そうですね」

「シオン！　すごいモグラがいたよ！　石食べてた！」

「……大きなモグラよ。ヒポグリフや飛竜もいた。後で絵に描かなくちゃ」

エリオットと話をしていると、シリウス号の中を見て回っていたマルセスカとシグリッタがシーラやイルムヒルトと共に艦橋に入ってきた。エリオットとのやり取りを聞いていたシオンは２人の様子に小さく首を振る。

「２人とも……。遊びに来たわけじゃないんだからね」

ふむ。２人は割と奔放で真面目なシオンがまとめ役という感じか。普段はシオンが苦労しているのかも知れない。

ハルバロニスから出入りするのに見張りに話を通す必要があるのでシオン達にも同行してもらったのだ。シリウス号に案内したのもマルセスカは興味がありそうだったので一緒に来てもらった形だ。

町の案内や森での採集でもお世話になるので、こちらからも良好な関係を築いておきたいところはあるし。

「シオンも一緒に見てくるといいよ。連絡は終わったし」

「本当ですか？」

と、嬉しそうな表情をするシオン。本当は彼女も船内探検に加わりたかったわけだ。性格的には、何となくシャルロッテに似ている気がする。

「……後で、あのモグラや飛竜達を写生させてほしいわ。実物を見ながらだと、絵も強くなるの。

魔法陣の中で絵を描く必要があるから、ハルバロニスに来てもらう必要があるけど」

シグリッタがそんなことを言ってくる。

「んー。それは構わないけど。フォルセトさん達の許可をもらってからがいいんじゃないかな？」

「分かったわ」

「じゃあ、せっかく艦橋に来たし、次は炭酸水を」

と、イルムヒルトがどこか楽しそうな口調で船内設備の紹介をしていく。孤児院出身ということもあり、イルムヒルトはシオン達の相手が楽しいのかも知れない。

「んん……何か口の中で弾《はじ》けてる」

「あははっ。何これ」

「面白い……わ」

炭酸水を口にして声をあげるシオン達である。その光景をにこにこと見ているマルレーンとセラフィナ。

シオン達の反応に同調するように目を閉じて頷いているステファニア姫、アドリアーナ姫とアウリアの3人は……まあ、いつものこととして。

楽しんでもらえているなら何よりだ。カードであるとか炭酸水のサーバーはハルバロニスとの友好の印ということで寄贈するのも良《い》いかも知れないな。

「それにしても……旧都やハルバロニスとの行き来も簡単になると安心なのですが。マスマドルからだと少し距離がありますから」

シオン達の様子に微笑《ほほえ》んでいたグレイスが顔を戻してそう言うと、エルハーム姫が頷く。

「旧都については、フォルセト様達の意見を聞いたうえで父上と相談してみます。現在の迷いの森における魔人の脅威が少ないことを考えると、ナハルビア旧都も積極的に復興させていくべきなのではないかと思いますから。月神殿に神官と巫女《みこ》を派遣することも検討しましょう」

「となると、前もって旧都の神殿跡に足を運んでおけば手間が省けるわね。信仰の力が蘇《よみがえ》った時点で機能するようになると思うわ。ハルバロニスは……そうね。彼らはまだ王族を敬ってくれているようだし、転移門を繋《つな》ぐのは難しいことではないと思う。このことも、後で相談しないといけないわね」

ふむ。話がまとまればナハルビア旧都とハルバロニスにも直接来られるようになるか。

◆◆◆◆◆

そして……その日の夜。塔の上階にある食堂に用意してもらった夕食は、俺としては中々嬉しいものになった。

「なんだか、少しだけ甘い」

「粘り気があるのに、口の中で解ける感じですね」

白米を口にしたシーラとグレイスがそんな感想を述べる。

俺も米を口に運んで味わってみるが……。うん。品種としてはかなりジャポニカ米に近いものだ。

今の俺——テオドールとしては初めて食べるものなのだが、景久《かげひさ》の記憶としては懐かしい味わいというか食感というか。

野生種に近い稲というのは食べたことがないが、月かハルバロニスで品種改良も進んだのかも知れないな。これはやはり、是非種籾を分けてもらいたいところである。

他に食卓に並んだものとしては焼いた白身魚や森で見かけたヤシガニのような生物の切り身を入れて煮込むことで出汁《だし》を取ったスープなどだった。

主食が米になったからか、魚料理やスープの味付けも米に合うように作られているような気がするな。

「これは美味しいですね」

「皆様のお口に合ったのなら幸いです」

俺が感想を口にするとフォルセトが微笑みを浮かべる。

和やかに夕食は進み、そして食事が一段落したところでフォルセトがシオン達に言った。

「先程の話の続きですが……みんなで話し合った結果、皆はシオン達に外を見てきてもらうのも良いだろうという方向で纏《まと》まっています」

「本当ですか!?」

と、シオンが表情を明るくする。

「ええ。ですが、あまり無茶はしないように。相手が魔人であるということを忘れてはいけませんよ」

「はい！　フォルセト様！」

シオン達は手を取り合って喜んでいる。

「フォルセト様にはいくつかご相談したいことが……」

「はい」

あちらの話も纏まったところでエルハーム姫がフォルセトに切り出す。シリウス号の中で話したことなどをフォルセトに話して聞かせる。

「――ナハルビア旧都の復興と、転移門の設置、ですか」

「上手《うま》くすれば、記憶消去の魔法薬の原材料も迷宮で入手が可能かと」

と、転移門の設置を後押しするためか、ローズマリーがそんなことを言う。

「なるほど。確かにその可能性はありますね。いずれも私の一存では決めにくい部類ですが……また古老達と相談しなければいけませんね」

フォルセトは静かに頷く。

「後は、モグラかな。大きいの」

マルセスカが言うと、シグリッタも頷く。

「モグラ？　何の話ですか？」

「船の中にいたんです。ステファニア殿下の使い魔というお話でした」

「……絵を描きたいから、ハルバロニスに呼んでもいい？」

「ああ。そういうことですか。そちらについては構いませんよ。町の皆にも、話を通しておきましょう」

と、フォルセトはシオン達の言葉を理解したのか、苦笑して頷くのであった。

◆◆◆◆◆

一夜明けて……フォルセト達はまた古老達との合議を行うとのことで、朝から割と忙しそうな様子だ。

というわけで俺達は俺達で、シオン達と共にできることを済ませてしまうことにした。リンドブルムやサフィール、コルリス、アルファといった面々をシグリッタに引き合わせたり、森に採集に出かけたり。昨日の夕食の席で決まったことを済ませてしまおうというわけだ。

その傍ら、通信機でタームウィルズとの連絡や報告を済ませたりしていこう。

早速リンドブルム達をハルバロニスに連れてくると……案の定というか、テンションを上げたのはコルリスであった。ハルバロニスの光景とステファニア姫を見比べて若干落ち着かない様子だ。

「物を壊さないようにね」

苦笑したステファニア姫が言うと、コルリスはシオン達に背中に乗るように促し、入口部分となる高所から飛び立ってハルバロニスの周囲に広がる地底湖の上を悠々と飛んでいく。地底都市を飛ぶモグラというのも不思議な響きではあるが。

「何だか不思議な感覚です」

「あははっ！」

「……これは斬新だわ」

とシオン達も楽しんでいる様子だ。

「絵を描くのは順番だっていう話だから、リンドブルム達も行ってくるといいよ。シリウス号の中だと、やっぱり窮屈だったろうし。ただ、この場所での狩りはなしの方向で」

文字通り羽を伸ばしてもらおう、ということで。俺の言葉にリンドブルム達は頷いて、次々と高所から飛び立っていった。シャルロッテは彼らに乗るより肩に乗せたラムリヤを撫《な》でたりしてご満悦といった様子だが。

魔法の光を浴びて編隊を組んで飛行をするリンドブルムとサフィール達、更にシオン達を乗せて空を飛ぶモグラといった珍しい光景に、ハルバロニスの住人達も見物に集まってきたようだ。

フォルセトが話を通したのか、俺達に対する警戒度も割と薄れているのかも知れない。リンドブルム達も彼らに見えるように空中で交差したり錐揉《きりも》みで急降下したりと、何やら即席の航空ショーめいた光景が眼前で展開されている。あれも討魔騎士団達と訓練した成果だろう。

遊んできていいと言ったのだが……或《ある》いは飛竜達にしてみるとあれも遊びということかも知れない。飛竜達に関して言うなら、かなり社会性が高いような印象を受けるからな。

そのうちに飛竜が何か曲芸飛行を披露するごとにハルバロニスの人達も拍手で応じるようになった。

コルリスも見物人達に手を振ったり、シオンを背中に乗せたままシグリッタとマルセスカの２人と両手を繋いで水面すれすれを飛行したりと楽しんでいる様子だ。やはりコルリスは愛嬌《あいきょう》があるからか小さな子供に人気な様子である。

騒ぎが耳に入ったのか、青い塔の上階にフォルセトと古老達も姿を見せて眼下の光景に盛り上がっているのが見えた。

うむ……。即席ではあるが魔法で演出をしてやるか。親善と余興ということで。

飛竜達の後を追うように光の欠片《かけら》や泡を飛ばしたり、水の輪っかを飛ばしてそれを潜らせたり、曲芸飛行している飛竜達をライトアップしてやったりと演出の補助を行うと、ハルバロニスの人達は拍手喝采で応じてくれたのであった。

「んー……」

そうして即席の航空ショーも終わり……まずコルリスから塔の1階、魔法陣の描かれた大部屋に行ってもらう。

シグリッタは画材を握ってコルリスの姿を紙に写していく。一方のコルリスはと言えば、床に腰を下ろしたまま静かにしていた。

ステファニア姫にシグリッタの作業が終わるまでなるべく動かないようにと指示を受けたらしく、土魔法で椅子のような構造物を作ってそれに腰と背中を収め、長時間動かなくても塩梅《あんばい》の良い状態にしたらしい。相変わらず器用なことだ。

「シグリッタの絵の補充は、ここでしかできないのかな？」

「そんなことはありませんよ。魔法陣の準備はそれほど時間もかかりませんし、魔法陣なしで絵の獣を準備することもできるはずです」

「シグリッタの絵は、魔法陣なしだと本に戻せずに使い捨てになっちゃうの」

と、シオンとマルセスカがシグリッタの絵についての説明をしてくれた。

なるほど。こうして魔法陣の中で描くのは定着させてやる必要があるからか。ではタームウィルズなりシリウス号の船内などに魔法陣の用意をしてやれば良いわけだ。その場で絵を描いて即席の戦力を補充したりもできるのだろう。斥候やらなにやら、案外使い勝手の良い術かも知れない。

先程少しだけ見せてもらったが、本の中身も白紙になっていた部分がそれなりに埋まって、鳥や犬などの獣の絵が増えていたから、シグリッタの生産速度も割と速いように見える。

……色々な魔物を調達できるということを考えると、迷宮との相性もいいかもな。

「……シオン、私は今日一日、色々描いている予定。動けないかも」

「分かった。じゃあ、僕達は外に狩りと採集の手伝いに行くかな」

そのあたりは予定通りに、というところか。ローズマリーはそれを待っていたのか、羽扇で表情を隠して目を閉じているが、口元は綻んでいる……かも知れない。

「お二方はどうなさいますか？」

「私達も採集を手伝いに行こうかしら。森の中はほとんど見てないものね」

「そうね。せっかく来たのだから。色々と珍しいものが見られそうだし」

ステファニア姫とアドリアーナ姫も採集に加わる予定……と。エルハーム姫とアウリアも採集に出る予定のようだ。

「では、私達が交代で休憩を取りながら町でのコルリス達の面倒を見ることにしましょう」

「よろしくお願いするわね、エリオット卿《きょう》」

「はっ」

エリオットは折り目正しく敬礼する。

「うん。それじゃあ、案内するね」

と、マルセスカは屈託のない明るい笑みを浮かべるのであった。

◆◆◆◆◆

「その黄色い花の根はよく洗って磨《す》り潰《つぶ》すと痛み止めになります。化膿《かのう》が起こるのも防げるという話ですよ」

「それは良いわね。鎮痛と消毒の効果というところかしら」

ローズマリーは上機嫌な様子で根を傷付けないように土魔法で掘り返して花を回収していく。ヤシの実やらキノコやら、色々魔法の鞄《かばん》の中に入れているようだが。

採集はハルバロニス探索の時と同じように、虫除《むしよ》けと熱中症予防のための風のフィールドを纏い、アウリアの能力で茂みを除《の》けていたりと、かなり楽に作業が進められた。

町を出入りするために貰《もら》った護符のお陰で、人払いの結界の影響からも除外されている。方向感覚なども正常に戻っているので違和感もなく、割と活動しやすい印象だ。

「そこの青いキノコは食べられるよ。見た目は派手だけど美味しいの」

「これ？」

「うん」

マルセスカはシーラと一緒に色々と採集しているようだ。どうもマルセスカはシーラと1対1で戦ったことで、シーラに懐いた印象があるな。

「ふむふむ。なるほどのう」

「これですね。見つけました」

「じゃあ、土魔法で採集するわね」

と、シオンやマルセスカの話を参考にしながら和気《わき》藹々《あいあい》と採集している姫様3人とアウリアである。

「あれは何ですか？　変わった形の植物ですね」

「あ。これも月の王様の慈悲だそうです。ハルバロニスの外でも育てられるので、目立たないようにあちこちに植えてあるんです」

グレイスに尋ねられて、シオンが答える。その植物には見覚えがあった。トゲトゲとした堅そうな葉っぱに、特徴的な形の果実が実っている。これは……パイナップルか。

これも月の王が流刑の時に渡してくれたものか。本当に、地上の色々な地域から様々な作物を手に入れていたと見える。

「果実の上の部分を切って植えてあげれば育ちますので……そうですね。果実ごと持って帰っていただくのが良いのかも知れません」

2個、3個とシオンがパイナップルを切って、それをマルレーンが受け取る。

そしてにこにことした表情でパイナップルを手渡され、ローズマリーも笑みを浮かべた。

「ありがとう、マルレーン。……ふむ。この果物に限った話ではないけど、この森の気候で育つとなるとタームウィルズでは寒すぎるわよね。温室か……或いは室内で植えて、温度管理が必要になってきそうね」

「シルン男爵領に全部持っていくと管理も大変だし手狭になるだろうから……家に温室をまた作るか」

普通の作物ではなく、薬草の類はタームウィルズ側に置くということでシルン男爵領の温室と差別化をするという具合だ。

「良いですね。フローリアさんやハーベスタ達も喜ぶのでは」

と、アシュレイが嬉しそうに微笑む。

「うん。フローリア達は確かに喜びそうだ」

そして木の精霊であるフローリアは温室の管理人としては打ってつけというか。ローズマリーも温室は活用するだろうしハーベスタ達もいる。

水田についても考えなければいけないが……まあ、それらは帰ってからだな。

◆◆◆◆◆

「お帰りなさい。採集はどうでしたか？」

採集を終えて町へ戻ると、町の広場で住人達と話をしていたフォルセトがこちらに気付いて声をかけてきた。

「いっぱい採ってきたよ！」

と、マルセスカが元気良く答える。

「お陰様で色々お土産ができました」

パイナップル、ヤシの実にバナナといった果物類の種や苗木。更に各種薬草、キノコ等々、採集した品は多岐にわたる。これに加えて種籾まで貰えるというのだ。帰ってからの食事情が色々と強化されるわけで、至れり尽くせりと言っていいだろう。元々薬草等が好きなローズマリーも羽扇で表情を隠しているが上機嫌そうである。

「それは何よりです。では、種籾なども忘れないうちにお渡ししてしまいましょうか」

「お話の途中だったのでは？」

「いえ、先程の飛竜達についてのお話をしていたところなのです」

フォルセトから笑みを向けられたハルバロニスの人々が、こちらに向かっておずおずと言ってから頭を下げてきた。

「ええと、その。良いものを見せていただきましたと伝えていただきたく、フォルセト様とお話をしていました。改めて、ありがとうございました」

「お騒がせしました」

と、こちらも頭を下げて応じる。フォルセトは住人に一言二言声をかけるとこちらに向き直って言った。

「では皆様、どうぞこちらへ」

フォルセトが先導する形で町を行く。フォルセトは道案内をしながらクラウディアに向き直り、言った。

「昨日の夕食の席でのお話の続きとなりますが、ハルバロニスへのクラウディア殿下の転移と、旧都の復興については皆賛成、ということでした」

ふむ。確かに住人達のいるところで大っぴらにする話でもないか。

「そういうことなら、後で術式を施しておくわ」

「よろしくお願いします」

「そういえば……フォルセト様やシオン達がハルバロニスを留守にして、防衛については大丈夫なんですか？」

「そうですね。都市内部であればゴーレム兵もいるので、それなりには安心かなと思います。転移が可能であれば何かあった時に駆けつけられますし、そういう観点からも皆が賛成した形ですね」

確かに。クラウディアへの祈りを介して有事を知らせることもできるわけだしな。

そんな話をしながらもフォルセトの道案内で辿《たど》り着いた先は、塔の裏手に当たる場所、つまり水田の近くであった。

地底湖までの斜面を有効利用するように、棚田になっている。天井あたりから降り注ぐ柔らかい光に照らされて、何とも風情のある光景だ。

斜面の下には水車小屋も見えた。水車小屋の他にもいくつか木造の建築物があるな。

フォルセトはどうやら、それらの小屋があるほうに俺達を案内しようとしてくれているらしい。

水車小屋か……。もしかすると精米に使っているのかな？

「ここは水田関係の貯蔵施設です」

フォルセトはそう言って貯蔵施設の扉を開き、その中から袋に入った種籾を持ってきてくれる。

「ありがとうございます」

「麦に似た植物なのですね、稲というのは」

「ふむ。麦に似ている……ということは、米で酒を造るということもできるのかのう」

種籾を見てそんな感想を言ったグレイスに、アウリアがそんな感想を漏らした。

率直な感想だが……うん。俺も色々そのあたりのことは気になっているんだよな。

「ああ。お酒も造っていますよ。米の籾殻《もみがら》を取って発酵させて、ですね」

んんん？　もしかして麹《こうじ》があったりするのだろうか？

◆◆◆◆◆

「これですね。これに水と塩を加えて更に発酵させたものを、昨日お出しした料理の隠し味にも使っていました」

もう少し詳しく見てみたいと言うと、フォルセトは米麹を見せてくれた。

独特の匂いに、黄色みのかかった色合い、質感。

……紛れもなく米麹だ。どうやら、酒の他に塩麹を作って調味料としても使っているらしいな。

道理で昨日の食事が口に合ったわけだ。

景久の記憶を参考に考えると……物の本によれば麹の歴史は紀元前まで遡り、相当に古い歴史を持つ、という話だ。

つまり、月に米が伝わっているのなら麹も同時に伝わっていても不思議はないということか。

うーん。下手に俺が知っているだけに、味噌《みそ》や醤油《しょうゆ》はないかと突っ込みにくいところはあるが……。

「調味料にもなるんですね」

「そうですね。色々な物を美味しくしてくれるので便利です。種籾を持っていかれるなら、これもいかがでしょうか？　温度と湿度の管理が必要ではありますが」

「それは……有り難いのですが、貴重なものなのでは？」

「確かに大事にしていますよ。月の王様の慈悲ですので、大切にしてくれると嬉しいです。きっと、地上の人に喜んでもらえれば月の王様もお喜びになるかと」

フォルセトはそう言って笑みを浮かべる。

……なるほど。共同体が小さいために、秘伝というよりは集落全体の共同財産という位置付けなわけか。うーむ……。そうでなくても色々貰ってしまったし、炭酸水のサーバー以外にも何か返さないと釣り合わないな、これは。

しかし、味噌や醤油はどうやらなさそうだ。

となると、次に必要になるのは大豆ということになるか。……他の豆科の植物で代用が利かないだろうか。

そこは……要研究ということにしておくか。米、味噌、醤油ばかりに目を向けているわけにもいかないが、中々良い目標ができたと言えよう。

生産可能になったらハルバロニスに製法を逆輸出し、もしそれが何か利益を生みそうな話になってしまったら、その都度ハルバロニスに相談し、ロイヤリティを支払うなりという形にするのが妥当なところかな。

まあ、何も形になっていない今の段階で口にするのは些《いささ》か気が早すぎるが。

◆◆◆◆◆

「ええと、これが炭酸水を作る魔道具。こちらはかき氷。そしてこれは綿あめを作る魔道具ですね」

「ほほう」

古老達は塔の議場に持ち込んだ魔道具の数々に目を瞬《またた》かせる。

シリウス号に積んであった各種魔道具を塔へ持ち込んで、色々な物を貰ったお礼ということで、こちらからも色々と渡すことにした。

「これ凄《すご》いんだよ。口の中でぱちぱちするの」

……マルセスカの感想は知っている側としては理解しやすいが、そうでない者にはさっぱり、という印象だな。ビールを知っていれば分かるかな？

「まずは実演してみましょう」

「それでは、私がかき氷を」

アシュレイがかき氷、マルレーンが綿あめの魔道具を担当する。それぞれ動かして炭酸水にかき氷、綿あめを作り出して、古老達に手渡していた。

古老達は基本的に子供には甘いのかも知れないな。アシュレイやマルレーンからかき氷や綿あめを手渡され、相好を崩している古老達。子煩悩な祖父母と孫、といっても差し支えないような光景である。

「水魔法で雪を降らせるとこうなりますな。ふむ。これに果汁から作った薄い水あめをかけて食べると」

「ほう。何やら雲のような……」

「かき氷は急いで食べるとこめかみあたりに痛みが来ますので、ゆっくりどうぞ」

ということで、注意を促しつつ古老達だけでなく、俺達にも行き渡ったところで皆で試飲、試食と相成った。

「砂糖がこうなるんですか？　不思議ですね」

「甘くて、冷たくて……美味しい」

「うん。私、これ好き」

「うむうむ。そうじゃろうそうじゃろう」

と、シオンは目を丸くし、シグリッタは淡々とした反応ながらも黙々とスプーンを口に運んで、マルセスカが表情を明るくする。シオン達のところに若干1名ほど、交ざっていても違和感がない人物がいるが気にしないことにしよう。

シグリッタは絵を描く作業も一段落したようだ。色々魔道具を見せるから来てほしいと議場に来てもらったので、まだ作業もあるのかも知れないが。

「パイナップル……だったかしら。私これ好きかも知れないわ」

「甘くて美味しいわね」

かき氷の果汁はパイナップルなのでステファニア姫達も新しい味に舌鼓を打っている様子である。

「おお。これは何というか、斬新じゃな」

「ふうむ。面白いものですな」

フォルセトや古老達の反応も、悪くないかな。

「それから、これは遊具になります。紙に書いてある絵や数字を合わせたり並べたりして色々な遊戯を楽しめるというわけですね」

カードを取り出して机に並べると、みんなの視線が集まった。

ダーツやビリヤードに関してはまた次の機会にということにしておこう。クラウディアの術式も起動して、また必要な時にハルバロニスに戻ってこられるしな。

「遊具とな。それは興味深いのう」

「うむ。ハルバロニスには娯楽になる物が少ないですからな」

「魔道具の数々も、どちらかというと嗜好品《しこう》を作り出す類の物の様子。目新しいものがこれだけあれば、住人の皆もさぞや喜ぶでしょうな」

「原材料の調達がしやすいというのも良いですね」

どうやら供給と需要が合致したようだ。思いの外好評な様子である。

「では、遊具のほうも早速試してみましょうか」

ルールを書いた紙とカードを何セットか用意してきてある。

フォルセトはシオン達と。古老達は古老達同士で分かれて、それぞれカードに興じる形になった。

「それじゃあ、私は楽師代わりということで」

場を盛り上げようとイルムヒルトがリュートを奏でる。楽しげな旋律が議場に流れ出すと、古老達が目を丸くした。

「おや？　その曲は……？」

「ふうむ。細部は違うような気がしますが……。子供の頃によく聞きましたな。しかし……外の方が似たような曲をご存じとは」

古老達は僅かに怪訝《けげん》そうな表情で手を止める。彼らの疑問に答えたのは、クラウディアであった。

「……これは私がイルムヒルトに教えた曲だわ。月でも……ずっと伝わっていたのね」

そう言って、静かに微笑む。

ああ。前に音楽からルーツが見える場合があるかも知れない、という話をした気がする。そうか。イルムヒルトの知っている曲の中には、月由来のものもあるわけだ。

「なるほど……。そういうことでしたか」

「となると、この曲が我等《ら》の知っている曲の元となったものということになりますかな」

古老達は感慨深そうに目を閉じる。そうして嬉しそうな表情を浮かべるイルムヒルトの奏でる旋律に、穏やかな表情で耳を傾けるのであった。

第143章 メルンピオスの再会

シリウス号で旧都へ赴き、月神殿の跡地にもクラウディアの術式を施したりと、ハルバロニスでするべきことを諸々《もろもろ》済ませてから――そして、出立の日となった。

「では気を付けるのじゃぞ」

「はい。行ってきます」

「忘れ物はないな？」

「……大丈夫よ」

「行ってくるね！」

古老達《たち》はシオン達3人に声を掛けて、心配そうにしているようだ。

出発するフォルセトとシオン達の見送りに古老達が町中までやってきたのである。他の住人達も見送りに来てくれているようで、古老達との挨拶を終えたシオン達は町の子供達とも言葉を交わしているようだ。

「では、留守の間のことはお願いします」

「いってらっしゃいませ、フォルセト殿」

フォルセトは不在の間に代理の長となる人物と言葉を交わしている。長の役割としては結界の維持の他にも、住人達の意見を纏《まと》めたうえで古老達との合議の際に伝達する、というものがあるそうだ。

件《くだん》の代理の人物は髭《ひげ》を生やした穏やかそうな人物である。妻子を連れて見送りに来ているようだ。フォルセトの補佐役を長年務め、住人達から信頼もされているということなので後任としては適役なのだろう。

「それではテオドール様。クラウディア殿下やフォルセト達をお頼み申しますぞ」

「はい。タームウィルズで状況が落ち着いたらまた顔を見せに来ます」

「それは嬉《うれ》しいですな」

その際ビリヤードやダーツなども持ってくるとしよう。

古老達と住人達に見送られて町を出ていく。手を振る人々に向かって一礼し、町の入口に向かって歩いていく。

コルリスも手を振って別れの挨拶をしていたりして、それを見た子供達が更に大きく手を振り返していた。

さっきはコルリスに抱き着いている子供もいたりしたからな……。滞在は数日ではあったが割と馴染《なじ》んだものだと思う。

入口から出て、討魔騎士団が停泊させていたシリウス号に皆で乗り込む。

「人員、総員揃《そろ》っております」

討魔騎士団達が人員の点呼といった出発前の確認を済ませると、メルセディアがエリオットに報告する。

「では、行きましょうか」

艦橋側を見ながら頷《うなず》くと、ジークムント老の操船によって船が浮上を始める。高度が上がっていくに従って、シオン達が甲板の端に行って眼下の光景を食い入るように見ていた。高所から見る景色が珍しいのだろう。

フォルセトも静かに森の景色を眺めていたが、シオン達の様子を見て声をかける。

「レビテーションは使えると言っても、落ちないように気を付けるのですよ。誰かに気付かれなかったら船に置いていかれてしまいますからね」

「はい、フォルセト様」

「分かったわ」

「うんっ」

シオン達の反応にフォルセトは微笑《ほほえ》ましいものを見るように穏やかな笑みを浮かべた。それから視線を戻し、森をじっと眺めた後で、呟《つぶや》くように言う。

「もう森が、あんなに小さく……」

自分が長年暮らしてきた森を後にするのは思うところがあるらしい。思わず漏らしてしまったという感じで、俺に向かってフォルセトは苦笑を向けてくる。

「あ、いえ。慣れ親しんだ町を出るというのは……何となく寂しい気持ちになるものですね。ここにこうしていれば何か分かるかと思いましたが……私にはヴァルロスや盟主達の気持ちというのが、理解できないようです」

「新しい生活というのは、確かに……不安もありますね。僕も父さんの家を自分から出た身ですが……彼らは故郷ではなく、枷《かせ》のように思っていたのかも知れません」

「枷、ですか……」

「僕はそうだった、という話ですね。母さんの家を出た時は……また違った気がしますが」

そう……。俺が故郷と聞いて思い浮かべるのは母さんの家だ。どちらの気持ちも分かるなどとは言わないが……町を後にすることを寂しく思うフォルセトは、きっとシオン達と一緒の穏やかな暮らしが好きだったのだろう。

フォルセトは俺の言葉に僅かに目を細め、静かに頷くのであった。

◆◆◆◆◆

迷いの森を離れ――まずオアシスの街マスマドルに向かった。

マスマドルの領主であるファティマに、無事に戻ったことを連絡し、旧都の復興に関する話をしなければならないからだ。

前回来た時と同じように、領主の館近くのオアシスにシリウス号を降ろすと、すぐに駱駝《らくだ》車で領主のファティマがやってきて、出迎えの挨拶をしてくれた。

「エルハーム殿下、それに皆様方も。ご無事で何よりです」

「ありがとうございます、ファティマ。その後、何か変わったことは？」

「ファリード陛下から、城砦《じょうさい》跡にてカハール残党を捕らえたという、正式な連絡が来ています。メルンピオスで今後の話をしたいとも」

なるほど。ファリード王としては今後南西部で状況の変化が起こると見越してのことかも知れない。

「でしたら、シリウス号に乗っていかれてはいかがでしょうか。僕達もメルンピオスに立ち寄る予定なのです」

「それは助かります。ありがとうございます」

「そうですね。ですが、まずは彼女達の紹介を」

エルハーム姫の言葉を合図にフォルセト達が一歩前に出る。

「森の隠れ里ハルバロニスから参りました、フォルセトと申します。この子達はシオン、シグリッタ、マルセスカです」

「よ、よろしくお願いします」

「こちらこそよろしくお願いします」

マスマドルで一番偉い人、と聞かされていたシオン達が緊張した面持ちで挨拶をすると、ファティマも丁寧に一礼して自己紹介をした。

「では……どうしましょうか」

「私としてはマスマドルで皆様のお帰りを迎えたいとも考えていたのですが……メルンピオスでも陛下は歓待の準備をしておられるかも知れませんね」

ふむ……。呼ばれたとあってはファリード王を待たせて歓待、というわけにもいかないか。ファリード王も俺達をメルンピオスで歓待すると言っているのだし、バハルザードの面々もフォルセト達も、話をすることは多いだろうからな。のんびりと歓待を受けるならメルンピオスで、としたほうがファティマの立場としても良《い》いだろう。

ステファニア姫もアドリアーナ姫もすぐ出発ということで異存はないようだ。俺を見ると頷いてきた。

「僕達は問題ありません。ハルバロニスでゆっくりさせてもらいましたので」

俺が言うと、ファティマは一礼してくる。

「では……すぐに出立の準備をして参ります」

「道中、旧都と森での経緯を説明いたします」

「はい」

旧都の復興の話も出てきているし、そうなればマスマドル領主であるファティマの協力は不可欠だろう。エルハーム姫の言葉に頷き、ファティマは駱駝車に乗ると坂道を戻っていった。

◆◆◆◆◆

程なくして戻ってきたファティマはせめてものお土産といって、焙《あぶ》ったヤシの実を持ってきてくれた。

森から回収してきたヤシの実はタームウィルズで育てるためのものだ。皮を剝《む》いて焼いてあるヤシの実は、差し入れとして有り難い。既に冷やして用意してあったらしいので早速艦橋でみんなでいただくことにした。

「お待たせしました」

と、グレイス達がお盆に載せて穴を開けたヤシの実を持ってくる。それをシオン達が手伝ってみんなに配る。

「はい、どうぞ」

「零《こぼ》さないように気を付けて……」

「ありがとうございます」

シグリッタとマルセスカからヤシの実の載った木皿を手渡されてアシュレイとマルレーン、シャルロッテが微笑む。うむ。年少組はシオン達と割と仲良くなっている印象があるな。

その間にもシリウス号はバハルザード王都、メルンピオスを目指して飛んでいく。ファティマは空から見る景色に面食らっていたようだが、すぐに落ち着きを見せて、エルハーム姫とフォルセトから事情を聞いているようである。

「……なるほど。ナハルビア王家の高祖に連なる家系ですか」

「ハルバロニスには過去にナハルビアの貴族が嫁いできた記録もあります。ファティマ様の家名もハルバロニスの記録に残っていますよ。ですから……遠縁ではありますが、親戚ということになりましょう」

「そう……。そうでしたか。ではどうか、末永くよろしくお願いします」

「こちらこそ」

そう言って、ファティマとフォルセトは笑顔で握手を交わす。

「旧都や迷いの森も、いつまでも暫定的な措置というわけにはいきません。バハルザードとしてもあの土地が復興するとなればそれは歓迎すべきことかと存じます」

「確かに、それは陛下も以前に仰《おっしゃ》っておりました。危険性がないのであれば復興に着手しやすくなりますね」

エルハーム姫が言うと、ファティマが真剣な面持ちで答える。

うん。南西部の再開発に関しては問題なさそうだな。元々ナハルビアとハルバロニスは一緒に歩んできたわけだし、バハルザードにとっても益がある、ファリード王も乗り気となればどんどん話も進展していくのではないだろうか。

◆◆◆◆◆

周囲の景色が荒涼とした砂漠から、あちらこちらに草の生えた原野へと変わってくる。

バハルザードの王都メルンピオスまでもう少し、というところだ。

シオン達は景色の移り変わりが物珍しいのか、水晶板の前に並んで眼下に広がる光景を食い入るように眺めている。

「あれは何ですか？」

「遊牧民の天幕じゃな。これから季節が移り変わるから、寒くなる前にこちらに居住地を移してお
るわけじゃな」

シオン達は水晶板の操作を覚えたらしく、気になる物を見つけると拡大したりと、外の世界を満喫している様子だ。分からないことがあるとアウリアに質問しているようである。

「アウリアちゃんは物知りだね」

「うむ。冒険者をしておったからのう」

「冒険者……。面白そう」

マルセスカは何というか……アウリアを年が近いと勘違いしていそうな様子もあるが……エルフのことは知っているのだろうか？

……まあ、和気藹々《わきあいあい》としているので多分大丈夫だろう。

俺はと言えば、ジークムント老、ヴァレンティナ、シャルロッテとフォルセトという面々で、シルヴァトリアとハルバロニスに伝わっている魔法についての話をしていた。

フォルセトがハルバロニスに伝わっているという術式の内容について大まかなところを話したところで、ヴァレンティナが相槌《あいづち》を打つ。

「——どうやら伝わっている魔法には、違う部分と共通する部分があるようですね」

「地上に下りた家系が異なっていますので……彼らの習得していた術式がそのままそれぞれの保有する魔法体系として発展したのでしょうね」

「発展……というにはシルヴァトリアは失われた術式が多すぎる気がするがのう」

ジークムント老は苦笑するが、フォルセトは首を横に振った。

「それは戦いの結果故のもの。名誉ある歴史かと」

「そう言ってもらえると有り難いがのう」

と、ジークムント老はカップを傾ける。フォルセトも同様にカップを傾け、一息ついてから言った。

「対魔人で共同戦線を張るのであるならば、私達の受け継ぐ術式も1つ所に集めるのが道理でしょう。そこでテオドール様、私達に伝わる術式についても預かっていただけないでしょうか？　これについては、古老達も一致した意見なのです」

「分かりました。魔人達の一件を解決するために、お預かりします」

そう答えて一礼すると、フォルセトが微笑んで頷く。

こちらの通すべき筋としては……ハルバロニスから術式は借りるが外部には伝えない、といったところか。これは術式を魔道具に落とし込んで活用する場合でも同様だ。シルヴァトリアの秘術と扱いを同じようにすると考えれば良いわけだ。

あまり特異な術式を持ってこられても魔力資質が合うかどうか分からない部分はあるが、戦力の増強に繋《つな》がるのは有り難い。

「——見えてきました。メルンピオスです」

みんなと魔法についての話をしていると、操船していたエリオットが言った。

その言葉に視線を巡らせれば、水晶板にメルンピオスの外壁や街並み、宮殿が小さく見えているのが分かった。

「では、そろそろ下船の準備をしたほうが良さそうですね」

「そうね。では――ん、んんっ」

俺の言葉に頷いたステファニア姫は小さく咳払《せきばら》いをするように声を整えると、伝声管に向かって言う。

「メルンピオスが近付いてきました。もうしばらくすれば到着しますので、船内各所の人員は各々の配置に応じて下船の準備を進めるようにお願いします」

アドリアーナ姫も同様の文言で、伝声管を使って目的地が近付いてきたことを艦内にアナウンスする。2人も伝声管の扱いにすっかり慣れたもので、どこがどの場所に通じているか完全に把握している様子だ。

メルンピオスが近付いてくるとエルハーム姫とファティマが立ち上がる。甲板に出て兵士に顔を見せてこようというのだろう。最初にメルンピオスを訪れた時と違ってシリウス号についての通達は行っているとは思うが、何分竜籠と違って中に誰が乗っているか分からない。飛行船についての細かな取り決めもない以上は顔を見せておくのがお互い安心、というところだろう。

「では、今回は僕が護衛に付きます」

「ありがとうございます」

エルハーム姫、ファティマと連れ立って甲板に出る。

近づいてくる外壁と監視塔に、兵士が姿を見せる。姿を見せた時から、シリウス号が接近するまでの間、見張りの兵士は直立不動で敬礼したままであった。

「お務めご苦労様です」

「お帰りなさいませ、エルハーム殿下、ファティマ様。ご無事で何よりです。そしてテオドール卿《きょう》、無事にお戻りになるのを皆お待ちしておりました。きっと陛下も喜ばれましょう」

「ありがとうございます」

「はっ！　光栄です！　船につきましては、前のように船着き場ではなく、そのまま宮殿の庭園にと仰せつかっております」

俺が答えると、兵士は敬礼の姿勢を崩さずにそう言った。もう1人の兵士が連絡のための旗を振る。通行許可が出たところでゆっくりとシリウス号が動き出す。

船がメルンピオスの街の上空に差し掛かると、歓声が聞こえた。

眼下に広がる街の家々から、人々が皆で顔を出し、こちらに向かって手を振って歓迎の言葉を唱え、歓声を上げているのだ。

ほとんど総出で往来に出て手を振っているのではないだろうか。お祭り騒ぎといった様子だ。カハール討伐に加わったからか。

そのままシリウス号を宮殿へと向かわせる。メルンピオスの宮殿の敷地内にはいくつかの庭園があるが……その一角で兵士が大きく旗を振っているのが見えた。あの場所に停泊してほしい、ということだろう。

庭園の上に来たところでゆっくりと高度を落として――タラップを下ろせる高度になったところ

でシリウス号が動きを止めた。

「凄《すご》い歓迎ですね」

甲板に出てきたグレイスが言うと、エルハーム姫とファティマが頷く。

「皆様はカハール捕縛の立役者であり、ファリード陛下をお助けくださった英雄ですから。先程の監視塔の兵士も、カハール討伐隊の中に兄がいたはずです」

「なるほど……」

タラップを下りると、ファリード王自らが庭園にやってきていた。側近達と共に、近くの建物で待機していたようだ。

「おお、戻ったか！」

「これはファリード陛下」

「只今《ただいま》戻りました、父上」

ファリード王は俺達全員の顔を見回してから頷く。

「うむ。見たところ怪我《けが》もなさそうだが、全員無事、ということで良いのかな？」

「はい。出ていった時と変わりなく」

そう答えると、ファリード王はにやっと笑った。

「それは何よりだ。積もる話もあるだろうが、まずは部屋に案内させるとしよう」

「ありがとうございます」

「あの者達も中庭に出てもらって構わんぞ。どうやら外の空気を吸いたいと見える」

ファリード王は甲板に姿を見せているリンドブルム達やコルリスを見やって言った。

「分かりました」

「うむ。この中庭であれば自由にして構わん」

中庭に降りてきたリンドブルム達は背筋などを伸ばしたりしていた。まあ、暴れたり宮殿内に入ってくるようなことがなければ大丈夫というところか。シリウス号の警備班とリンドブルム達の世話をする班に分かれる。

それからファリード王の先導と侍女達の案内に従って、まずは部屋に向かい、部屋に荷物などを置いてくることとなった。

それぞれの部屋の割り当てなどが終わったところでエルハーム姫がファリード王に言った。

「父上、まずは旧都近郊に広がる森の隠れ里に暮らしていた方々について紹介したく存じます」

「ふむ。新たに顔触れが増えているとは思っていたが……」

「お初にお目にかかります。ファリード陛下。ハルバロニスから参りました、フォルセト＝フレスティナと申します。彼女らはシオン、シグリッタ、マルセスカ」

「は、初めまして」

シオン達が口々にファリード王に挨拶をする。ファリード王も頷いて応じた。

「ファリード＝バハルザードという。間違っていたらすまぬが……もしやナハルビア王家と繋がりのある者達では？」

情報の出所はシェリティ王妃からだな。

「ご賢察の通りです。ナハルビア王家の伝承にあるところの森の咎人《とがにん》。それは私達のことに他なりません」

「やはり、そうか」

「そのお話については詳しく報告させてください。長らく未知数であった森ではありますが、現在においての脅威は少ないと私は見積もっております」

エルハーム姫が言うと、ファリード王は静かに頷くのであった。

◆◆◆◆◆

宮殿の一室に場所を移し、ファリード王とシェリティ王妃を交えて話をすることとなった。

「――戦士と呼べる者達はヴァルロスに総がかりで挑みましたが……悉《ことごと》く退けられました。破壊の混乱から立ち直り、外に出てみれば……既にナハルビア王城は破壊されていた後だったのです」

「そう……ですか。月の民とは……私の想像も及ばない話です」

フォルセトがヴァルロス出奔当時の話を終えると、シェリティ王妃は小さくかぶりを振る。

「……お詫《わ》びの言葉も見つかりません。責任の所在は私達にあります」

そう言って、フォルセトは深々と頭を下げる。王妃は少しの間押し黙っていたが、やがて口を開くと質問を投げかけた。

「1つ……お聞きしてもいいでしょうか。何故《なぜ》、あなた方は魔人化の方法を伝えていたのでしょうか？」

「魔人化の具体的な方法というものはハルバロニスからは失われています。しかし、月の民の宿す力の核を封印するために自分達についての研究を行う必要がありました。これは盟主が出てからの、私達にとっての命題であったのです」

しかし独力で魔人化へ至ってしまったのが無明の王……ヴァルロスということになる。

「ヴァルロスは分家。本来研究に携わる立場でもありませんでした。あれは――魔人化の概念を知ることから始まり、自らの力の高まりによって反転に至ったと……そう言っていました。概念と目的、そして意志と力。これらが揃えば然《しか》るべき儀式も見えるのだと」

……それだけでか。何というか……ヴァルロスに関しては強固な信念というか、執念めいたものを感じる。

「ではこれから先、ハルバロニスで魔人化を行うことのできる可能性のある者は？」

ファリード王の言葉に、フォルセトは静かに、しかしはっきりと答える。

「かなり限られます。魔人化を行えると予想され得る力の核を宿すのは純粋な月の民のみで……地上人と血の交わりのない者は私と古老達の家系の一部に残るのみ。私達が血統を維持していたのは、結界の維持のために最低限の人員が必要だったからです。そして……自ら魔人となるには相当に逸脱した力が必要ということも分かっています。その条件を満たす者は、現在はいません」

そして魔人化について前提として大きな力が必要という条件を知る者は、更に限られてくる、というのがフォルセトの説明であった。

研究に目途が立って伝える必要がなくなったということなのか、ヴァルロスが新たに現れてしまったから伝承そのものを止めたのか。純血であれど、魔人化を目的として力を高めなければそこには至れないというわけだ。

外の世界を恐れていたハルバロニスだけに、純粋な月の民をなくし、結界を解いてしまうこともできなかったのだろう。恐らくは……盟主の引き起こした戦禍が大き過ぎたから。

「もしも不安がありましたら、私や古老達は首を差し出す覚悟もしております。今の言葉の信が問われるならば魔法審問も受けましょう」

その言葉にファリード王は目を見開き、シェリティ王妃は瞑目《めいもく》する。

……フォルセトがこの場にシオン達を同席させなかったのは、このことを伝えるためか。自分達の命を差し出してでもハルバロニスの住民達は見逃してほしいと。

「……分かりました。しかし、私はあなた方に報復は望みませんし、そもそも私の仇《かたき》でもないはずです。父や母は亡くなりましたが、あなた方もその際に血を流しておられるのでしょう？　力が及ばなかったという、それだけです。ファティマは……どうですか？」

「……誰かの罪や野心のために多くの者が振り回されるのは、月の民に限った話ではありません。ましてや、当時の者達と指導者が代替わりしているとなれば」

シェリティ王妃から水を向けられたファティマが答える。

「俺もシェリティやファティマと同じ意見だ。元はと言えばバハルザードの混乱も、その事件の遠因となっているようだしな。バハルザードはカハールのような者の跳梁《ちょうりょう》を許してしまった手前、何も言う資格がない」

　３人の返答を受けて、フォルセトは深々と頭を下げる。

「再発の防止、ということでしたら、私の身に着けている呪具と同じ物では応用が利きませんか？」

　グレイスは己の指輪にもう一方の手を重ねてそう言った。グレイスもまた、ハルバロニスの人達が心配なのだろう。オーガストのやったことに重ねている部分があるのかも知れない。

「可能、だと思う。月の民の特性の一部……魔人化の力の核となる部分を封印してやればいいわけだから。古老達やフォルセトさんが協力してくれるなら、作れるはずだ」

　何せ力の核を移すというところまで研究が進んでいたわけだしな。

　封印術にそのあたりの研究内容をフィードバックして組み込んでいけば良い。ピンポイントで封じればいいだけに、グレイス程に制約も大きくはならないだろう。

「後は指輪を預かる者の心次第ということかしら。それならば、彼らの封印を預かる立場になってもいいわ」

　と、クラウディアが言う。立場的にも妥当なところと言えるかも知れない。

「可能性のある者は極少数。再発防止の策もあるとなれば……ハルバロニスは我が国としても庇護《ひご》していく用意がある。旧都の復興についてはこれから進めていくとしよう。ファティマ。お前の負担は増えてしまうかも知れんが……」

「問題ありません。森に入っている冒険者達がハルバロニスを見つけて揉《も》め事《ごと》を起こす、ということは考えられませんか？」

元より、森に冒険者が入るのはナハルビアもハルバロニスも認めていた、ということらしい。ナハルビアの生活の糧でもあったからだろう。その慣習がバハルザードに組み込まれてからも続いているわけだが……。ハルバロニスの存在を知って、ファリード王がそれをどう扱うのかということになってくる。

「それについてはハルバロニスの者達をバハルザード王家が関係者として認めてしまえば良いわけだ。ナハルビアと繋がりがあるのなら、今となってはバハルザード王家にとっても外戚に近いとも言えるし。故に、身元を保証する……と、俺の名でな」

要するにハルバロニスにとって敵対的な行動を取るとバハルザードも敵に回す、ということになるか。

ヴェルドガル、シルヴァトリアもハルバロニスを庇護する立場を取ることとなるが、実効的な力が及ぶのはバハルザードであるために、その意味するところは大きい。

「方針が決まったのなら冒険者ギルドの上層部に話は通しておいたほうが良いかも知れませんね」

「ではマスマドルのギルド長には書状を認めておきますぞ」

エルハーム姫が言うと、アウリアが答える。

「ハルバロニスの立場なども固まってきたか。では、もう一点、エルハームよ」

「はい」

エルハーム姫がファリード王に向き直り居住まいを正す。

「務めを終えて戻ってきたばかりで慌ただしくて済まないが……お前には俺の名代としてヴェルド

ガルへの使者となってもらいたい。今の話、俺やフォルセト殿の見解や立場を伝え、便宜を図ってほしいのだ」

つまり……アドリアーナ姫と同様の立場として、ヴェルドガルに中長期的に滞在するというわけだ。そして俺達を交えてその話をするということは、ハルバロニスを守る立場を堅持することの証明の意味合いもある。フォルセトはその言葉を聞いて、もう一度深々と一礼した。

「分かりました。全力を以《もっ》てその任、お受けします」

エルハーム姫がどこか嬉しそうな表情で答える。

「それと……お前の鍛冶の腕についても、魔人討伐の役に立つようであれば存分に力を振るってくると良い。ヴェルドガルは変わった素材も産出すると聞く。きっと学べることも多かろう」

「ありがとうございます。戻ってきた折に、父上の腰に佩《は》く刀に恥じない物を打てるよう努力してきます」

「ふむ。それについては今の腕でも十分過ぎると思っているのだがな。ま、楽しみにしておこう」

そう言ってファリード王は立ち上がると笑う。

「話すべきことは話した。難しい話はこのぐらいにしておこうか。今宵《こよい》はカハール討伐の英雄を迎える宴《うたげ》だからな。存分に飲み食いして盛り上がろうではないか」

第144章 星の欠片

案の定というか……宴席はかなり豪華で賑《にぎ》やかなものになった。

ヨーグルトソースのかかった料理の他にも、パイ生地の中に挽肉《ひきにく》やチーズを詰めたものだとか、茄子《なす》に肉を詰めたものであるとか、色々手の込んだ品々や、瑞々《みずみず》しい果実が運ばれてくる。

「ん……。これは美味《おい》しいですね」

グレイスは出される料理を一口一口吟味しながら味付けや作り方などを学んでいるようだ。また家に帰った後で料理のレパートリーが増えるかも知れない。

「参考になりそう？」

「はい。今回はハルバロニスからも食材を持ち帰っていますし、研究しがいがあります。マリー様も色々と試作してくださっていますし」

と、グレイスは上機嫌である。

「まあ……そうね。調味料作りは調薬と似ているところがあるから色々と配分を試行錯誤するのも中々楽しいものだけれど」

話題を振られたローズマリーを見やると、小さく頷《うなず》いてから羽扇を取り出し、視線を外すように踊り子のほうへ顔を向ける。それを見たマルレーンもにこにこと笑っている。

「私も陣地で兵士達《たち》に料理を振る舞ったりしていたので多少は作れますよ。分からないことがあれば聞いてください」

エルハーム姫が笑みを見せる。

「ありがとうございます、エルハーム殿下」

「バハルザードの料理……タームウィルズで流行《はや》るかも知れないわね」

「んー。シルヴァトリアの料理もヴェルドガルで広めようかしら……」

「でしたら、協力しますぞ」

「そうですね。塔での生活はすることがなかったから料理に凝っていたし」

ステファニア姫とアドリアーナ姫の言葉に、ジークムント老とヴァレンティナが答える。

「それは良《い》いのう……。色々な料理をヴェルドガルで楽しめるというのは」

アウリアが目を閉じて頷く。

……うむ。俺としても持ち帰った食材での研究開発なども含めて、今後には色々と期待したいところだ。

フォルセト達は――ハルバロニスの外の料理を食べるのは初めてなのだろうが、好感触な様子であった。

「美味しい！」

と、マルセスカの素直な反応である。

「ですね、フォルセト様」

「ええ、そうね。外の世界の料理は、私も初めてだけれど……」

そしてシグリッタは……黙々と料理を口に運んでいるあたり、シオン達と同意見なのだろう。

何と言うかシーラと一緒に食べることに集中しているようだ。２人同時にお代わりをしていた。

何となくテンションの似たところのある２人である。

シオン達は魔力の補充だけで活動できるが、こうやって食べ物を経口摂取してもいい、ということだそうで。

奏でられる陽気な音楽。楽しげな様子の踊り子達への喝采であるとか……メルンピオスに来た時の宴席は出陣前の士気高揚の意味合いも強かったが、今回はみんな肩の力を抜いて楽しんでいる雰囲気が窺《うかが》えた。

「――そんなにも凄《すさ》まじいものでしたか」

「いや、圧巻でしたぞ。空中を交差する魔力の輝き、薄暗い闇を白々と照らす火球……！」

「陛下の一閃《いっせん》もお見事でしたぞ。騙《だま》し打ちしようとしたカハールの奴《やつ》めをすれ違いざまにこう、ですな」

カハール討伐に加わった武官が身振り手振りを交えて城砦《じょうさい》での戦いを説明している。それを酒の肴《さかな》に宴席を楽しんでいるようだ。

「ふうむ。カハール達が一網打尽になったとなれば、国内も安定していくことでしょう。今まで後回しになっていたところにも手が回せるようになる」

「いやはや。めでたいことですな」

「いや、全く」

文官もほくほく顔である。野盗となっていた残党連中が捕らえられたことで、街道の警備コストを安く済ませられるようになるであるとか、デュオベリスの信徒にとって最も憎い敵であったカハールがいなくなったことで、そちらの面からの治安の安定効果も見込めるわけだ。仕事の上で頭痛の種であった連中が片付けられたのだから、それはまあ、上機嫌になりもするか。

「ま、俺が悪政を敷けば教団にまた力を与えてしまうことになるからな。今後は身を引き締めていかねばなるまいが」

そんな文官達のやり取りを聞いていたファリード王が酒杯を呷《あお》りながら笑みを浮かべる。ファリード王もかなりリラックスしている様子が窺えた。シェリティ王妃と寄り添い、寛《くつろ》ぎながら料理と音楽を楽しんでいる。

「ああ、そういえば。戻ってきたら話すつもりでいたのだが、忘れてしまっていた」

ファリード王は何かに気付いたように顔を上げて俺を見てくる。

「何でしょうか？」

「いや。俺としてもテオドールには何か礼の品を渡さねば、と思っていたのだがな。宝物庫の中を見回してみても、お前達に渡して喜ばれそうなもの……というより、役に立ってくれそうな物が少なくてな」

……恩賞、ということか。バハルザードは前の代までの浪費やその補塡で色々と財政状況が良くないようだが、王家の体面上何も出さないというわけにもいかないのだろう。

「まあ、少ないなりに宝物庫を漁《あさ》ってみればそれなりの物も見つかった。星の欠片《かけら》……いや、金属の塊なのだが、これがどうにも難物でな。記録によれば普通の炉で溶かすことはおろか、ミスリルの工具でも全く歯が立たなかったそうなのだ。俺達では正直なところ持ち腐れなのだが……お前達ならば或《ある》いは、と思ってな。どうだろうか？」

「それは……面白そうですね」

「だろう？　あまり多くはないが、加工できれば役に立つのではないかと思ってな」

ファリード王はにやりと笑う。それは確かに……金銀財宝や普通の武器防具より価値がありそうだ。

◆◆◆◆◆

「これだ」

宴席が終わってから宝物庫に置いてあるという件《くだん》の金属塊を見せてもらった。

一見すると銅か真鍮《しんちゅう》……或いは金のような色合いだが……金色に輝いて見えるのは金属そのものがぼんやりと光を纏《まと》っているからだろう。金属そのものは白色……いや、僅かに赤い色合いもあるか。

光は揺らぎをもって金属塊からオーラのように立ち上っている。片眼鏡を通して見なくとも強い魔力を秘めているのが分かった。

「湯気が出ているみたいに見えるけど……熱は持っていない。ひんやりとしているわ」

と、イルムヒルト。熱源反応はなしと。

「……オリハルコンね」

クラウディアが目を閉じて、静かに言う。

オリハルコン……実物を見るのは初めてだな。ＢＦＯでは次に行われるイベントの景品がこの素材、というような運営からのアナウンスがあったが……結局、それを見ることもなかった。割と楽しみにしてたんだがな。今、ここで見ることになるとは。

「オリハルコン――。これがか？」

伝説上の金属ということで……ネームバリューがあるのはこの世界でも同じである。ファリード王は驚いたように目を丸くする。

「生きている金属、などとも言われるわね。丈夫さだけではないのよ。金属側が使い手の意を汲《く》んで役割を理解し、性質を変えるとされるわ。月から僅かにしか産出しないはず……なのだけれど、どうして地上にあるのかしら？」

「これに関してはバハルザード王家の先祖に当たる者達が見つけたとされているな。伝承が残っている。空から星が落ちてきた、とな。先祖が見に行ってみれば、原野に穴を開けて、その中心にこれが落ちていたと」

ならば……。月から地上へ落ちてきた？　或いは衛星軌道からかな？　オリハルコンが地上からは産出しないというのが正しいのであれば……月由来でやってきたというのならバハルザードの伝承とも符合するが。

「クラウディア様は、加工方法も知っておられるのですか？」

と、アシュレイに尋ねられたクラウディアは、目を閉じると小さく首を横に振る。

「詳しくは知らないわ。けれど……目的がなければ加工できない、と聞いたわね。オリハルコンと鍛冶師が向き合い、納得させながら打つことで、初めて加工することができると」

「意を汲むっていうのは……鍛冶師が加工する時も同じか」

「多分、そういうことね」

「なるほど。過去のバハルザードでは加工できなかったわけだ。方法を知らんのもそうだが、納得させるに足る目的がない。カハール達も含め、歴代の王達はこれに目をつけて色々手を尽くしていたらしいがな。冶金技術を発展させたのに肝心のこれには手付かずとは皮肉な話だ」

ファリード王が言った。理由がないというのは、主に混乱期の王や重鎮達を指しての言葉だろう。苦笑するような表情を浮かべていたファリード王だったが、表情を静かなものに戻して言葉を続ける。

「無論、今のバハルザードでもな。カハール達が既に倒れた今、この金属を必要とする場所が我が国にあるとも思えん」

「このような貴重なものを――」

俺が言いかけると、ファリード王は首を横に振った。

「いいや。だからこそ我が国の恩人に託すのだ。それに魔人達が目的を遂げるようなことがあれば、我が国にも戦火は及ぶだろう。俺の私見で済まないが、他にこの金属を用いるのに相応《ふさわ》しい場がない。お前達に扱えぬのならこの金属を扱える者など、どこを探してもいはしないだろうさ。それに……月にあったものを月の民のために返すのならば、それは正しい在り方だと言える」

「……分かりました。大切に使わせていただきます」

「ああ。そうしてくれ」

一礼すると、ファリード王は愉快そうに頷く。

オリハルコンか……。また思わぬところで大物が手に入ってしまったものだが……。さて、どう加工し、どうやって利用したものか。

◆◆◆◆◆

そうして俺達はメルンピオスで、ファリード王からの歓待を受けて宮殿に滞在し——のんびりしてからタームウィルズへと帰ることとなった。

「では行って参ります」

「うむ。しっかりと務めを果たしてくるのだぞ」

「身体《からだ》に気を付けるのですよ」

「はい。父上、母上もお元気で」

エルハーム姫はファリード王達と言葉を交わし、ファティマとも別れの挨拶をする。

「お気を付けて」

「はい。ファティマ様も」

宮殿の庭園にファリード王とシェリティ王妃、ファティマ。それに武官、文官達が見送りに並んでいる。

更に、バハルザードの武官……ラザック達。これはラザックを筆頭に数名の武官と魔術師がエルハーム姫の護衛という名目でタームウィルズに同行するが、到着してからは討魔騎士団への参加を希望するという話である。

対魔人への共同路線を取るということで、バハルザードのスタンスが明確になるだろう。そのあたりの交渉もエルハーム姫に渡された親書に書いてあるそうだ。

討魔騎士団の目的とも合致する。恐らくラザック達も正式に編入されることになるだろう。

オリハルコンについては——工房に帰ってからだな。

「シリウス号の人員の確認、終わりました」

討魔騎士団の連絡に頷いて、ファリード王と向き直る。

「ファリード陛下。こちらの準備はできております」

「うむ。では参ろうか」

ファリード王は頷く。そうして身を翻すとシェリティ王妃と共に飛竜に跨《また》がった。

エルハーム姫もラムリヤの操る砂の絨毯《じゅうたん》で空に浮かぶ。それを合図にするかのように軍楽隊が勇壮な音楽を奏で始めた。ラッパと太鼓の音に合わせて兵士達の勇猛さと祖国を讃《たた》える歌が唱和される。出征のための軍楽ということだ。歌詞の一部を変えていて、ヴェルドガルやシルヴァトリアについても共に栄光と繁栄をという、アレンジ版になっていたりする。

ハルバロニスでの航空ショーを耳にしたファリード王が見送りの際にパレードを、と考えたのだそうな。ファティマも地竜に跨って軍楽隊と共に進み始める。

俺達もそれぞれ、リンドブルムやサフィール達に跨る。

浮かび上がるシリウス号を先導するように軍楽隊が大通りを行進していく。ファリード王とシェリティ王妃、エルハーム姫が、軍楽隊の後ろの上空を。更に俺とエリオット、コルリスに乗ったステファニア姫とアドリアーナ姫が続く。

シリウス号の船首にアルファが、その後ろにパーティーメンバーが立っているのが見えた。右舷、左舷、船尾を飛竜、地竜達に跨った討魔騎士団が固め、楽士隊の行進に合わせるようにゆっくりゆっくりとメルンピオスの大通りを進む。

「バハルザード王国エルハーム殿下の御出征にして、ヴェルドガル王国王女ステファニア殿下、並びにシルヴァトリア王国王女アドリアーナ殿下。そして救国の英雄、異界大使テオドール卿《きよう》御一行の凱旋《がいせん》であらせられる！」

顔を出したメルンピオスの人々に向かって兵士が言うと、大きな歓声が上がった。すぐに沿道に人集《ひとだか》りができていく。

民衆が、誰からともなく軍楽隊に合わせるように歌い始める。討魔騎士団の後ろから大通りを民衆達が歌いながら行進。さながら戦勝パレード、といった様相だ。

軍楽と合唱に合わせた行進でいやが上にも士気が上がると言うか。軍楽隊の先頭が北へ向かう門に近付くと、門に控えていた兵士達の手で開放される。

そのまま軍楽隊は門から、空を飛ぶ者達は外壁を越えてメルンピオスの外へと出る。軍楽隊は門から出ると左右に広がるように展開。民衆達もその後ろに広がる。

ファリード王はこちらに向き直ると飛竜を回頭させて近付いてくる。

「テオドール。お前達に武運と、女神と精霊達の加護があらんことを」

そう言って、ファリード王は拳を突き出して、にやりと笑みを浮かべる。

……別れの挨拶まで王様らしくない人である。

「こちらこそ。陛下と王妃殿下の御武運と御多幸をお祈りしています。バハルザードに平穏と繁栄があらんことを」

こちらも拳を出す。軽く拳と拳をぶつけるようにしてから、互いの乗る飛竜が離れる。

軍楽のリズムに合わせるようにゆっくりと進む。ファリード王とシェリティ王妃、軍楽隊、兵士達、そして手を振って歓声を上げる民衆達に見送られて、その姿が小さくなって見えなくなるまで編隊を維持して飛行を行い、メルンピオスを後にした。

「お帰りなさい、テオ」

シリウス号の甲板に戻ってくるとグレイス達が微笑《ほほえ》んで迎えてくれる。

「ん。ただいま」

「リンドブルムの装具はもう外してしまってもいいですか？」

リンドブルムの喉のあたりを軽く撫《な》でながらアシュレイが尋ねてくる。

「ああ。後でリンドブルムが退屈してるようなら一緒に飛んだりしようかと思ってるけど、装具がなくても飛べるしね」

ということで、甲板に降りたリンドブルムの装具をみんなで手分けして外してしまう。

甲板後方でメルンピオスの方向を見つめていたシオン達も、こちらの様子に気付いて戻ってくる。

討魔騎士団達の飛竜や地竜の装具を外す手伝いをするつもりのようだ。

外の世界はフォルセトやシオン達にとってはどう映っているのか。反応としては……悪いものではなさそうだけれど。

ステファニア姫、アドリアーナ姫にエルハーム姫。それから討魔騎士団達が次々と甲板に戻ってくる。エリオットがサフィールから装具を外しながら、甲板に戻ってきた人員の点呼を取っていた。

「じゃあリンドブルムも、また後でな」

リンドブルムは頷くとサフィールやコルリス達と一緒に船の中へと戻っていく。コルリスは途中で思い出したかのように振り返ってステファニア姫達に手を振ってから船に入っていった。

◆◆◆◆◆

――街道上空を通って北へと向かう。バハルザードの国内問題も一段落したせいか、帰路は順調といったところだ。

持ち帰る作物や薬草の数々も適正な温度と湿度を維持するための魔法陣の上に安置されている。帰ったらやることは色々あるが……まあ、帰りの旅はのんびりとさせてもらおう。

「遊牧民がこちらに来るようね。このまま行くとすれ違いになるわ」

お茶を飲みながら艦橋で寛いでいると、水晶板に映った光景を見やってローズマリーが言った。

遠くから移動してくる遊牧民達の姿が見える。

「あれは……ブルト族かしら？」

と、クラウディア。ブルト族……山岳地帯で装飾品やら楽器やら絨毯やらと、色々貰《もら》ってしまった人達だな。

遊牧民達はシリウス号の姿を認めると手を振ってくる。子供など、飛び跳ねながらこちらを指差しているのが見えた。

「あの反応は間違いなさそうだ」

季節に合わせて平野に下りてきたのか。羊達も一緒に移動している。水晶板で拡大して確認すると、族長のユーミットの姿も見えた。

……んん。挨拶はしていきたいが、こちらからシリウス号で近付いて羊を驚かすのも良くないな。

「少し街道から離れたところで停泊させましょうか。すれ違う時に挨拶をしていくということで」

「分かったわ」

操船していたヴァレンティナが頷く。ゆっくりとシリウス号の高度を下げて、街道の脇に停泊させ、船から降りて遊牧民達を待つ。

やがて沢山の羊を引き連れた遊牧民達が街道を逸《そ》れて、俺達に真っ直《す》ぐ近付いてくる。

「これは皆様方。お帰りに立ち合えるとは思っておりませんでした。羊達への配慮までしてくださり、ありがとうございます」

「こちらもです。皆様お元気そうで何よりです」

と、族長のユーミットと挨拶を交わす。

周囲があっという間に羊だらけになった。アシュレイとマルレーン、シャルロッテといった年少組……と、更にアウリアも楽しげに羊を撫でたり草を食べさせたりしている。

「羊……可愛《かわい》いわ」

「ハルバロニスの外にもいるんだね」

「……というより、ハルバロニスの外から持ち込んだんじゃないかな？」

羊を撫でるシグリッタとマルセスカと、草を与えるシオン。

どうやらハルバロニスでも羊を飼っていたらしい。稲作をしているなら羊の食料となる藁《わら》にも困らないか。シオン達は羊達の扱いにも割と手慣れている様子だ。

「カハール達を無事に成敗し、今からヴェルドガルに向かうところなのです」

子供達を見て微笑みを浮かべていたエルハーム姫であったが、ユーミットに向き直って言った。

「ほほう。首尾よく事が運んだようで何よりですな。皆様もお怪我《けが》がないようで何よりです」

「ありがとうございます。ユーミットさん達は、これから南の平野へ？」

「そうですな。メルンピオス近くの拠点に移動し、ファリード陛下へもご挨拶に伺う予定でおります」

「父上も上機嫌ですし、メルンピオスの民にもこれから数日酒を振る舞うと言っていましたから、今から行けば丁度お祭り騒ぎになっているかも知れませんね」

「ほほう。それはまた楽しみですな。我等《ら》の酒や食べ物を物々交換して、祝いの宴《うたげ》に参加してくるとしましょうか」

ユーミットは相好を崩す。そうして……ブルト族と再会と別れの挨拶を交わし、羊を引き連れて去っていく彼らを見送った。

では……俺達もヴェルドガルへの帰還の旅と行こう。

◆◆◆◆◆

艦橋にはイルムヒルトの奏でるリュートの音色が響いている。その音色にラヴィーネが欠伸《あくび》をしたりして。セラフィナはラヴィーネの背中の上。毛皮に顔を埋めるようにうつ伏せに抱き着いてリラックスしているようだ。編み物をしたり本を読んだり。思い思いに過ごす穏やかな雰囲気の中、シリウス号は進む。

街道沿いを北上し——乾燥地帯を抜けて高原へ。そこを更に進んでいけば国境に跨る山岳地帯だ。山頂付近には既に雪が積もっていた。

「山が真っ白……」

と、シオンが眼下の光景を食い入るように見ながら言う。

「標高が高いところは寒くなるからな。これからどんどん気温も下がっていって、さっき通ってきた高原付近も雪が降るんじゃないかな」

「雪……これが……」

答えると、シグリッタとマルセスカも感心したように頷いて水晶板を覗《のぞ》き込んでいた。

山岳地帯を抜け、ヴェルドガル側に入って標高が下がってくると、紅葉した景色も増えてくる。高所から見る景色は次々と移り変わっていく。シオン達にとって何時まで見ていても飽きないものらしい。

紅葉した山々を抜けて平野を更に北上していけばデボニス大公の領地に至る。

大公には歓待をしてもらったり書状を書いてもらったり……今回の旅では世話になっているし、無事に戻ったことや、書状については礼を言わなければならないだろう。

バハルザードとの関係や今回の旅の顛末《てんまつ》など色々と話をしておくべきこともあるので、大公の城へ立ち寄って挨拶をしていくことにした。

「デボニス大公には色々とお世話になっています。私もご挨拶をしたく存じます」

エルハーム姫が言う。

「殿下はデボニス大公と面識がおありなのですか？」

「いいえ。しかし書状での挨拶なら何度か行っております。私達や遊牧民達との交易も積極的に行ってくださいますし……バハルザードにとってはやはり恩人と呼べるお方ですね」

……なるほど。混乱に乗じるような真似《まね》をしなかっただけでもバハルザード側としては有り難いわけだ。

対外政策としてもメルヴィン王とデボニス大公の意向はそう大きくは乖離《かいり》していない。デボニス大公がファリード王達と繋《つな》がりを持つということは、先王やカハール達よりファリード王達を支持するとヴェルドガルが言っているに等しい。それはファリード王の求心力を増強する結果にも繋がっていただろう。

やがてデボニス大公の領地が見えてくる。外壁にいる兵士達に挨拶をし、領地の中へと進む。デボニス大公の居城は水路に囲まれた、壁面に蔦《つた》の這《は》う古城……という雰囲気であるが、その蔦も赤く色付いていて、何とも趣のあるものとなっていた。

「綺麗《きれい》なお城ね……。後で絵にしなくちゃ……」

それを見たシグリッタが目を細める。シグリッタは動物も描くが風景画も描くらしい。もっとも、風景画は単なる趣味でしかないようだが。

「後からで描ける？」

「私の場合、見たものをあんまり忘れない性質だから……」

シーラの質問にシグリッタが答える。なるほど。映像記憶という奴か。後で絵を描く時に色々便利なのかも知れない。

さて。前回来た時と同じように円筒形の競技場にシリウス号を停泊させ、居城へ向かうとしよう。

◆◆◆◆◆

「おお、皆様！　ご無事で何よりです！」

城へ向かうと、俺達を出迎えてくれたのはデボニス大公ではなく、長男夫妻であるフィリップとエレノアであった。マルレーンが嬉《うれ》しそうにスカートの裾を摘まんで挨拶をすると、夫妻は微笑ましい物を見るような、柔らかい笑みを浮かべる。

「バハルザードより戻って参りました。デボニス大公にお礼とご挨拶をと思い、立ち寄った次第です」

ステファニア姫がそう言って一礼する。

「これはステファニア殿下。ご丁寧に。しかし、申し訳ありません。父は今現在、タームウィルズを訪れていて不在なのです」

と、フィリップは申し訳なさそうに言う。

「となると、次の春まではタームウィルズに？」

「いえ。用が済めば戻ってくるとのことです」

「そうでしたか。では、どこかで入れ違いになってもいけませんし、今回の旅についての報告や書状についてのお礼をお伝えしておこうかと」

「分かりました。もし父が入れ違いに戻ってくるようでしたら、しかと報告しておきましょう。どうぞ、こちらへ」

と、フィリップは城の奥の貴賓室へと案内してくれる。

……ふむ。まあ、入れ違いにならないよう通信機でアルフレッドに連絡はしておこう。こちらが帰途にあることと、デボニス大公を訪ねたが不在であったことなどを連絡する。

「お初にお目にかかります、フィリップ様。バハルザード王家より父、ファリード陛下の名代として参りました、エルハーム＝バハルザードと申します」

「おお。お噂《うわさ》はかねがね」

貴賓室に通されてお茶が出たところでエルハーム姫が自己紹介をすると、フィリップ達も相好を崩して自己紹介を返していた。フォルセト達もそれに続いてフィリップに挨拶をする。

「デボニス大公に認めていただいた書状についてのお礼を言わせてください。カハール達の手勢がエルハーム殿下を襲撃しようとしていたので助勢に入ったのですが……信用を得るためにいただいた書状がとても頼りになりました」

と、皆の自己紹介が終わったところで、俺からも礼を言って頭を下げる。

「それは何よりです。しかし……バハルザード領内に着いて早々カハール絡みの騒動とは。南の旅は中々波乱含みだったようですな」

「かも知れません」

苦笑を返し、それからフィリップに南方の状況を伝える。

教祖や幹部、戦士階級をごっそりと失ったデュオベリス教団の活動が下火になっていること、聖地には教団が勢力を盛り返すような脅威が存在しないこと、カハール達が残党と共に捕縛されたことや、ブルト族やバハルザード王家との関係等々といった内容だ。

「……なるほど。エルハーム殿下もお出《い》でになったのであれば、今後とも両国の関係は安泰でしょうな。ブルト族やバハルザード王国との交易や交流もますます盛んになるというもの。いや、春が今から楽しみです」

と、フィリップは嬉しそうな様子だ。

「この後は皆様どうなさるご予定ですか？」

エレノアが尋ねてくる。

「そうですね。シリウス号の速度から言えば、タームウィルズにも今日中に帰れるかとは思うのですが……」

「それはまた、素晴らしいものですな。父がタームウィルズにいることや、陛下への報告を考えると、帰途は早めのほうが良いでしょうが……ふむ。皆様はもう昼食はお済みなのですか？」

「いえ。まだです」

「では、せめて昼食をどうぞ。父は不在ではありますが、歓待せずにお帰しするわけにも参りません」

「ありがとうございます。ご相伴に与《あずか》らせていただきます」

◆◆◆◆◆

そうして、討魔騎士団共々デボニス大公の領地で遅めの昼食をとってからタームウィルズへの帰路についた。

アルフレッドからはデボニス大公が現在タームウィルズに滞在中であると返信があった。俺達の帰還についても大公に連絡しておくとのこと。うむ。これで入れ違いになるということはあるまい。

「では、船を出すぞ」

人員の点呼などが終わったところでジークムント老が言う。ゆっくりとシリウス号が動き出し、外壁を出たところで段々と速度を上げて——川沿いの街道を更に北上していく。

夕方ぐらいにはタームウィルズに到着するだろうか。そのあたりのことはアルフレッドに連絡しておくのが良いかも知れない。

北上するに従い植生も俺の見慣れたものになっていくが、山の上のほうなどはもう紅葉も終わってしまって、冬の気配を感じるものになっていた。その景色を見てフォルセトが言う。

「シリウス号の中は過ごしやすいですが、ヴェルドガルは寒いのですね。ハルバロニスは一年を通してそれほど温度も変わらないので余計そう感じるのかと思いますが」

うん……。フォルセト達は地下都市と熱帯雨林、それに周辺の砂漠ぐらいしか外界を知らないはずだからな。俺達にとっても結構気温の差を感じるのだから彼女達にとってはかなり違うのだろう。

「確かに……向こうから帰ってくると肌寒く感じますね」

グレイスが頷く。

「タームウィルズに着いたら、冬用の衣類を買いに行くのが良いかも知れないわね」

「そうですね、みんなで買い物に出かけるのが良いのかも知れません」

ローズマリーが少し思案するように言うと、アシュレイも笑みを浮かべた。

フォルセト達もハルバロニスから出る際に身の回りの物を持ってきているようだが、冬服の用意は最初からないだろうし。

エルハーム姫――バハルザードに関しては、季節によって夜間は結構冷えるようなので寒さに対する備えもあるようだが。

「ラムリヤは……寒さは大丈夫なのかしら？」

クラウディアがエルハーム姫の肩に乗っているラムリヤに尋ねる。問われたラムリヤは首を縦に振った。

トビネズミは乾燥地帯から砂漠に生息すると聞くが……。まあ、そのあたりはさすが魔法生物というところか。

タームウィルズに到着してからあれを買いに行くだとか、何が必要だとかいった話をしながらシリウス号は進んでいく。

やがて日が暮れてきた頃になって――小高い山を越えると、夕焼けの色に染まった王城セオレムが突然視界に飛び込んでくる。

「凄《すご》い……」

フォルセトが水晶板を見てその光景に目を丸くする。エルハーム姫やシオン達も同様だ。言葉もないといった様子で、眼前に広がる光景に圧倒され、目を奪われていた。

王城セオレムもだが……その後ろに広がる大海原もバハルザード首都近辺やハルバロニスにはな

いものだからな。

「ようこそ、タームウィルズへ」

ステファニア姫が笑みを浮かべる。

そうして、シリウス号は西区にある造船所を目指してゆっくりと進んでいくのであった。

第145章　晩秋の境界都市

「あれが王城セオレム。迷宮が作り出した王城ですね」

「迷宮が……」

セオレムの威容は視界に入っているが、まだ距離があったので下船のための準備が終わったところでタームウィルズの各区画についてエルハーム姫達《たち》に色々と説明をしておくことにした。

セオレムについて。東西南北に広がる区画ごとの特色、設備。迷宮について。その他の諸注意といった、タームウィルズの基礎知識的な内容だ。

迷宮については下りる前に冒険者ギルドの講習を受けることになるが、また後で詳しく話をする時間を取ることにさせてもらおう。

「――そして今から向かうのが港や造船所のある西区ですね。タームウィルズの中でも治安の悪い場所なので、ここに出かける場合1人歩きは避けたほうが良《い》いでしょう。出かける場合に、一声かけてもらえるとこちらとしても安心です」

「分かりました」

エルハーム姫とフォルセト、そしてシオン達3人が神妙な面持ちで頷《うなず》く。マルセスカは天真爛漫《てんしんらんまん》といった印象だが、こと注意などに関してはきちんと聞いてくれる印象があるかな。……森の探索はそれなりに危険があるからかな。3人とも探索慣れしているようだが、そこに至るまで色々苦労もあったのだろうし。

「ちなみに造船所とか温泉街にある火精温泉や外壁はテオドール主導で作った」

「作った……のですか?」

シーラの言葉にシオンが目を瞬《またた》かせ、フォルセトが頷く。

「魔法建築ですね。なるほど……。しかしこれは何とも規格外な……」

そんな話をしていると造船所の上空に辿《たど》り着いた。シリウス号を土台の上へと位置を合わせて、ゆっくり降下、着陸させる。

「……と、こんなところかな」

では、下船と行こう。食料品や水など、船から降ろさないといけない物もまだあるので色々とやることがある。

◆◆◆◆◆

「んん……。結構肌寒いですね。それに、不思議な匂いが……」

みんなで手分けして甲板に荷物を出したところで、周囲を見回しながらシオンが二の腕あたりを軽く擦りつつ言った。

海に面しているし夕暮れ時だからな。割と気温も低くなっているようだ。潮の匂いも初めてだろう。

「そう……ね。海が近いからかしら」

「はい、外套《がいとう》」

「ありがとう、マルセスカ」

3人が3人とも外套を羽織る。多少はマシになったように見えるが、森探索用の代物で、防虫を目的としたものだそうだ。防寒用ではないらしい。

風魔法で海からの風を防ぎ、生活魔法で周囲の温度を調整する。これでかなり体感温度が違うだろう。

「んー……。あったかい。ありがと、テオドール」

「ありがとうございます。テオドール様」

「……助かるわ」

「助かります、テオドール様。何分、寒さに不慣れなもので」

3人からお礼を言われたところに、更にフォルセトからもお礼を言われる。

「いえ。しかし、冬場は魔道具を用意したほうが良いかも知れませんね。これからもっと寒くなるので」

「もっとですか……」

どうやらフォルセトも寒いのは苦手らしい。少し気恥ずかしそうにしている。

……ふむ。もう少しフォルセトやシオン達との付き合いが長くなればテフラの祝福が作用するかも知れないが……まあ、防寒用の魔道具もあると当分は何かと楽だろう。

季節としてはもう秋も終わりといったところだろうか。南方にいたから余計にそう感じるのかも知れないが。

代わりに元気なのがラヴィーネだ。セラフィナを頭に乗せたままで落ち着いて座っているが、尻尾を大きく振っているのを見る限り、冬の到来が嬉《うれ》しいのかも知れない。

「買物に行くまでは、私の服などで間に合わせられるかも知れませんね」

「そうね。私の服もあるし」

アシュレイの言葉にクラウディアも微笑《ほほえ》んで頷く。マルレーンもこくこくと首を縦に振っていた。迷宮村の住人の子供服をという手もあるが、何となく皆楽しげな雰囲気だ。アシュレイ達としてはシオン達の着せ替えをするというのが楽しいのかも知れない。

「ん。まあ、早めに買物にも行けるようにしよう」

「はい。ではしばらくの間に合わせということで」

甲板から降りると、既に馬車が何台か迎えに来ていた。王城から馬車を出してくれたわけだ。

「お帰りなさいませ、テオドール卿《きよう》。メルヴィン陛下より、お疲れのようなら東区まで送っていくようにと仰せつかっております。いかがいたしましょうか？」

ということは……疲れているなら報告は明日にしても構わない、ということか。まあ、気遣いは有り難いが、いずれにしてもエルハーム姫達は王城に向かうことになるのだろうし、俺も交えて説明したほうが色々と捗《はかど》るだろう。

「お気遣いありがとうございます。それほど疲れてはいないので、僕に関しては登城して報告をと考えております」

「畏《かしこ》まりました」

一礼する王城の使者。みんなのほうに向き直り、今日これからのことについて打ち合わせをしてしまうことにした。

「王城までの護衛はお任せください」

「ありがとうございます、エリオット卿。できる限り早めに帰れるようにしたいと思いますので……荷降ろしについては、細々としたものは明日に回しても良いかも知れませんね」

と言うと、エリオットは静かに笑って頷く。カミラもエリオットの帰りを待っていると思うしな。

「では船倉の食料品の類だけは荷降ろしを済ませてしまいましょうか」

エリオットは討魔騎士団にあれこれと指示を出すと自分も積極的に動いていた。俺もゴーレムを動員してそれを手伝わせる。

甲板からリンドブルム達も降りてくる。リンドブルム達も王城へ向かう形だ。

ステファニア姫とアドリアーナ姫、エルハーム姫とフォルセトは王城に行くのは決まっているようではある。いずれも要人なので討魔騎士団の警護があると安心ではあるな。

「では……私達はシオン様達を連れて家に帰る、ということで良いでしょうか」

と、グレイスが尋ねてくる。

「んー。そうだね。じゃあ、一足先に帰っていてくれるかな。カドケウスもそっちにつけるよ」

「ありがとうございます」

グレイスが微笑む。

「薬草や作物も一先《ひとま》ず任せていいかな？」

「ええ。弱らせないように魔法陣を引いて処置をしておくわ」

ローズマリーが羽扇で口元を隠しながら頷く。うむ。まあ、ローズマリーの得意分野だからな。植物関係については任せておくとしよう。

「私達は、孤児院に顔を出してから東区へ戻るつもり」

「でしたら、ラヴィーネを連れていってください」

「それなら安心ね」

シーラとイルムヒルトは孤児院へ。ラヴィーネが付き添いをする。

「……んー。儂《わし》はギルドに戻るとするかのう。迎えが来ているようじゃ」

と、アウリア。冒険者ギルドからの迎えね。

……にこやかな笑みを浮かべたヘザーが、少し離れた場所に停《と》めてある馬車で待っているようである。うん。仕事が溜《た》まっているのかも知れない。離れたところからにこにこと会釈をしてきたのでこちらも会釈を返しておく。

甲板の上からアルファが降りてくる。

「家に来るのも、シリウス号の留守番も自由っていうことで」

造船所は兵士達が常駐して警備しているからな。そう告げるとアルファは首を縦に動かした。

荷降ろしが一段落したところで各々馬車移動開始だ。サフィールに跨《また》がるエリオットが率いる飛竜達は馬車の上で編隊を組んで飛行し、護衛役になってくれる。

リンドブルムはグレイスの乗った馬車を上から護衛して東区へと向かった。

コルリスも飛竜達の編隊に交ざって殿《しんがり》を務めているが……まあ、気にしないことにしよう。

◆◆◆◆◆

「大儀であった、テオドール」

王城に到着すると、迎賓館の前には既にメルヴィン王がやってきていて、馬車から降りるなり笑みを浮かべて俺達を出迎えてくれた。

今日帰ると報告していたからな。時刻は夕方ということでメルヴィン王の仕事も片付いたのかも知れない。或《ある》いは時間を作って待っていてくれたのかも知れないが。

「ただいま戻りました。誰《だれ》1人欠けることなく帰還しましたことを、ここに報告致します」

「そなた達が無事で何よりだ。ステファニア、アドリアーナ姫、エリオットも大儀であった」

「はっ」

「バハルザード王国第2王女でいらっしゃいますエルハーム殿下、及びナハルビア王国の隠れ里ハルバロニスより、代表のフォルセト様をお連れしております」

ステファニア姫から紹介を受けたエルハーム姫とフォルセトがそれぞれ一礼と自己紹介をする。

「うむ。積もる話もあろう。まずは迎賓館の中でゆるりと腰を落ち着けて話をするとしようか」

メルヴィン王はそう言って、俺達を先導するように迎賓館の中へと向かう。

「――おお、テオドールか。無事で何よりじゃな」

貴賓室に向かうとそこには炎熱城《じょうさい》砦で出会った古王……イグナシウスがいて、俺の顔を見ると相好を崩して挨拶をしてきた。髭《ひげ》を生やした竜人という姿ではあるが、あまり竜らしくないというか、人懐っこい表情を作る印象がある。ラザロも一緒だな。

「イグナシウス様もラザロ卿も、お元気そうで何よりです」

と、挨拶を返し、初対面の面々を互いに紹介する。その後で茶を飲みながら南方の旅についての報告を行うこととなった。

マルレーンとデボニス大公のやり取り。大公から書状を書いてもらったこと。エルハーム姫と初めて会った時の経緯、その後のブルト族との交流。

そしてメルンピオスに到着してからのこと。ファリード王とのやり取りにカハール残党やオーガストとの戦い。森の探索と、ハルバロニスであったこと、魔人達の誕生の歴史と、フォルセトやシオン達についての話。

俺達それぞれの口から南方であったことを語り終えたところで、エルハーム姫がファリード王からメルヴィン王へと宛てた親書を差し出す。

「我が国の国王ファリードからの親書となります」

「うむ」

メルヴィン王は親書を受け取り、内容に目を通すと口を開く。

「ファリード王も、余と志を同じくし、魔人との戦いにバハルザードを挙げて協力したいとある。

エルハーム姫をバハルザードの大使として我が国に留め置くこと、そして討魔騎士団への助勢。これについては今この場で了承しよう。エベルバート王にも討魔騎士団については書状を認めておく」

「ありがとうございます、メルヴィン陛下」

「うむ。今後ともよろしく頼むぞ。セオレムにて快適に過ごせるよう取り計らうとしよう」

メルヴィン王は笑みを浮かべて頷くと、それから俺達に向き直った。

「改めて大儀であった。此度《こたび》、南方でそなたらが残した成果は、我が国にとって実に有意義なものとなったと言えよう。バハルザードとハルバロニス、ブルト族とは今後も良好な関係を維持していきたいものだ」

「ありがとうございます」

一礼して応じる。メルヴィン王は表情を真剣なものに戻すと、少し思案するような様子を見せた。

「しかし……盟主達とハルバロニスか……」

「月の内乱に端を発していたわけじゃな」

イグナシウスが腕組みをして自分の髭を弄《いじ》る。

「その……フォルセト様達のことは……」

僅かに心配そうな面持ちのエルハーム姫に、メルヴィン王は心配ない、と言いたげな笑みを浮かべて答えた。

「余もファリード王とは意見を同じくしておるよ。現在のハルバロニスの者達に責を問うのも違うであろうし、今後における再発防止の策もあるならば、それ以上を問う必要はあるまい」

そんなメルヴィン王の言葉に、エルハーム姫とフォルセトは深々と頭を下げる。

「陛下に頂いた信頼には、行動を以《もっ》て示していきたいと思います」

「そうさな。しかし女神の赦《ゆる》しを得たのであれば、これからは己を律し過ぎないことも時には必要であろう。これはハルバロニスの民だけでなく、そなたについてのことでもある」

厳しく律することが必ずしも良い結果になるとは限らない、というところか。このあたりはメルヴィン王らしい見解だと思う。

フォルセトはヴァルロスのことで思うところがあるらしく、目を閉じて何かを感じ入っていた様子だったが、やがてもう一度メルヴィン王に頭を下げた。

「今後については……まあ、方針としては大きく変わらずといったところか。新しく得た情報を基に対策を練っていく。盟主、そして敵の首魁《しゅかい》。共々素性と目的が分かってきただけに、新しく見えてくるものもあろう」

「ヴァルロスの能力については分かりませんが……その手札の1つについては分かる部分もあります」

「ほう」

フォルセトの言葉にメルヴィン王は興味深そうに言う。

「ハルバロニスでは月の民の末裔《まつえい》として、武術や体術も伝えています。私にも些《いささ》かの心得がありますが、ヴァルロスもそれを修めていました」

「……なるほど。ガルディニスは確かに杖術《じょうじゅつ》を始めとする近接格闘の手段を持っていた。ハルバロニスに伝わっていた武術をガルディニスも使っていたとすれば、色々と腑《ふ》に落ちるところがある。言われてみれば、シオンも俺と戦った時に魔力を込めた掌底を打とうとしていたからな。ヴァルロスも近接戦で同系統の技を用いる可能性はあるだろう。

「同門であれば分かることもあるか。そなたと組手を行うというのは、確かにテオドールであれば有意義かも知れんな」

「それについてはよろしくお願いします」

「はい。ヴァルロスには及びませんが、知る限りのことを」

それと並行して空中戦装備の修練や迷宮探索なども進めていくことになるか。

「ベリオンドーラに対してはこちらの迎撃態勢が整った時点で調査を行うこととしよう。問題は……やはり盟主ベリスティオについてか」

「解放されてしまった場合を想定し、対策を考えておく必要はありますね。シルヴァトリアの封印術はそのために発展したものなのではないかと思います」

「……うむ。今後の課題であろうな。祝福や封印術、ザディアスの行っていた瘴気《しょうき》に対する研究等々、今まで集まった材料が嚙《か》み合ってくれることに期待したいところではあるが……。人員、資料と資材、それから資金の確保については任せてもらおう。必要なものがあったら遠慮なく言うが良い」

「ありがとうございます。工房の皆にも伝えておきます」

バックアップについては万全の態勢を整えてくれるというわけだ。有り難い話である。答えるとメルヴィン王は相好を崩した。

「では……今日のところはテオドールとエリオット、共々家に戻り、ゆっくりと旅の疲れを癒すが良い」

「はっ」

エリオットと共に頭を下げる。後日また話し合いの時間を持つ、ということで散会となった。

フォルセトは俺の家にシオン達と共に滞在、エルハーム姫はセオレムに滞在し、工房に顔を出す、という形になるそうだ。

貴賓室から出ると、すっかりあたりは暗くなっていた。練兵場の向こうで巣穴から顔を出したコルリスがこちらに向かって手を振ってきたので、こちらも軽く手を振り返す。

と、ステファニア姫達3人が声をかけてきた。

「ではね。テオドール」

「私達も工房や造船所に顔を出すかも知れないわ」

「明日からよろしくお願いします、テオドール様」

「はい」

練兵場には送迎の馬車が待っていた。それから……家への護衛を終えて戻ってきたのだろう、リンドブルムが静かに座っている。

「リンドブルムも、またな」

喉のあたりを軽く撫《な》でて言うと、リンドブルムも喉を鳴らして応え、竜舎のほうへと戻っていった。うむ。

「ではな、テオドール、エリオット」

「はい、メルヴィン陛下」

「お休みなさいませ」

迎賓館の前まで見送りに来てくれたメルヴィン王とイグナシウス達、それからステファニア姫達に見送られる形で馬車に乗り込み、エリオットとフォルセトと共に家への帰路に就くのであった。

◆◆◆◆◆

「エリオット――――！」

馬車がエリオットの家の前に止まり、エリオットが馬車から降りると、カミラが戸口に姿を見せた。

「ただいま、カミラ」

「お帰りなさい、あなた」

カミラは小走りに出てきてエリオットの手を取る。それから俺のほうを見やると一礼してきた。

「テオドール様、ご無事で何よりです」

「ありがとうございます」

「カミラ、こちらはフォルセト殿。南方の……ナハルビア王国の関係者でいらっしゃる。フォルセト殿。妻のカミラです」

「初めまして。フォルセト＝フレスティナと申します。以後お見知りおきを」

「こちらこそ、初めまして。カミラと申します」

と、エリオットがカミラにフォルセトを紹介して、互いに挨拶をする。

「留守の間、変わったことは？」

「セシリア様やミハエラ様と一緒に剣の訓練や料理の勉強をしていましたよ。大分剣の腕も勘が戻ってきたかも知れません。料理も幾つか新しい物を覚えました」

カミラは嬉しそうに微笑む。うむ。では俺達はそろそろ行くとしよう。

「それでは、エリオット卿。お休みなさい」

「はい、お休みなさい、テオドール卿」

そんなやり取りを交わしてから扉を閉めると馬車が動き出す。といっても、俺の家はすぐ目と鼻の先なのだが。

馬車の窓からは寄り添って戸口に入っていく2人の姿が見えた。相変わらず仲睦《むつ》まじいことだ。

◆◆◆◆◆

「お帰りなさいませ、旦那様」

「ご無事で何よりです」

家に到着すると、セシリアとミハエラが玄関ホールで出迎えてくれた。アルケニーのクレア、ケンタウロスのシリル他、使用人達も一緒に、静かに頭を下げて出迎えてくれる。

「ただいま。留守番、ありがとう」

「勿体《もったい》ないお言葉です」

セシリアとミハエラが笑みを浮かべる。初対面なのでフォルセトを紹介してしまうことにした。

「こちら、ハルバロニスのフォルセトさん」

「フォルセト＝フレスティナと申します。お世話になります」

「はい。お話は伺っております」

セシリアは一礼すると、自分とミハエラ、それから使用人達の名前を紹介する。

「シーラとイルムヒルトは帰ってきたかな？」

紹介が終わったところで尋ねる。

「はい、先程。今は皆様とご一緒かと思われます」

シオン達に割り当てた客室で、衣服の着替えなどを行っているところだそうだ。セシリアが先導する形で隣に割り当てたフォルセトの部屋へと案内してくれる。俺も一応そっちについていくか。みんなにも帰ってきたことは知らせておきたいし。

「こちらがフォルセト様の客室になります。何かありましたら何なりとお申し付けください」

「ありがとうございます」

フォルセトは一礼して、部屋の中へ荷物を置きに行った。続いて、セシリアがシオン達の部屋をノックしようとしたところで――。

「ぼ、僕にはそういう、髪飾りとか似合わないですから――！　あ――！」

と、部屋の扉が開いてドレスを着たシオンが出てくる。廊下にいた俺と視線が合うと固まった。

「えーっと……こ、これはその……失礼しました」

「……テオドール、お邪魔してます」

「おかえり！」

頬を赤らめて硬直するシオン。その後ろからマイペースなシグリッタと屈託のない笑みを浮かべたマルセスカが顔を覗《のぞ》かせる。

どうやら着せ替えの最中だったようだ。シオンの服装については……アシュレイのドレスだな。

シグリッタは毛糸の帽子、マフラーと手袋で完全装備をして着膨れて、ペンギンのようなシルエットになっている。

マルセスカは使用人の格好をして楽しそうにしていた。

……防寒具装備ということだが、シグリッタの格好は重装備過ぎるな。何やら満足げだが。

「ああ、テオ、お帰りなさい」

「お帰りなさい、テオドール様」

「ん。お帰り」

「ああ、ただいま」

みんなに声を掛ける。部屋の奥にはみんなの他にも顔触れがあった。パーティーメンバーに加えてヴァレンティナ、シャルロッテ、テフラにフローリアである。

「おお、テオドール。久しいな」

「お帰りなさい、テオ君」

「こんばんは。ご無沙汰してます。ただいま、フローリア」

テフラも遊びに来ていたわけだ。テフラもフローリアも、俺と視線が合うと相好を崩す。

隣の部屋に荷物を置いたフォルセトもやってきたので、先程と同様、初対面の面々同士を紹介する。

フォルセトは人の多さというよりそのバリエーションの豊富さに少し驚いていたようだ。ダークエルフの侍女長。アルケニーやケンタウロスの使用人に精霊の友人2人という顔触れだからな。気を取り直すように笑みを返して自己紹介をしていた。

「私もフォルセトさんの冬服を用意して待っていたの」

「ありがとうございます、イルムヒルトさん」

イルムヒルトが言うと、フォルセトが一礼する。ふむ。

ローズマリーは羽扇で口元を隠して静かにしているようだが、彼女も衣服を用意してきたらしいな。あれは、占い師の時に着ていた服か。

そしてマルレーンの髪を結っているクラウディア。お互いの髪を結ったりして遊んでいるのもいつも通りといった印象だ。まあ何というか……賑《にぎ》やかで結構なことである。

第146章 2人の鍛冶師

シオン達《たち》の服のサイズ合わせは終わっているようで、髪を結ったり髪飾りなどを合わせたりしていたようだ。

俺も部屋に入って問題ない、とのことだが……着替えの際はマルレーンが闇の精霊で暗幕を作ってその向こうで着替えたりできるから、ということらしい。うーん。良《い》いのだろうか、それで。

「シャルロッテちゃんの髪型、くるくるしてて可愛《かわい》い」

「けれど、手入れは大変そうね……」

「ふふふ。これはですね、生活魔法で巻けるのです」

「おー」

と、盛り上がっているシャルロッテとシグリッタ、マルセスカである。髪を櫛《くし》で巻いてから魔法を使って縦ロールを作るのだとシャルロッテはやり方を説明していた。

「いや……。やっぱり僕にはこういう可愛いのは似合わないと思う……んです」

その横で髪飾りを合わせられて、所在なさげに肩を小さくしているシオンである。

「……シオンは可愛いもの好きなのに、自分で身に着けるのには抵抗があるみたい」

と、シグリッタが恥ずかしがるシオンを見て言う。

「うーん。シオンさんは可愛らしいのでリボンも合うかと思いますが……苦手ということでしたら少し系統を変えてみましょうか。買い物に出かけるのですし、何か希望はありますか？」

「ええと、その……僕は何というか……騎士風のほうが好みですね」

「例えばサーコートのような？」

「ああ。それは良いですね」

グレイスが尋ねるとシオンは頷《うなず》く。ふむ。買物の際に回る店の参考にというわけだ。

一方でフォルセトは――ローズマリーから渡された占い師用のゆったりとした服を着て、闇のカーテンの向こうから姿を見せる。

「私の場合は……ローズマリー様の持ってきてくださった衣服で大丈夫なようですね」

「そうね。余裕をもって着られるようにできている服だから」

ローズマリーは羽扇で顔を隠して当たり障りのないことを言っているが……その実は魔道具などを隠したりするのに都合よくできている服である。

秋から冬にかけて活動することを念頭に置いているので暖かそうではあるかな。ある意味お誂《あつら》え向《む》きかも知れない。

そのまま彼女達は誰の髪質が柔らかいとか艶《つや》やかとか、そういう話題をしながら互いの髪を弄《いじ》ったりして盛り上がっているようである。

「ふむ。やはりテオドールの髪質も中々のものではないかな」

マルレーンに髪型を三つ編みにしてもらって上機嫌そうなテフラが俺を見て言うと、こちらに視線が集まる。

「いや……。俺はみんなとはやっぱり違うだろうと思うけど」

俺の髪の毛についてはサボナツリーの洗髪剤などを使っているからだろうと思うのだが……風呂で洗髪したり寝室で触れた感じでは、ずっとみんなの髪のほうが柔らかく、光沢も艶やかで感触も滑らかだと思うのだ。後、炎のように見えて熱くないテフラの髪とか。個人的にはそちらのほうが気になるのだが……みんなの興味は俺に移っているようで。

「テオの髪質は……リサ様譲りという気がしますね」

「んー。それは気になるかな」

グレイスの感想を聞いたフローリアが俺を見てくる。触りたい、と顔に書いてあるような気がする。

「……別に、髪を触るぐらいは構わないけど」

と答えると、髪を撫《な》でられたり、櫛や指で梳《と》かされたりした。さすがに結わえられるということはないが、前髪を分けたり上げたりと、色々髪型を変えられたりはしてしまった。ややくすぐったいが……まあ、みんなが盛り上がってくれるなら良しとしよう。

◆◆◆◆◆

「テオドールのお家《うち》は、暖かくて過ごしやすいね」

マルセスカが笑みを浮かべる。

現在……夕食を済ませて遊戯室に移動中である。シオン達は元着ていた服に着替え直しているが、俺の家の中なら過ごしやすいようだ。

「朝夕はやっぱり冷えるから、風邪をひかないようにね」

「うん。ありがとう」

そう答えると、マルセスカは屈託のない笑みを浮かべたまま首を縦に振った。

「……私はこの家好き。面白いわ」

「魔法建築なんですね。この家もやはり、テオドール様が？」

「ん。テオドール作」

廊下を見回して尋ねるシオンの言葉にシーラが頷く。ハルバロニスも魔法絡みで作られた町だけに、シオンから見ても継ぎ目などで分かるものらしい。

遊戯室に到着するとフォルセトが感心したような声を漏らした。

「これはまた……」

「遊戯室です。お客の歓待用でもありますが、みんなで時間のある時に過ごすという形でも使っています。ここも自由に使ってもらって構いませんよ」

「ありがとうございます」

「色々置いてあるね」

マルセスカは目を輝かせてあちこち視線を巡らせている。

「ああ、これはビリヤードで、あっちがダーツ」

「綿あめにかき氷も作れるのね……」

「何というか……自制しないと入り浸ってしまいそうな気がします」

「本当にそうですね。外の世界……というより、テオドール様の周りには面白そうなものが沢山あるようですから。夕食も私達には珍しい食材が多かったですし」

「貝……美味《おい》しかった」

着せ替えの後の夕食についてはまあ、迷宮で色々な食材が手に入るということもあって、概《おおむ》ねフォルセト達には好評だった。特に魔光水脈の魚介類は気に入ってもらえたようである。セシリア達も料理が上手《うま》いからな。

「フォルセト様！　一緒に遊ぼ！」

「ふふ。分かりました」

キューを手にしたマルセスカに誘われたフォルセトが、穏やかな表情で相好を崩す。

「……ええと。番号の書かれた球に手玉をぶつけて順番に穴に落とすと……なるほど」

フォルセトは取扱い説明書に目を通して頷いている。

シオン達3人はやはり元々の運動神経が良いようで、割合すぐにダーツやビリヤードのコツを摑《つか》んだようだ。フォルセトと一緒にゲームを楽しんでいる様子は何となく、仲の良い姉妹といった印象であった。

◆◆◆◆◆

そうして……割合夜遅くまで盛り上がり、一夜明けて――。

昨晩就寝がやや遅かったこともあって少し遅めの朝となったが、天気が良く、気分も良かった。秋晴れといったところだ。

朝食を済ませてから色々と動くことになった。温室については……資材を手配し、それが集まり次第着手ということになるだろう。魔法陣で作物の状態を一定に保っているのでとりあえずは問題ない。訓練絡みも帰還したばかりなので数日は休みである。

そうなると、優先すべきはデボニス大公へのお礼と、フォルセト達の買物。それから工房への顔出しといったところか。

特に優先すべきはデボニス大公への挨拶だ。用事が終わったら帰ってしまうということなので割合優先度が高いと言えよう。

だがデボニス大公のタームウィルズでの予定が分からないし、エルハーム姫もデボニス大公には挨拶をしたがっている。まずは工房でアルフレッドから話を聞き、エルハーム姫と合流して動くのが良いだろうということになった。

「――やあテオ君、おはよう。無事で良かったよ」

「おはようございます、テオドールさん」

工房に向かうと、顔を合わせるなりアルフレッド達が挨拶してくる。

「おはよう。みんなこそ元気そうで何よりだ」

「温泉ができてからこっち、調子が良いからね」

「それは確かに」

アルフレッドは笑みを浮かべ、タルコットは一歩下がったところで苦笑いを浮かべる。

「まず、互いの紹介からかな」

と、工房のみんなと、フォルセトとシオン達をお互いに紹介する。

「初めまして。ブライトウェルト工房の魔法技師、アルフレッド＝ブライトウェルトです」

アルフレッドは笑みを浮かべて挨拶をした。

「ハルバロニスから参りました、フォルセト＝フレスティナと申します」

フォルセト達もアルフレッド達に名乗る。そうこうしている間に工房の前に馬車がやってきた。

降りてきたのはステファニア姫、アドリアーナ姫とエルハーム姫だ。早速工房から中庭に出て、迎えに行く。

「おはようございます」

「おはよう、テオドール」

「おはようございます。良い朝ですね」

3人の姫は恭しく一礼してくる。

「そうですね。中々爽やかな天気になりました」

昨日は風が強かったが、今日は落ち着いているようだ。日差しもいい具合に暖かいのでシオン達も調子が良さそうだ。まあ、それはそれとして。エルハーム姫も工房の皆に紹介しなければならないだろう。

「バハルザード王国第2王女のエルハーム殿下であらせられます」

「バハルザードの……」

「お初にお目にかかります。エルハーム＝バハルザードと申します」

エルハーム姫が一礼する。

タルコット達は目を丸くして驚いていたが、事情を通信機で知っているアルフレッドはそれほどでもなく、エルハーム姫に自己紹介をすると、更に工房の面々を1人1人紹介していた。

「エルハーム殿下は、工房での技術交流を希望しております。バハルザードで刀鍛冶の経験を積んでいらっしゃいますので」

「バハルザードの刀鍛冶……！　それは興味深いです。確かバハルザードでは不思議な刃文を持つ強固な刃物を作るとか聞いたことがありまして……」

反応したのはやはりビオラであった。

「私もビオラさんにお会いするのを楽しみにしておりました。テオドール様達のお使いになっている武器もビオラさんの打った物とお聞きしていましたので」

エルハーム姫は一礼する。

「バハルザードの刀剣に関しましては……その、一応未熟ではありますが、こうして用意してきました」

「あぁ……これが本物の……！」

「そ、その、私もそこに掛けてある剣を見せていただいても良いでしょうか？　さっきから気になっていて」

「はい！　どうぞどうぞ！」

と、ビオラとエルハーム姫は技術交流というか、互いの作品を見て感心するように頷き合っている。早速鍛冶師同士意気投合したというか何というか。

……ふむ。まだ割と早い時間だし、今からデボニス大公のところに行くというわけにもいくまい。

では、あれについての話も今ここでしてしまうか。

ビオラとエルハーム姫の互いの作品鑑賞が一段落したところを見計らって、ローズマリーに視線を向ける。ローズマリーは分かっていると言わんばかりに小さく口元に笑みを浮かべると、魔法の鞄《かばん》からオリハルコンの塊を取り出し、机の上に置いた。

「ん……？　テオ君……それは？」

「実は、バハルザード王国から恩賞としてオリハルコンを貰《もら》ってきたんだ」

そう答えると、アルフレッド達の表情と動きが固まる。

「……え――えええええええええええええっ!?」

そして……何秒か間を置いてから工房組の面々が声を揃《そろ》えて頓興な声を上げたのであった。

◆◆◆◆◆

「こ、これが……」

皆が目を皿のようにして机の上に置かれたオリハルコンを覗《のぞ》き込む。ビオラがそれをまじまじと見ながら言った。

「そ、そういえば、親方達のところで聞いたことがあります。南の国では建国以来、不思議な金属の塊を保有していたけれど、何人たりともそれを鍛えることができなかったそうで……だから王様がそれを鍛えることのできる鍛冶師を広く求めて、その国では優れた鍛冶の技術が培われた、だとか……。確かに、バハルザードのことじゃないかって言われてましたけど、まさかオリハルコンだなんて……」

……なるほど。鍛冶師達の間でも伝説になっていたわけだ。

「本物であることは私が保証するわ」

クラウディアが言うと、ビオラは生唾を飲み込んだ。

「生きている金属、と言われているわ。自らに求められる役割を理解し、性質を変える。だからこそ、鍛冶師は何を作るのかを明確に思い描き、オリハルコンと対話をしながらでなければ、加工することができない……ということだそうよ」

「生きている……。確かに、闘気みたいなオーラが出ているね」

アルフレッドは真剣な面持ちでオリハルコンを覗き込んで、小さく頷く。

「私の鍛練法では実際に鎚《つち》を握るのはゴーレムなので……恐らくオリハルコンを鍛えることはできないでしょう。しかし、鍛冶炉の炎を魔法で練って、ビオラさんのお手伝いをすることはできると思います」

エルハーム姫が自分の胸のあたりに手をやって言う。

「ふむ……。魔法炉で鍛えた刃物か。ゴーレムに鍛冶をさせるより、そちらのほうが重要なのではないかのう」

ジークムント老が感心したように言う。

魔法炉か……。ＢＦＯでも鍛冶系の生産職の中には後になって魔法技能を伸ばしていた者もいたっけな。

炉そのものの素材であるとか温度の制御だとか……色々コツと知識と経験とがいるらしい。鍛冶はただ炉の温度を上げればいいというものでもないそうで。

更に金属素材の配合比率の知識などが加わってエルハーム姫のダマスカス鋼は作られるのだろう。

「恐らく……どうやって加工するかよりも、何に加工するのか、何のためにそれを作るのかという、明確な目的を持つことが大事なのではないかしら？」

「そうね。それはマリーの言う通り。２人で鍛冶を行うにしても、その部分は前もって統一しておくのが良いと思うわ」

ローズマリーが言うと、ステファニア姫が頷く。

作る物とその目的か。確かにそうだ。

「この大きさだと、そう多くのものは作れそうにないわね」

アドリアーナ姫が眉根を寄せる。

武器にするのか、防具にするのか。それほど多くはないから……使い道は慎重に考えないといけないだろう。

「まず何にするか、話し合って決めてからかな」

「だとすれば……テオドールさんの装備品の強化に使うのが良いのではないでしょうか？」

「……確かに。テオドール様に戦力を集中させるのが定石かと。オリハルコンを納得させるだけの理由にもなります」

　ビオラの言葉にフォルセトが頷くと、みんなの視線が俺に集まった。んー。俺の装備品は特殊なものが多いだけに強化というのはあまり考えていなかったが……。

「ウロボロスを……オリハルコンで強化するということはできませんか？」

　そう言ったのはグレイスだ。

「それは私も賛成ね。ウロボロスは謎が多いけれど……これを強化するとなると意図を汲《く》んで性質を変えて合わせてくれる、オリハルコンの性質を利用するしかないでしょうから。みんなの意見はどうかしら？」

　クラウディアが視線を巡らすと、アシュレイが頷く。

「私は賛成です。これから先、今まで以上の激戦が予想されますし……」

　と、アシュレイは少し心配そうだ。

「最高位の魔人に対抗するとなると、テオドールしかいないものね」

　ローズマリーの言葉にマルレーンもこくこくと頷いた。

「ん。私も賛成」

「同じく」

「私もー」

シーラとイルムヒルトが首肯し、セラフィナも楽しそうに手を挙げる。納得顔で頷くシオンとシグリッタ。笑みを浮かべて頷くマルセスカ。

ジークムント老達、ステファニア姫とアドリアーナ姫……タルコットとシンディーも同意見らしい。

「満場一致だね。勿論《もちろん》、僕も賛成だ」

アルフレッドはにやっと楽しそうに笑う。

「んー。ウロボロスの強化か……」

ウロボロスを手に取って竜の像を見やる。小さく口の端を歪《ゆが》ませて、楽しそうに喉を鳴らしている。どうやら……ウロボロス自身も乗り気のように見える。

「――分かりました。では、よろしくお願いします」

そう言うと、ビオラとエルハーム姫を始め、みんなも頷いた。後は……実際にどういった形に加工するかだな。そのへんも明確にしておいたほうが良いだろう。んー。

「……杖《つえ》部分を補強し、竜の部分に外装を付けるように強化する、というのはどうでしょう？」

「鎧《よろい》を着せるような感じかな？」

「そうなります」

ウロボロスそのものには手を付けにくいところがあるからな。オリハルコンの性質上、それでも魔力の増幅を強化してくれるだろうし、ウロボロスそのものの耐久性能にも向上が見込めるはずだ。

「実際にオリハルコンを使って鍛冶をする前に、外装の形などを考えておきたいのですが」

と、ビオラが言ってくる。イメージを明確にしておきたいということだろうか。

それなら、土魔法でウロボロスの実物大の模型を作り、それに合わせる形で試作品を作ってもらうこととしよう。

「これでどうかな？」

細部まで正確に再現した、実物大ウロボロスの石像模型を作って、ビオラに渡す。

「ありがとうございます。これならいけると思います」

ビオラは楽しそうに模型の頭を撫でる。

後は加工か。オリハルコンとの対話……ね。鍛冶を行う際に、ビオラとエルハーム姫、それにオリハルコンを含めて、循環錬気で強化を行いながら鍛冶をする、というのはどうだろうか。

イメージや目的、理由をオリハルコンに伝えるには、循環錬気も上手く作用してくれる、と思うのだが……まあ、それについては実際にデザインが決まってから話をすればいいか。

加工方法も、そこまでやって駄目ならまた他の手立てを考えるということで。

「では、早速とりかかろうと思います」

「オリハルコンと同じ程度の量の鉄で試作してみるのが良さそうですね」

ビオラとエルハーム姫は早速ウロボロスの追加装甲についてデザインを纏《まと》めるつもりのようだ。

「そうだ。デボニス大公のことについて聞いておきたいんだけど」

「ん。僕に答えられることなら」

オリハルコンについての話も一段落したので、アルフレッドにデボニス大公について質問をしてみることにした。

「バハルザード王国で動きやすいように、書状を書いてもらったんだ。こうやって帰ってきたし、お礼がてら挨拶に行きたいと思っていたんだけど、大公のタームウィルズでの滞在場所や予定は知ってるかな?」

「ああ。そういうことか。うん。知ってるし、会ってきた。テオ君の帰還のことを伝えたら、デボニス大公のほうから連絡すると仰《おつしや》っていたよ。多分、今日明日にも使者が来るんじゃないかな?」

アルフレッドは思案するような様子を見せながら言った。

「あー……。じゃあそれを待ってから動いたほうが良いかな」

「と思うよ。ジョサイア殿下はドリスコル公爵に会って……お2人が面会できるよう日程を整えているそうなんだ。だから、デボニス大公のタームウィルズでの用事というのはそれだね」

なるほど。大公家と公爵家の当主同士が会って話をしようというわけだ。

デボニス大公は公爵家と和解したいと言っていたし、ジョサイア王子も両家を取り持つために動いていたからな。ならば、デボニス大公の意志や日程をしっかりと確認してから動いたほうが良さそうだ。

俺が不在の時に使者が訪ねてくるというのも想定して……俺の家で働いているみんな――セシリア達には通信機で、大公家から使者が来るかもしれないと連絡を取っておくとしよう。エルハーム姫も挨拶に行きたいと言っていたし、これも使者には伝えなければならない。

後は今日の予定としてはフォルセトとシオン達の、冬服の準備だな。必要な事項をセシリアに伝えておけば大公家の使者に関しては大丈夫だろうから……予定通りこれから買物に出かけるとしよう。

衣類などの買物と言えばやはり色々な店のある北区だろうということで、皆で馬車に分乗して北区へと向かうこととなった。

買物に行くにあたり、フォルセト達にとってタームウィルズで使うことのできる資金が必要になる。

そのあたりについては、ファリード王がタームウィルズで活動できるようにと、当面の軍資金を用意してくれているそうだ。

バハルザードは割合資金繰りが大変そうな状況ではあるが、それは国家運営というレベルでの話だ。派遣された人員が日常生活で過不足ない水準の暮らしができる程度の金銭ならば普通に支給できるということだろう。

ということで、衣類や生活雑貨品に関する色々な店を見て回る。

「はぁー。色々なお店があるんですね」

「……ハルバロニスだと……こういう景色はないわね」

「賑《にぎ》やかで楽しいかも」

シオン達は馬車の窓から外の景色を食い入るように眺めている。

やがて馬車も目的の店の前に到着した。タームウィルズには仕立て屋が何軒かあるが、やはりいつも世話になっている店に顔を出すのが筋だろう。

「こんにちは」

「ああ、これはテオドール様、いらっしゃいませ」

と、愛想良く頭を下げてくるのは仕立て屋の店主デイジーである。迷宮商会の店主であるミリアムの友人であり、俺達も何度かこの店では世話になっている。

「今日は冬服を買いに来ました。僕達ではなく、彼女達のですが」

「まあ。可愛らしい子達ですね」

デイジーは感心したように店内を見回しているシオン達を見て相好を崩すと、彼女達に挨拶に行く。シオン達も応じるようにデイジーに丁寧に一礼していた。

それから冬用の暖かそうな上着、シャツにスカート、ローブ、マフラー、手袋、靴下等々、普段着となる服や寝間着などあれこれと選んでいく。

「これなら軽く丈を詰めれば今店に置いてある物で大丈夫そうですね。他の物が良いということでしたら仕立てますが、いかがいたしましょうか」

「んー。どうかしら？」

「僕は気に入りました」

フォルセトに尋ねられてシオンが言うと、シグリッタとマルセスカも頷く。とりあえず冬用の普段着は確保といったところか。

フォルセトも厚手の生地のローブを何着か買うことにしたようだ。

「ええと。それから……冬服の他にも、サーコートを見せていただきたいのですが」

「分かりました」

シオンとマルセスカはサーコート、シグリッタはローブを選んだようだ。これらは迷宮に潜る時用の装備となる。

まあ、防具の類となる装備品に関しては工房でも用意する予定なので、それほど多くは必要ないが。

グレイス達も置いてある服をあれこれと見ているようだ。買物と決めてみんなで一緒にお店を回るというのも、そんなに頻繁にあるわけではないからな。楽しそうに服を見ている。

「デイジーさんのお店に来ると、その時々の流行の服が置いてあって色々参考になりますね」

「ありがとうございます」

グレイスの言葉に、デイジーは笑みを浮かべる。

「最近の流行は裾を長くして針金で大きく膨らませる感じなのね」

ローズマリーはトルソーに着せられているドレスを見てそんなふうに分析していた。

夜会などで貴族の子女は流行の服を着て人目を引いたりするわけで……その時々の最新のファッションというのは重要だったりするのだろう。

まあ、みんなとしては迷宮探索に着ていく服のほうに需要があるようで、すぐに冒険者用の装備を見ていたが。どうも、彼女達の中には衣服やドレスに関しては戦闘もこなせるものを、という前提があるような気がしてならない。

「……ん。これはアルケニーの糸で編んだものですか？」

「はい。お陰様で迷宮商会から材料を仕入れることができました。試作品というところですね」

と、デイジーは笑みを浮かべた。

んー……。そういえば前に、この店でミスリル銀の髪飾りを買って、みんなにプレゼントしたんだったな。

あれは破邪の首飾りと同様、祝福絡みの術式を刻んで、持ち主に危険が近付いたり不意打ちを受けたりするとマジックシールドを展開する、という装備となったが……。

そうだな。その類の装備は他にあってもいいだろう。誕生日にもらった服のお返しもしたいところだし、この店で言うならルナワームの糸やアルケニーの糸で織られた衣服も選択肢になるはずだ。

皆に声をかけて尋ねてみよう。それぞれ好みもあるだろうし、別の物が良いということならまた考えよう。

「えっと……。誕生日のお返しを考えてるんだけど、好きなものをこのお店で選んでもらうっていうのはどうかな？」

と言うと、グレイス達はこちらを見て少し驚いたような表情を浮かべてから、尋ねてくる。

「それは嬉《うれ》しいですが……いいのですか？」

「うん。衣服へのエンチャントだとか、装飾品に術式を刻むだとか……そういった魔道具化は俺が術式を書かせてもらう」

俺の言葉に、彼女達は嬉しそうに笑みを向け合う。それから俺に向き直り、お礼を言ってくる。

「それでは、お言葉に甘えさせていただきます、テオドール様」

「ありがとうございます、テオ」

と、アシュレイ。にこにこと笑みを向けてくるマルレーン。

「テオドールの術式を刻んだ魔道具は、使いやすいのよね」

と、羽扇で顔を隠しながらローズマリーが言う。

「そう？」

「ええ。私が前に自前で用意したものよりずっと質が良いわ」

というのは、占い師時代に仕込んでいた護身用の魔道具か。

「ならいいけど」

そう答えるとローズマリーは頷いて、店の中の服を見ることにしたようだ。

「ありがとう、テオドール。大事にさせてもらうわね」

微笑《ほほえ》んで胸のあたりに手をやるクラウディア。

「ああ。クラウディア」

クラウディアの言葉に頷く。中々皆喜んでくれているようだ。楽しそうに店内を見ている。

「シーラ達も選んでいいよ。誕生日のお返しではないけれど……そうだな。いつも迷宮探索でお世話になっているし、そのお礼ってことで」

「ん。それは嬉しいかも」

「ありがとう、テオドール君」

シーラとイルムヒルト。

「セラフィナもね」

「合う服がないかも」

と、いうことなのでデイジーを見やるが、彼女は笑みを返してきた。

「仕立て屋だし、気に入ったものと同じ物を作ってもらうこともできるかなって思うよ」

「ほんと？　それじゃあ」

そう言って、セラフィナも楽しそうに皆の中に加わるのであった。

◆◆◆◆◆

……といった調子でパーティーメンバーみんなの衣服や装飾品を購入したところでデイジーの店を後にした。丈や袖を直したら後で届けてくれるとのことらしい。

衣服の次は靴を見たり生活雑貨を見に行ったりと、フォルセト達に街中の案内をしながらあちこちで必要な物を買って、神殿の近くにある市場までやってくる。

「――というわけで、転界石を使うことで迷宮で手に入れた物を転送したり、石碑から脱出したりすることができるんだ。赤い転界石は石碑を使わずに緊急脱出できる品だから、みんな一揃《ひとそろ》い持っておいたほうがいい。今日は、迷宮には行かないけどね」

「なるほど……」

フォルセトとシオン達は真剣な眼差《まなざ》しで俺の話に耳を傾けている。

「あ、コルリスだ」

マルセスカが冒険者ギルドから出てきたコルリスの姿を認めて嬉しそうに声を上げた。

コルリスもこちらに気付いたらしく手を振ってくる。もう片方の手に鉱石が山盛りになったバスケットを持っているが……あれは今日の戦利品か。

「――大きな土竜《もぐら》ね……。兄様、冒険者ギルドから出てきたようだけど……あれも冒険者？」

「この劇場といい、境界都市は珍しいものが多くて驚きだね。どうなんだい、爺《じい》」

「あの土竜は第1王女ステファニア殿下の使い魔というお話ですぞ」

と、劇場から出てきた身形《みなり》の良い貴族の男女が使用人の男と話をしているのが聞こえた。どこかの貴族の兄妹《きょうだい》の、タームウィルズ観光といったところだろうか？

まあ……コルリスの場合は、どうしてもあんなふうに耳目を集めてしまうところはあるが、とりあえず街中を闊歩《かっぽ》していても大きな騒ぎになったりはしないようだ。迷宮探索班となる騎士達もギルドの戸口に姿を見せた。

「それじゃあ、コルリス。他の戦利品はこちらで処分をしておくよ。一足先に空を飛んで、城に戻っていっても構わないぞ」

「今日はコルリスに助けられたな。あそこで岩を飛ばしてくれてなかったら、魔物に怪我《けが》をさせられてたぜ」

などと声をかけられ、コルリスはこくこくと頷いている。ステファニア姫なしでも迷宮に潜れるようにと、騎士達との訓練を進めているわけだな。

ステファニア姫はコルリスと一緒に潜りたがっているようだが、当のコルリスはと言えば、騎士達からも割合信頼されているように見える。

んー。そうだな。フォルセトやシオン達が迷宮に慣れるにはコルリスと一緒に旧坑道へ向かうというのも良いかも知れない。森の中でのシオン達の動きを考えると、迷宮の中はどこでも足場にできるわけだから彼女達には有利に働くだろう。工房で防具の類も揃えてからというのが良いだろうな。

「……テオドール」

色々と思案していると、シーラが小声で声をかけてきた。少し声のトーンに緊迫感がある。

「……何？」

「あれ」

シーラの指差す方向を見やる。それは、一組の男達であった。それぞれ帯剣しているが……冒険者という感じはしないな。言葉にしにくいが、纏った空気感が冒険者達とは違うように思える。

俺達のように買物に来ているというわけでもないだろう。表情に張りつめたものがあるというか。そういった点が不自然で、シーラの警戒に引っかかったわけか。

一度意識してしまうと目立つな。連中の視線の先を追っていけば、先程の貴族の兄妹に向けられていた。貴族の兄妹が動けば一定の距離を取って、そちらに動く。尾行だな、これは。

怨恨か、それとも身代金目的の誘拐か。事情は分からないが、あまり穏やかそうじゃないな。

「カドケウスに二重尾行させるか。何か動きがあったら止めに入る」

「ん」

俺の言葉に、シーラは頷くのであった。

第147章　兄妹の出自

劇場から出てきた貴族の兄妹《きょうだい》は使用人と共に馬車に乗り込んで広場を後にするようだ。

護衛もついているようだが、大人数の護衛団では動いていないようだ。馬車にも家紋らしきものがなかったから、お忍びで動いているのかも知れない。

馬車での移動といっても街中なのであまり速度を出せるわけではない。歩いてでも追える速度だ。男達《たち》は足元に潜むカドケウスには気付かず、一定の距離を保ちながら馬車の後を追っていく。

「……行け」

一旦物陰に入り込んだカドケウスが、水に溶けるように形を失い、石畳の隙間を流れるように男達を尾行していく。

一先《ひとま》ず、皆には冒険者ギルドに移動してもらうか。ギルドで待機してすぐ動けるような態勢をとることにしよう。

「……穏やかではないわね。こんな白昼堂々襲うつもりかしら？」

状況を説明すると、クラウディアは不愉快げに眉を顰《ひそ》めた。

「……目的が分からないからな。物騒なところなら暗殺や誘拐……軽いところでは監視や脅迫……」

「脅しをかけるだけ、ですか？」

グレイスが怪訝《けげん》そうな面持ちになる。

「そう。脅迫の場合は襲撃したっていう事実があれば良いわけでさ。後から脅迫状を送ったりして、自分の要求に従わせようとしたりすることもできるわけだ。例えば、これ以上狙われたくなかったら何々をするな、とか」

「それなら……そこまで大事にはならないですね。犯人側としても貴族や大商人に実際に危害を加えるのは危険性が高いでしょうし」

そう。それも脅迫だけで済ませる利点の1つだ。だが、今の時点ではまだ何とも言えない。

土魔法で兄妹の胸像を作ってみるが……あまり自信はないな。もう少し正面から顔を見る時間が取れればもっと正確なものが作れるのだが。

カドケウスは男達の尾行中。兄妹は馬車の中。馬車の窓は内側から閉ざされている。今の状況で人相を確認しにいくのはやや難しいな。

まあ、貼りつけて尾行している男達の人相に関してはかなり正確に把握できている。こちらの胸像も作っておいて、後で役立たせてもらうとしよう。

「この2人と、男達に見覚えは？　兄妹の人相はそこまでしっかりと観察できたわけじゃないから、印象が似ている、ぐらいの参考にしかならないと思うけど」

「んん……。兄妹のほうはどこかで見たことがある……ような気もするのだけれど。男達のほうは、知らないわね」

と、ローズマリーが顎に手をやって思案している。

ローズマリーが直接見ていればまた違ったのだろうが……買物をしていたみんなに知らせ、集まってもらった時には既に馬車に乗り込んでしまっていたからな。

少なくとも、ローズマリーが見覚えのあるような誰かだ。条件も良くないから現時点での絞り込みは難しいところかも知れない。

五感リンクで男達のほうに注意を向ける。

「いいか。もう一度確認するが……仕掛けても兄妹に怪我《けが》はさせるな。誘拐は成功しても失敗しても良いが、妹の身柄を押さえてはならない」

「仮に妹を護衛達に対する人質にしたとしても、それを餌に兄の身柄を確保するってわけですな」

「そうだ。何より、捕まらないことを優先しろ。護衛が粘るようならすぐに撤退する」

「分かりました」

追跡している者達は、声のトーンを落としてそんなやり取りを交わしていた。

怪我はさせない。妹の誘拐も禁止。

連中の話していた内容から考えるとやはり脅迫が目的か？　或《ある》いは誘拐が成功しても、頃合いを見て身柄を解放するつもりかも知れない。

少なくとも、誘拐だとしても単純な身代金目的とは呼べなくなってきたような気がする。兄妹の素性を知っていて、何かしらの思惑を持って動いていると見ておくべきだろう。

兄妹に直接的な危害を加える気がないとは言っても、気を抜いてかかっていいというわけではない。使用人や護衛の身の安全について、連中は一言も触れていないからだ。

そもそも、危害を加える気がなくても刃物を振り回せば事故だって有り得るのだし。

兄妹を乗せた馬車は……中央区を進み、セオレムを眺めながら西区へと向かっていた。

西区ね……。観光だとするなら、貴族があそこで見るような場所は港か造船所となるだろうか？

もしかすると、停泊しているシリウス号を見に行くのかも知れない。

兄妹が造船所を見に行くと仮定し……そこで事を起こして逃走したとして。

この付近の路地や、西区からの逃走経路などを考えていくと、仕掛ける場所としては路地が入り組んで人通りが多く、雑然としている西区というのは理に適《かな》っている。実行犯達も全員を逃がすとなると難易度も上がってくるだろうしな。

その点、西区ならば下水道に逃げ込める場所があったりするので、後を追いにくくなる。

しかし、仮に造船所を見に行くのを逆手に取って計画を立てたというのなら……それは俺に対しても喧嘩《けんか》を売っているのと同義だ。

造船所がなければ貴族の兄妹が西区に足を運ぶこともなかったと予想される。断じて、誘拐計画のようなふざけた真似《まね》をさせるために造船所を作ったわけではない。

「相手の仕掛けようとしている場所は分かった。西区だ。造船所を見物に行くのを事前に摑《つか》んでたのかもな」

「どうなさいますか？」

「バロールで急行する。実際に動いたら叩《たた》き潰す」

問題が起きないようなら泳がせることもできたが、これから実際に襲撃を仕掛ける気配が濃厚となれば、これは割って入る必要があるだろう。現行犯として明るみに出して叩き潰す形だ。

「気を付けて、テオドール」

立ち上がると、クラウディアが言う。マルレーンも俺の顔をまじまじと見てくる。彼女達に笑みを返す。

「状況は通信機で連絡するよ。騎士団にも連絡を回しておくかな」

「こちらも何時でもギルドの方々と連携を取れるようにしておきます」

「必要なら、イザベラのところにも行く」

と、グレイスとシーラ。

イザベラのところ……つまり盗賊ギルドの協力も仰ごうというわけだ。仮に逃亡を許して、潜伏された場合でも昼夜問わず動きを追うことができるだろう。

「お気を付けて」

「御武運を」

冒険者ギルドを出る前に、フォルセトとシオン達も一緒に俺を見送ってくれた。

「ん、行ってくる」

みんなに頷《うなず》いて、冒険者ギルドを出る。路地に入って、建物の壁から壁を蹴って一気に街の上空へ飛び上がる。

相手から気付かれない十分な高度を取ったところで、魔力を充填したバロールに乗って西区へと飛んだ。

貴族の兄妹はと言えば……港に程近い西区の坂の上に馬車で移動し……そこで下車して造船所を

見て、感心したような声を上げていた。

「話に聞いていた通り、良《い》い見晴らしだな。あれが異界大使殿の作ったシリウス号だね」

「白くて綺麗《きれい》な船ね。いい土産話ができたわ」

と、上機嫌でやり取りをしている兄妹の後方――建物の陰に男達は展開していた。

全員が全員、目以外を覆う頭巾を被《かぶ》っていた。ここで行動を起こすつもりか。建物の上に軽々と登った男が小さな弓に矢を番《つが》える。

狙いは――御者だ。まず逃亡のための足を潰そうというわけだ。矢を射掛けてから全員で襲撃を仕掛ける構えだろう。

御者目掛けて矢を狙い定めて引き絞り、射放ったその瞬間――。建物の陰から黒い影のような鞭《むち》が閃《ひらめ》いていた。建物の逆側に回り込んで、兄妹の護衛役となるために動いていたカドケウスが、放たれた矢を弾いて軌道を逸《そ》らしたのだ。

射手は頭巾の下で驚愕《きょうがく》に目を見開くが、何が邪魔をしたのかまでは理解が及んでいないようだ。軌道を大きくずらされ、勢いも失った矢は石畳に落下して音を立てる。その音を視線で追って、護衛達はそこで初めて驚愕の表情を浮かべた。

「この距離で外した……!?　いや、今……？」

「ちっ！　突撃だ！」

男達が慌ただしく動き出し、それを受けた護衛達は、兄妹を弓矢から庇《かば》うように手を広げ、抜剣して叫ぶ。

「ゆ、弓矢で狙われております！　お気を付けください！」

「お、お二方とも！　ば、馬車の陰にお隠れを！　私めが盾になります故、隙を見て、馬車に乗り込んでくだされ！」

初老の使用人はどこから矢が飛んできたのか分からないらしく、2人の盾になるように両手を大きく広げ、周囲を見渡しながらも馬車の陰に避難させようとしていた。

「爺《じい》！　そんな……！」

「ぼ、僕達の盾になる気か!?　そんなことは――！」

「問答している場合ではありませぬ！　お早く！」

護衛達は建物の左右から飛び出して来ていた男達に剣を向けて対峙《たいじ》する。

対処は早いが、多勢に無勢だ。屋根の上にいる男が気を取り直すように再び矢を弓に番える。今度の狙いは初老の使用人。

今はっきりした。こいつらは、兄妹に関しては無傷で済ませるつもりだとしても、怪我人を出すことを望んでいる。なら、その目的は？　恐怖や憎悪を煽《あお》るためか？

だが――2射目は射させない。

「邪魔だッ！」

バロールの最高速で現場の直上に辿《たど》り着いたところから急降下。氷の散弾を屋根の上に腹ばいになっている射手に雨あられと浴びせる。

「ぎ――!?」

射手の悲鳴は、屋根を叩く氷の散弾の轟音《ごうおん》でかき消された。光の尾を引くバロールの軌道を地面すれすれで直角に変えて、横合いから男達に向かって高速度で突っ込んでいく。

状況を理解する暇も、考える時間も与えるものか――！

接敵した瞬間にウロボロスで巻き上げて上空に吹き飛ばす。空中に放り上げられた男に向かって氷の塊をぶっ放し、次の男へ速度を殺さずに突っ込む。

激突の瞬間、振り上げていた竜杖《りゅうじょう》をそのまま上から叩き付けた。

受けようとした剣ごと鎖骨を叩き折って地面へと潰すように沈め、弾むように飛び上がって、護衛と剣を交えている次の男へ。

横からこめかみに膝を叩き込んでネメアとカペラがシールドを蹴って逆方向へ反射。同時にボールを蹴り込むようにバロールを別方向へと放つ。ウロボロスの打撃とバロールの突撃で、2人の男がほとんど同時に薙《な》ぎ倒された。あと1人――！

離れた場所で仲間達がバタバタと崩れ落ちるのを見ていた男が、目を見開いて悲鳴を上げながら身を翻していた。路地へと逃げ込むつもりのようだ。だが、逃がさない。

「行けッ！」

空中に留まっていたバロールが光弾となって男の後を追う。鳥の姿を取って上空に舞い上がったカドケウスが男の逃走経路を把握。路地から路地へバロールが正確に追尾していく。

「う、うおおおっ!?」

到底走って逃げられる速度ではない。光弾が追い付き、曲がろうとしていた男の脇腹に触れた。

撃ち抜くのではなく、そのまま押すように男の動きを加速。容赦のない速度で石壁に激突させる。

「がっ!?」

石壁とバロールに挟み込まれるようにして、肋骨《ろっこつ》を折られた男は苦悶《くもん》の声を上げて地面に転がったのであった。

「――よし。こんなところかな?」

倒れている連中、それからさっき逃げようとした男もバロールにレビテーションを使わせて運んできてもらう。全員をライトバインドで拘束し、頭巾を脱がせてから土魔法で固めて身動きを封じる、というのはいつも通り。

氷の散弾を浴びせた資材小屋の屋根にも傷ができてしまったな。ここも修復も行っておくこととしよう。

「あ……ありがとうございます。助けていただいて感謝の言葉もありません」

「あ、ありがとうございました。お陰様で皆、怪我をせずに済みました」

屋根の修理を済ませ、梱包《こんぽう》した連中をゴーレムで運搬して一ヶ所に積んで運びやすくしていると、先程まで呆気《あっけ》に取られていたらしい貴族の兄妹がおずおずと話しかけてきた。初老の執事が俺に話しかけようとしたのを手で制して自分達で礼を、ということらしい。

「お怪我がなくて何よりです。連中が凶行に及んだのを目撃したため、僭越《せんえつ》ながら割って入った次第です」

そう答えると、兄妹は深々と一礼する。

「僕はオスカー……ドリスコルと申します。ドリスコル公爵家の長男です」

「ヴァネッサ＝ドリスコルです。同じく、公爵家の長女です」

兄は一瞬、迷ったような様子を見せたものの、そう名乗って一礼する。兄であるオスカーが家名を名乗ったことで、妹のヴァネッサもそれに続いた。

ドリスコル……公爵家の子弟か。お忍びで観光をしていたのも、デボニス大公との和解を控えているこの時期だ。目立ちたくなかったのかも知れない。

「テオドール＝ガートナーと申します」

名乗り返すと、兄妹は驚きの表情になった。

「これは……異界大使殿であらせられましたか」

「道理でお強いわけです。お噂《うわさ》はかねがね」

こちらのことを知っているのは会話の内容から分かっていたが、公爵家だというならそれも納得というところか。

「ところで、お二方はお忍びだったのでは？　これからここに兵士達が駆けつけてくると思われますが、大丈夫ですか？　必要ならば後は僕から説明しておきますが」

そう言うと、オスカーは少し目を丸くしたが、やがて笑みを返してきた。

「お気遣い感謝します。確かに目立たぬようにはしていましたが、父とデボニス大公との和解に絡んでの事情です。テオドール卿《きょう》と面識を持ってしまっては今から目立たぬようにする意味がありません」

「なるほど。そうでしたか」

このあたりは王家、大公家、公爵家のパワーバランスに絡んでの話だな。大公家との和解に他意があると思われたくないということなのだろう。だから和解前の段階では俺に接触しないように気を使っていたのだろうが……。面識を得てしまってからでは目立たないようにする意味もないというわけだ。

「それよりも、兵士達への説明は私達が行う必要があるかと存じます。元々私達が襲われた当事者で、テオドール卿は助けに入ってくださっただけなのですから、それが筋というものかと」

と、ヴァネッサ。まあ……それも確かにそうだな。

「分かりました。なるべく話が大きく広がらないように連絡しておきましょう。連中の顔などに見覚えはありますか？」

頭巾を外して積んである連中の顔を見て、オスカーは首を横に振る。

「……いいえ。しかし、西方の――公爵領に住む者達の顔立ちや訛《なま》りではありますね」

オスカーが言うと、意識のある者は慌てたように視線を逸らした。オスカーはそれを見て小さく息を吐く。今のは……カマかけだろうか。

ドリスコル公爵や公爵に近しい貴族の領地は西の海洋にある島々、それから南西部の海岸付近が中心ということになるわけだが……。

連中に情報を与えないために音を遮断してから尋ねる。

「誰の差し金か心当たりはあるのですか？」

オスカーは俺の言葉に眉を顰めた。

「仮に……この襲撃が仕組まれていたとするなら、ある程度は僕達の内情を知っていると思われます。そこから考えていくとある程度は絞り込めるのかなと。今の時期であるなら、父と大公の和解を快く思わない者も中にはいるので……。何せ、我が家は長らく大公家とは確執がありましたから。しかし、まさかここまで強硬なことをしてくるとは思っていませんでしたが……」

「大公家への対立を主張してきた者もいるわけです。そういった者に関しては和解が成立してしまうと、発言力が弱くなると危惧している部分もある、ということですね。或いは、和解が行われないことで何らかの利益を得るとか、その逆に、行われることで不利益を被るとか……」

……なるほど。だから連中は兄妹を傷付けることやヴァネッサを誘拐することを禁じていたわけか。

男子であるオスカーは仮に誘拐されたとしても一時のことだが、ヴァネッサの場合は身柄が誘拐犯の手の内に落ちたなどという事実があるだけで、将来的な汚名に成り得る。

公爵の方針には反対だが主君の子弟や家名に傷を付けるつもりもない、というわけだ。連中の言動や、兄妹の行動を把握していたこととも辻褄《つじつま》が合う。

そうなると黒幕は、公爵家内部の人物か、陪臣の誰かということになってくるか。

さすがに……公爵自身が糸を引いているという可能性はないな。こんな回りくどいことをしなくても和解が嫌ならばジョサイア王子の仲裁に対しても理由をつけて断れば良いだけの話なのだから。

手口から見てもそうだ。聞いた話では公爵は何やら、俺に対して良い印象を持っていると言う。

造船所を見に行ったオスカーとヴァネッサを襲撃させた場合、俺の不興を買うのは分かり切った話なのだし、狂言誘拐を仕組むにしてももっと簡単にやってのけるだろう。

「つまり、和解を邪魔するためにこういった強硬手段に出たと」

「僕はそう見ています。或いは大公家の陪臣の仕業と見せかける準備があったのかも知れませんね。後嗣である僕にも大公家への不審を植え付けようだとか」

……ふむ。後嗣を巻き込んでの陰謀と言うと、跡目争いというのも定番という気がする。末端は和解の邪魔をするという目的で唆されて動いていたとしても、黒幕の思惑が違うということは十分考えられるからだ。

この場合は和解反対派をカモフラージュにして利益を得ようとすることもできるわけで、表向きには和解に賛成していても良いわけだな。

つまり、怪しいのは2種類だ。和解反対派か、跡目争いに絡むような人物か。やはり、いずれも公爵家の関係者となる。

だが跡目争いがあるのかなどと、ストレートな質問をぶつけるのはさすがに憚《はばか》られるな。このあたりは後でローズマリーに聞けば分かる部分だ。

「……後継者に絡んでの部分もあるかも知れません」

――などと思っていたら、思案するような様子を見せていたヴァネッサが険しい表情で言った。

「ヴァネッサ。それは……」

「身内を疑うようなことはしたくはありませんが……それも有り得る話かと。そうなると勿論《もちろん》、私も怪しくなってくるのですが」

……んー。それはどうだろうな。確かに仕組むことは可能かも知れないし、襲撃されても安全の確保が可能なようにもできるだろう。跡目争いの線から言えば容疑者に挙げられてもおかしくはない立場だ。

しかしわざわざ自分から直球を投げて注意を向けさせるというのは、リスクばかりが目立つような気がしてならない。逆に犯人ではない、と思わせる作戦というのは……どうなんだろう。

調査をするならば当然その可能性も視野に入れて行うわけだから、その作戦には意味がないというか。

「その……テオドール卿は王城にいらっしゃる魔法審問官をご存じではありませんか？」

「知っています」

ヴァネッサの言葉に頷く。

魔法審問官のデレクだな。しかし、ここで魔法審問に言及するというのは……。

「……ヴァネッサ。お前、何を考えているんだい？」

「彼らを引き渡す際に、王城に登城して秘密裏に魔法審問を受けてこようかと存じます。その口利きをテオドール卿にお頼みできないかと」

「お、お嬢様、そのような」

執事が慌てたような声で言うが……ヴァネッサは首を横に振る。

「いいえ、爺。必要なことよ。まず自身の潔白を証明しておかないと不審を招くし、調査にも余計な手間がかかるわ。父様や兄様に対して私が信用できることを見せておかないと、別の策を弄された場合に危険だもの。こんな大事な時期にお家騒動に発展するなどというのは御免被るわ」

「……ならば、僕もこの一件に裏で関わっていないことを証明しないといけないね」

と、オスカーも静かに言った。

……なるほど。オスカーといいヴァネッサといい、優秀だな。ヴァネッサの優秀さ故に跡目争いから排除しようとした可能性、というのもなくはないわけだし、実際兄妹に関して調査の手間を省くことができるというのは助かる。

「分かりました。メルヴィン陛下に掛け合ってみましょう」

と同時に、実行犯からも情報を絞る方向で動くとしよう。それに、オスカーとヴァネッサ以外にも跡目争いの候補者はいるはずだ。そういった連中の情報も集めなければならない。

まずは……騒ぎを聞きつけて駆けつけてきた兵士達に、事情を説明して、実行犯連中を王城に搬入するところからかな。

◆◆◆◆◆

『ん。それじゃあ私は、盗賊ギルドに調べてもらいに行ってくる』

と、通信機にシーラからの返事。

こちらの経緯をみんなに知らせると、みんなからも返事があった。通信機を向こうで見せ合っているようで、それぞれから返信があるので疑似的にチャットのような雰囲気だ。

『分かった。俺は2人と一緒に王城に行くよ』

『ラヴィーネはシーラさんに同行させますね』

『では、わたくし達は一旦家に戻ってから王城へ向かうわ』

『了解。そっちにカドケウスを向かわせる。後で王城に合流ということで』

シーラは俺の作った襲撃の実行犯の胸像を盗賊ギルドに持っていって、情報を集めてもらう。

こちらはこちらで駆けつけてきた兵士達に梱包した実行犯を引き渡して搬送してから、オスカーとヴァネッサの馬車に乗って、王城へ向かおうということである。

ローズマリーも王城に来て、そちらで話をするということで話は纏《まと》まった。

通信を終えてから馬車の前に向かうと公爵家の執事であるクラークが尋ねてくる。

「もう大丈夫なのですか？」

「失礼しました。少しやっておくことがあったので。お待たせしてしまったようで申し訳ありません」

「いえ。私共も兵士の皆さんに状況の説明をする必要がありましたので」

クラークは言うと、一歩下がって馬車の扉を開き、乗り込むように促してくる。

「失礼します」

そう言って、馬車に乗り込む。公爵家の馬車だけあって内装も上等な仕立てだ。

オスカーとヴァネッサの向かいの席に座ると、クラークも乗り込んでくる。扉が閉まって馬車が動き出した。護衛達は御者の隣である。

「面白い魔法生物ですね」

ヴァネッサは俺の肩に乗ったバロールに興味を示している。一仕事終えたバロールは……何と言うか半眼で羽を畳んでいて、少し眠たげな印象に見えるな。

「バロールと言います。慣れると意外と愛嬌《あいきょう》があるかなと」

「分かる気がします。先程助けていただきましたし、頼りがいがありますね」

と、オスカーが笑みを浮かべた。

……ふむ。兄妹揃《そろ》って意外にキャパシティが広いというか。公爵は好奇心旺盛で新しい物好きだと聞いていたが、その影響があるのかも知れない。海洋に領地を構えているわけで、交易で色々と珍しい物を見慣れているだろうしな。

「お二方はやはり、公爵とタームウィルズへ？」

「ええ。父はデボニス大公との面会が終わるまでは観光はしない、と」

「私達も家に残るつもりだったのですが子供が自分に付き合う必要はないから、観光の下見をしてきてくれと言われてしまいまして……。お忍びで動くことになるので、円滑に行くようにとタームウィルズに向かう前から下見の予定を組んでですね」

「……なるほど」

自分に付き合う必要はないから遊びに行ってきて構わないというわけだ。下見云々《うんぬん》というのは単に遊びに行ってこいというよりは、大義名分としてオスカーとヴァネッサも受け入れやすいからだろう。

「西区に出かけることを知っている家人は？」

「それなりに知っています。造船所を見ることのできる場所を探してほしいと、タームウィルズに書状を出しましたから。提案したのも僕自身です」

オスカーは少し眉を顰める。

「では、そちらから情報がどう拡散したかを追うのは難しいかも知れませんね」

「かも知れません。正直なところ、あまり警戒していなかったので」

ヴァネッサも残念そうな面持ちだ。護衛を付けるあたりは通常の範囲内での防犯意識も持っていたのだろうが、いくら西区とは言え昼間から街中であの規模での襲撃を受けるとまでは予想していなかったのだろう。

襲撃犯には兄妹と面識のない者達を使ったようだが……これはカマかけに引っかかったところから見るに西方出身の者達で間違いはあるまい。

だが……街中に潜伏していたとすれば、これはどこかで目撃されているはずだ。そうなってくると、盗賊ギルドの領分だな。後は、シーラ経由での情報にも期待したいところである。

2人と話をしていると、馬車も王城に到着した。

迎賓館前で馬車から降りると、メルヴィン王とジョサイア王子が姿を現す。ミルドレッドも一緒だ。騎士団にも通信機で連絡を入れたからな。公爵家への襲撃となると大事だから、仕事を切り上げてきたのだろう。

「久しいな、2人とも」

「無事で何よりだ」

と、メルヴィン王とジョサイア王子。

「これはメルヴィン陛下、ジョサイア殿下。勿体《もったい》ないお言葉です」

「ご無沙汰しております、陛下」

メルヴィン王に2人は丁寧な挨拶をする。

「そしてテオドールよ。よく2人を守ってくれた」

「本当にね。今の時期にそんな事件が起こっていたら、真偽がどうであれ和解の話も潰れていてもおかしくはない。テオドール君に助けられたよ」

ジョサイア王子は不快そうに眉を顰めたが、俺に笑みを向けて礼を言ってくる。

「ありがとうございます。仲間が違和感に気付いてくれたお陰ではありますが」

そのあたり、シーラが最初に違和感に気付いたからでもある。魔法審問について話を通す時に、このこともメルヴィン王に伝えておくことにしよう。

「うむ……。時期を考えれば大殊勲であるな。だが犯人を捕らえて、事件が解決したというわけではない。まずは詳しい話を聞かせてもらうとしよう」

と、メルヴィン王は身を翻して迎賓館の中へと向かう。ジョサイア王子もそれに続いた。クラークは……馬車で待つ、ということらしかった。

◆◆◆◆◆

「――というわけで……何卒《なにとぞ》僕達の潔白を証明し、事件の捜査を円滑に進めるためにも魔法審問をお願いしたいのです」

事情を説明し終えると、メルヴィン王は目を閉じた。

「……そなたらの気持ちはよく分かった。だが、審問官をここに呼ぶというのも、どうしても人目に付いてしまう」

迎賓館に着いた直後に審問官のデレクがここに来るというのは……噂話《うわさばなし》や誤解を招いてしまうところもあるか。

公爵家の子女2人が襲撃事件の後に魔法審問を受けたなどと噂が立つのは、狂言やお家騒動などの可能性を仄《ほの》めかすもので色々と外聞が悪いというわけだ。だからと言って、こういう理由で魔法審問をしたのだ、などと事情を触れ回るわけにもいかないしな。

「故に、下手人を捕らえている場所に変装したそなたらが赴き、目撃者という形で犯人の面通しや尋問に協力した、という体裁を整えるというのが良いのではないかと思う。その場所であれば元々審問官の領分であるしな。審問は無礼のないよう、そしてできるだけ短い時間で済むよう、十分配慮をさせるとしよう」

「ありがとうございます」

当人が核心を突く質問に対して協力的に答えてくれるなら、魔法審問もあまり時間はかからないというわけだ。

「ミルドレッド。2人を頼む。事情をデレクに説明してやってほしい」

「はっ。オスカー様、ヴァネッサ様、どうぞこちらへ」

「よろしくお願いします」

と、オスカーとヴァネッサはミルドレッドに護衛される形で部屋を出ていった。

2人の王城内の移動には、例の変装指輪の魔道具を活用するというわけだ。色々と気を使っているな。

「どうやらみんなも到着したようですね」

「では、こちらに揃ったところで話を進めていくとしよう」

そして、部屋を出ていった2人と入れ替わるように、迎賓館の前に馬車が到着し、パーティーメンバーのみんなが馬車から降りてきた。フォルセトとシオン達は一先ず家に帰ったようだ。女官達に案内されて、すぐに俺達のいる部屋にみんながやってくる。

「やあ、君達も久しぶりだね。元気そうで何よりだ」

「これはジョサイア殿下」

メルヴィン王とジョサイア王子にみんなが挨拶する。

「テオドール様、お怪我はありませんか？」

「んー。まあ、この通り」

アシュレイの問いに笑みを浮かべて答える。

「ご無事で何よりです」

俺の答えを受けて、グレイスが穏やかな表情で目を細め、マルレーンがにこにこと屈託のない笑みを向けてきた。ローズマリーとクラウディアはそこまでストレートには表情に出さないが、クラウディアに関しては僅かに微笑《ほほえ》んでいるか。

みんながソファに座り、お茶が淹《い》れられたところで話の続きとなった。

「さて……。和解の阻止か、それとも跡目争いの偽装が目的かといったところか。捕らえた連中から得られる情報にもよるが……恐らく実行犯の持つ情報だけで黒幕を断定するというのは早計であろうな」

メルヴィン王が言っているのは後者の可能性を考えた場合の話だな。

「僕達も連中の尋問には協力する用意がありますが……そうですね。跡目争いが目的で大義名分を後ろから煽っているだけと仮定するなら、末端は黒幕の意図を知らない可能性は高いと思います」

「両方に警戒をしながら情報を集めるという形になるだろうね」

「怪しい人物、というのはいるのですか？」

「……対立の急先鋒《きゅうせんぽう》と言えば、大公家と公爵家の領地の境にある金山の利権が有名なところね」

ローズマリーが羽扇で口元を隠しながら目を閉じて言った。

金山の利権。ヴェルドガルの歴史の話になるので今の代の出来事ではないのだが……どちらの領地とも呼べない微妙な位置に金山が見つかって、その当時に、大公家と公爵家の陪臣の間で諍《いさか》いが起きたという出来事があったそうだ。

小競り合いが起き、騒ぎが大きくなる前に王家が介入して協定を結んだ、という話であった。王家の介入もかなり迅速だったという話だが、大貴族同士だけに単なる貴族同士の小競り合い扱いでは済まないからか。それ以来金山絡みで騒ぎが起きたという話もなかったように思う。調停が上手《うま》かったか、王家が尊重されたか。

それとも、両家の血縁を王家の嫁として迎えたり3家が均衡を保つように動くというのも、それが尾を引いていたりするのだろうか。

「対立の最初の原因は確かにそれだね。今となっては両家が利益を二分する形で落ち着いてはいるが」

「王家が産出量などを監視し報告することで、公平になるようにしているというわけだ。それをひっくり返そうとすれば、王家ともう一家を敵に回すことになる」

公平にか。まあ、両家としても国を割っての内戦を起こすのは本意ではないだろうし、ヴェルドガル王家の影響力や国守りの儀などの事情を考えると、確かにな。

「そう。王家と当主同士では話はついているわ。けれど両家の陪臣同士ではどうかしらね。特に、金山近辺を治める領主達同士では」

「それが和解反対派の急先鋒と？」

「大公や公爵とも話をしたがそれなりに長い歴史があるのだし、表に出すまでもない有形無形の嫌がらせや、互いの陣営への悪印象というのはあったようだよ。この場合、権利云々より、確執と言うべきだろうけれど。まあ、今の代は比較的落ち着いているほうだね」

ジョサイア王子は目を閉じて小さくかぶりを振る。

当主もそうだし、陪臣達もそう。祖父や父の代の不仲のせいで直接的な怨恨がなくても立場上、相手を良く言えないだとか、距離を取ってしまったりだとかいう部分はあっただろう。

「オスカーとヴァネッサはそういった確執からはやや距離を置いているね。あの2人はかなり聡明《そうめい》だ」

だからこそ、和解反対派の標的にされてしまう理由もあるのだろうが。相手陣営に罪を擦《なす》り付けることでオスカー達の考えを変えさせることも狙えるわけだし。

「まあ、わたくし達が把握していない事情があるかも知れないから、実行犯の話はしっかりと聞くべきね」

今まで得た情報を基に、実行犯達から情報を引き出していくことで推測の裏付けを取っていくというわけだ。

「だが、そういった諸々《もろもろ》の事情や歴史的背景を踏まえたうえでも、感情だけで己の主人の息子に狂言誘拐を仕掛け、家人を傷付けるという手口は些《いささ》かやり過ぎているように思える。しかし……唆すならば口実にはなるかも知れん。相手方の領主に罪を押し付け、大公家の力を殺《そ》いで公爵家の利権を増大させる、などとな」

「では跡目争いのほうがしっくり来ると」

「現時点では余はそう見ている」

「わたくしもその線だと思うわ」

「父上とマリーに同じく」

3人とも同意見か。

……跡目争いということは、本命は後嗣となる人物を暗殺するのが目的ということになる。和解反対ならこれで終わりだが、暗殺が目的なら仕込みが終わったところで、これからが本番だ。オスカーとヴァネッサの身辺警護の必要があるだろう。

「では、跡目争いにおいて怪しい人物というのは？」

こちらは言うまでもなく、それなりに家督に近い位置にいる人物ということになる。何人も暗殺していたら目に付くし。だからこそ偽装工作をしているのかも知れないが。

「まず、最初に目につく人物が1人いるわね。公爵の弟よ。立場だけの話だけれどね」

「継承権では当主の実子に次ぐ人物だな」

つまり、オスカー達にとっては叔父にあたるか。

だが、継承権争いでの暗殺が目的ならその人物が標的になることも有り得る。色々な面から要注意、要監視といったところか。

第148章 暗躍の痕跡

「その、叔父というのは、どういった人物なのですか？」

「ヴェルドガル南西部の海沿いの土地を治める領主だな。名をレスリーと言う」

「今はタームウィルズの中央区にある邸宅に滞在中だね。旅行が趣味らしく、領地経営は任せてあちこちに出かけたりと……あまりじっとしているということがない人物だ。公爵家と大公家との和解に関しては賛成の立場を取っているそうだ」

……南西部の海岸線に領地を構えて旅行が趣味か。人員を引っ張ってくること、準備を進めることは可能だな。和解に対して賛成、というスタンスは襲撃がカモフラージュであることを考慮すれば容疑者から外す理由にもならない。

「レスリーに関しては……兄弟仲が不仲であるとは聞いたことがないな。もっとも、公爵家の家人1人1人について、そこまで深く人となりを知っているわけではない。特に、レスリーはそれほど目立った功績や瑕疵《かし》があるわけではないからあまり噂《うわさ》が聞こえてこないのだ」

「オスカーとヴァネッサの潔白が証明されれば、もっと詳しい話が聞けるかも知れないね」

と、ジョサイア王子はどこか遠いところを見るような表情をした。ロイのことを思い出したのかも知れない。まあ、確かに親交があるわけでもないのに内心まで窺《うかが》い知れるはずもないか。相手が野心を秘めて演技していたならば尚更《なおさら》だ。

オスカーとヴァネッサが詳しくは語らなかったのは、仮に心当たりがあったとしても自身の潔白が証明されなければ讒言《ざんげん》になりかねないからということかも知れない。

「公爵の御子息の潔白が証明されたならば、２人の護衛が必要になってくるかと思います。叔父のレスリー卿《きょう》を含めて、命を狙われる危険がありますから」

「だろうね。しかし、仮に跡目争いが本当の動機であるなら、外への備えは見せても内への備えは見せるべきではないというわけだ」

俺の言葉にジョサイア王子が頷《うなず》く。

仮に後継者争い狙いで動くとするならば、偽の理由がある今の時期に犯行を行う必要があり、和解が成立してからではまた別の手立てを考える必要が出てくる。

だがあまり大人数で内部犯への警戒度を高めていると、公爵家の内部に黒幕がいた場合は警戒されて逃げられてしまう。潜伏は後顧に憂いを残すので、好ましくはない。

犯人達《たち》が捕らえられたことで事件が明るみに出るのは避けられない。だから警備が厚くなるのは当然の流れだ。だが、それはあくまでも和解反対派に対してのみ備えをしていると見せかけるのが重要になってくる。

となると、打てる手は――。

「変装して潜入し、内部の警戒と護衛を行うというのは？　対魔人を控えている今の状況で、国内情勢をかき乱されるのは好ましくありません」

そう言うと、思案していたメルヴィン王が顔を上げて俺を見てくる。また変装の指輪を使って、公爵家別邸内部に潜入という手を取るわけだ。

デボニス大公とドリスコル公爵の陣営が対立を深めた場合、王家はそちらにも激突が起こらないようにリソースを割かなければならないわけで。ここで両陣営トップ同士の和解を成立させるのはかなり重要なことだ。

「……すまぬな。そなたにまた頼んでも良いだろうか。だがその場合、大公と公爵本人には、そなたが潜入していることを詳《つまび》らかにすることになる」

そうだな。王家の立ち位置的に、そこを2人に伏せるわけにはいかないだろうし。

「では、お任せください」

「……私からもお願いする。協力できることがあったら、何でも言ってほしい」

と言って、ジョサイア王子が頭を下げてくる。

両家の橋渡しにあちこち出かけたし気苦労もあっただろうから、ここに来て横槍《よこやり》を入れられるというのはジョサイア王子にしてみるとたまったものではないだろう。

表向きは冷静だが、内心ではかなり怒っている可能性はある。

「分かりました。僕もお2人の和解には成功してほしいですから」

心配そうな表情を浮かべているマルレーンを見ると、ジョサイア王子は柔らかい笑みを浮かべて頷く。

「うん。そうだね。確かにそうだ」

「しかしそうなると、外で待っている公爵家の執事に関しても協力をしてもらう必要があるか」

「クラーク氏でしたら、信用のおける人物かと存じます。公爵のお子様2人を、我が身を盾に守ろうとした点、彼らの手勢がクラーク氏を狙って矢を放った点などから、内通者である可能性は極めて低いのではないかと。協力をと言った場合、彼も魔法審問で潔白をと言い出しそうなところはありますね」

「なるほどな……。早速、話を持ち掛けてみるとしよう」

さて。これからの方針が決まったところで……ローズマリーを見やると、彼女は分かっているとばかりに頷いた。

「では、諸々《もろもろ》の方針が決まったところで……わたくしも少しばかり、取り調べに協力をさせていただきたく存じます」

ローズマリーがそう言うと、メルヴィン王は僅かに目を見開き、それから俺達が何をするつもりなのかを察して笑うのであった。

◆◆◆◆◆

「おお、ディエゴ」

「生きてたか。お前だけ姿が見えないから心配してたんだ」

兵士達が牢《ろう》の中に運んできた全身包帯と添え木で固められた男に、実行犯達が声をかける。

「あ、ああ。何とか、な。全く、酷《ひど》い目にあった……」

と、男は粗末な寝床に身体《からだ》を横たえると、痛みを堪えているような、苦しそうな声で応えた。

ディエゴは屋根に登って矢を射掛けていた射手である。氷の散弾を浴びせかけられて怪我《けが》をし、牢に入れられる前に別の場所で手当てをされている、というところまでは事実だ。

実際に手当てされた姿で牢に戻されたのは、姿を写し取ったローズマリーの使い魔……ドッペルゲンガーのアンブラムである。包帯でぐるぐる巻きなのは、発音や仕草などの違和感を誤魔化す理由作り。そしてカドケウスも地下牢の天井付近の暗がりで待機中、というわけだ。

「あの魔術師……。とんでもない動きをしてやがったからな」

「ディエゴはまともに魔法を浴びせられてたから、死んじまったんじゃねえかって話をしてたんだ」

「いや、他の場所で手当てを受けてたんだ。ところで……俺だけ姿が見えなかったってのは？　今も人数が足りてないようだが……」

「ああ。パブロは魔法審問で連れていかれてるよ」

「魔法審問か……。普通なら口裏を合わせられないように、全員バラバラに牢に入れるんだろうがな……」

と、ディエゴの姿をしたアンブラムは眉根を寄せる。

「……なるほど。口裏を合わせても無駄ってわけかよ」

「もしかすると……洗いざらい自分から話したほうが、恩情をかけてもらえるかも知れないいな」

アンブラムが言うと、男達は眉根を寄せて俯《うつむ》く。しばらく沈黙が続いたが……その沈黙を次に破ったのも、またアンブラムだ。

「……だってよ。俺達を、外から助けてくれると思うか？」

アンブラムが痛みに顔を歪《ゆが》ませながら声のトーンを牢番《ろうばん》に聞こえないように落としてそう言う。

これもローズマリーの揺さぶりだな。魔法審問に対して隠し事はできない。正直に話せば恩情があるかも。助けは望めないかも知れない、というわけだ。

「カーティスさんは……王国のかなり上のほうにも影響力を持ってるみたいだが……こうやって全員捕まっちまったら、どうしようもねえさ。前の時とは違う。事が事だけに今度は庇《かば》ってもらえるとは思えねえな。色々世話してもらったから、今回も期待したいってのは分かるがよ……」

「……話を聞いた時は美味《おい》しいと思ったんだがな」

「そうだな。いけすかない大公家の連中に一泡吹かせて、それが公爵様のためになるわけだしな。前金もたっぷりと弾んでくれたし」

「書状には今回の件が上手《うま》く行けば取り立ててくれるって話も書いてあったしな。ただの水兵で終えるよりは役人にって思ったんだがな……」

……なるほど。連中、西部の水兵上がりか。マストに登ったりする技術があれば屋根の上に軽々登るだとか手際良く行動するのは朝飯前だろう。

「――ここまでの話を総合すると……連中は何か問題を起こして、カーティスと名乗る男に助けられたわけだ」

掻《か》い摘《つま》んでみんなにも連中の会話の内容を説明する。

「例えば……罪に問われるところを無罪放免にしてもらうだとか？」

「多分ね」

俺の言葉に、クラウディアが不快そうに眉を顰《ひそ》める。

成功すれば取り立ててくれる、などと言っているところを見るに、その口約束を信用させるに足る強権を行使してみせたのだろう。

カーティスが助ける相手としては誰でも良《い》いというわけではない。大公家に対して悪い印象を持っている者が望ましい。では……大公家やその陪臣と、揉《も》め事《ごと》を起こした者達に目を付けて、助けたうえで声をかけた……とか？

その後も何かにつけて世話をしたり、大公家についてあることないことを吹き込んだりして、自分の手駒となるように懐柔する、と……こんなところか。

和解の話は最近になって持ち上がったものだが……黒幕の動機が大公家に底意を持っているからであっても、邪魔な後継者を消したいと思っているからでも、この方法で手駒を準備しておくことはできるだろう。

前者であれば考えを同じくする同志を得られるからだし、後者ならば大公家に罪を被《かぶ》せる偽装をしながら今回のような騒動を演出して暗殺を狙える。和解の話はただ、手駒を使う切っ掛けになったに過ぎない。

カーティスね。何者かは分からないが強権を駆使できる人物というのははっきりした。公爵家に連なる人物ならば、確かにそれも可能だろう。

実行犯に指示を出すにしても、失敗時に魔法審問が行われる以上は自分に繋《つな》がる証拠を極力少なくしている、と予想される。

だが……手紙と言ったな。まずは連中のタームウィルズにある潜伏先を見つけて、証拠に成り得る品がないかを探るのが良さそうだ。オスカーの立てた観光の計画を襲撃に反映させるためには、かなり最近になって実行犯に連絡を取っているはずだ。その指示書などが残っている可能性は十分にある。

と、その時、通信機に連絡が入った。シーラからだ。

『目撃情報有り。連中、西区の路地をうろついていたのが目撃されてる。今、盗賊ギルドの情報屋と構成員に情報提供を呼び掛けてもらっている最中』

西区の路地……つまり逃走経路の下見だな。西区と言えば盗賊ギルドのホームグラウンドだ。そこを余所者《よそもの》がうろちょろしていればさぞかし目立つだろう。

……どうやら、案外早くアジトも見つかりそうじゃないか。

◆◆◆◆◆

「――というわけで、潜入して護衛という方向で考えています」

魔法審問を終え、ミルドレッドに連れられて迎賓館に戻ってきたオスカーとヴァネッサ、それから執事のクラークにこれからの方針と対策を伝えると、3人は静かに頷いた。

3人が3人とも、素直に協力してくれて潔白であるとの審問官の伝言である。

「よろしくお願いします」

「僕は情報が入り次第、襲撃犯がタームウィルズで使っていた塒《ねぐら》に向かう予定なのですが……お2人は先に戻られたほうが良いかも知れませんね。あまり遅くなってしまうと公爵もご心配なさるかと。後から別邸へお伺いしますので、使い魔を連れていってください」

と、猫の姿を取ったカドケウスを2人につける。

「よろしくね、カドケウス」

ヴァネッサからそう言われて、首を縦に振るカドケウス。

「それから……魔道具を持っていってください。破邪の首飾りは魔法薬や呪いを退けます。この腕輪はクリアブラッド。そしてこれは治癒の魔道具ですね。首飾りについては肌身離さずに身に着けられますよう」

「では、お借りします」

グレイス達の持ってきてくれた魔道具を3人に手渡す。俺の護衛を知らせるということで公爵の身に着ける破邪の首飾りも持ってきている。

「2人は私が送っていこう。公爵と大公には私の口から説明をしなければならないからね」

ジョサイア王子が言う。なるほど。ジョサイア王子が直接説明に行くことで公爵と大公の意向を確認し、和解の流れを途切れさせないための働きかけをしようというわけだ。

まあ……理由が後継者争いにあるかもとあっては、和解するしないの選択は、今後の状況に対して大きく影響しないわけだが……。

「では、ミルドレッド。部隊を編制し、ジョサイアの護衛を」

「はっ」

ミルドレッドは敬礼すると部隊編制のために部屋を出ていった。

「えっと、その……叔父の話なのですが……」

「はい」

ヴァネッサは切り出したが、話すべきかどうか、迷っているような様子であった。

叔父……レスリー＝ドリスコルについて。それは後で別邸に着いてから聞こうと思っていたことだ。

身内のことだけに悪く言うのも抵抗があるのかも知れないが、それでも何かの心当たりがあるのだろう。オスカーが促すように頷くと、ヴァネッサはおずおずと切り出した。

「叔父は、昔から物静かな人でした。話しかければ穏やかだし、父との仲も悪くなくて。ただ何年か前に、船旅から帰ってきた叔父が公爵領に訪ねてきた時……少しだけ気になることがあったんです」

「と仰《おっしゃ》いますと……？」

「実家の廊下を通りかかった時、中庭で父や兄と話をしていた叔父を見かけました。その時は3人とも楽しそうに笑いながら話をしていたのに……」

公爵とオスカーが中庭から移動するために背を向けたその時、直前まで笑みを浮かべていたレスリーの表情が一変したと。そうヴァネッサは言った。

「……冷たくて険しい顔でした。もしかしたら叔父は……本当は父が嫌いなのかなって……。父と叔父の間に何があったのかまでは分かりません。話をしてみると叔父は今まで通りで……。だから叔父は物静かで穏やかなのではなく、本当は……誰にも本音を見せていないだけなのではないかと」

そう言ってヴァネッサは目を閉じるとかぶりを振った。

「……僕も、その話は初めて聞きました。あの時の会話は覚えていますが……叔父を怒らせるような内容は話していなかったと……僕は思います。久しぶりに会えて嬉《うれ》しいとか、旅先での土産話を聞いたりとか、そういった取るに足らない内容でした」

と、オスカーは眉を顰める。

……確かに、身内であっても、時にちょっとした感情の縺《もつ》れなどから衝突することもあるだろう。だから、そのまま何もなければただそれだけのことだ。ヴァネッサは今日に至るまで誰にも話さずに来たのだろうが……現実に襲撃を受け、跡目争いの可能性などに気付いてしまうとレスリーのその時の態度が、どうしても気になってしまうというわけだ。

その時に問題のある会話をしていたわけではないのなら、それは腹に一物を抱えているということに他ならない。

「……なるほど。参考になりました」

そして、それをしてレスリーが黒幕であるという証拠には勿論《もちろん》ならない。まだ確定的な材料は何もないのだし。さて、どうしたものか。

……黒幕は実行犯に指示を出していたわけだ。こうやって動いたことといい、自分に繋がるものは何もないと思っているのだろうが……それが想定外の方法であるなら、対処しようもない。

「……あー、みんなに用意してほしいものがあるんだけど」

「何でしょうか？」

ということでグレイス達に必要なものを伝えると、彼女達は目を瞬《またた》かせた。

必要な材料は市場に行けばすぐに揃《そろ》うだろう。後はローズマリーの持ち物から少しばかり拝借をさせてもらってだな。

受け渡しなどの打ち合わせをしていると、シーラからの連絡が入った。ふむ。……どうやら、連中の塒も見つかったようだ。

◆◆◆◆◆

「テオドール。こっち」

西区の大通りに向かうと、そこにはシーラとその護衛をしているラヴィーネがいた。俺の姿を認めると軽く右手を上げて自分の居場所を知らせてくる。

「ああ、お待たせ」

「ん。道案内する」

シーラは頷くとラヴィーネと共に裏路地を歩いていく。

連中はどうやら、西区の宿を利用していたようだ。

官憲の目を避けるという観点からは正解だが、盗賊ギルドから見ると西区は庭のようなものである。割とすぐに連中の潜伏場所が判明したあたり、そのへんが原因だろう。

「ここか……」

入り組んだ通りを進み、宿の前に到着する。宿の周辺を固めている人員がいるようだが……。

シーラが気にしていないところを見るに、これは盗賊ギルドの人員だろう。

確かに……俺の記憶違いでなければ前に一度会ったことのある者もいるな。

俺と視線が合うと、周囲からはあまり目立たないように目礼してきた。確か……ギルド幹部のイザベラと一緒に盗賊ギルドの構成員として行動していたはずだ。

まあ、向こうも気を遣ってくれているわけだし、こちらも目礼を返すだけに留《とど》めておくことにしよう。

「情報屋に話をしに行ったら、私からの依頼はイザベラに持っていくようにって言われた」

「だからこんなに早かったわけだ」

「ん」

シーラの依頼はＶＩＰ待遇で最優先というわけだ。

宿の扉を開いて中に入る。1階が酒場で2階が宿屋という、いかにも冒険者が好みそうな宿だ。

そして……カウンターの席には見知った顔があった。黒装束を纏《まと》ったイザベラだ。娼館《しょうかん》の女主人ではなく、盗賊ギルド幹部として動く際の仕事着である。

「こんにちは、大使様。ご無沙汰しておりますね」

煙管《きせる》の煙を燻《くゆ》らせていたイザベラであったが、俺を見るなりにんまりとした笑みを浮かべた。

ここは往来ではないから人目に付かない。普通に話しかけて問題ない、といったところか。見てみれば酒場にいる客もイザベラ同様、盗賊ギルドの構成員のようである。

「お久しぶりです。ドロシーさんはお元気ですか？」

「ええ。あの子も元気にやっておりますよ。少し騒動もありましたが、お陰様で私共の身の回りもすっかり落ち着きまして。昔ながらの方法でやってますが、順調に回っておりますねぇ、ええ」

身の回りというのは……盗賊ギルドの近況についての暗喩だな。

前ギルド長を暗殺したランドルフ率いる派閥が瓦解し、盗賊ギルドの方針も元通りになり、タームウィルズの裏社会にも秩序が戻ってきた、といったところだろう。

「それは何よりです」

答えるとイザベラは笑みを深くして頷く。

「それで、ですね。たまには気分を変えようと近場の酒場に足を延ばして、こうやって寛《くつろ》いでたんですが……宿の主人と話をしてたら、どうやら昼間、西区で騒ぎを起こした余所者がこの宿に泊まってたって話じゃないですか。本当ならこれは大変だと主人と話をしていたところに、大使様がやってきたというわけなんです」

「……なるほど」

盗賊ギルドは関係ない。あくまで偶然こうなったということで、と言いたいわけだ。しれっと言ってのけるイザベラの後を引き継ぐように、宿の主人が頷く。

「もしお上の耳にでも入ったら、当然連中の泊まっていた部屋を調べに来るわけでしょう？　加減の分からん連中に大挙されて宿の中を荒らされるのもウチとしちゃ困ると思っていたんですが……。いや、他ならない大使殿自らが手入れをしてくれるってんなら、そいつは大歓迎なんですがね」

と、髭面《ひげづら》の宿の主人がにやりと笑う。

……いやはや。こちらの顔にも苦笑が浮かんでしまう。

まあ……確かに。宿を突き止めて、主人に説明して客の使っている部屋の調査をさせてもらうというのは、向こうも客商売である以上はそれなりに説得や説明に骨が折れるが、イザベラがお膳立てを全て整えてくれていたというわけだ。

白々しいことを除けば、話の筋に道理が通っているというのがまた何とも言えないというか。恐らく宿の主人の語った言葉は、そのまま本音だろうし、イザベラは盗賊ギルドの仕事をこなす傍らで宿の主人にも便宜を図ってやっているわけだな。

「そう、ですね。僕も彼らがここに宿泊していたという噂を聞いてやってきたので。調査させていただけるなら有り難い話ではありますね」

「勿論でさ。こういった時にはお上に快く協力するのが正しい商売人ってもんです」

と、いう流れになるわけだ。円滑に事が運びそうで何よりではあるかな、うん。というわけで早速進めていこう。

「御亭主に、お聞きしたいのですが……彼らに訪問客はありましたか？」

「私の気付いた限りではありませんねぇ」

……ふむ。黒幕やその使いがここを訪れていれば、他の情報も得られると思ったが……。目撃情報を残さないように、書状の受け渡しは別の場所にしたり、何か特殊な方法を使っている可能性もあるか。

「ではもう1つ。訪問客がいないのなら危険性は下がるのですが、念のために用心しておいたほうが良いかも知れません」

「と、仰いますと？」

「実行犯が捕まったことが黒幕に伝わると、この場所に証拠隠滅をしに来る可能性も有り得るかと。ですので部屋の調査は僕が行いますが、騎士団にはこの宿へ来てもらったほうが良いかも知れませんね。放火などの可能性もありますので、宿泊する形で警戒に当たってもらうというのはどうでしょうか？」

盗賊ギルドの協力を得られたのでこちらの対応としては、かなり早いほうだったろうとは思うのだが……万全を期しておきたい。

「なるほど。どうですかね、ご亭主？」

イザベラが尋ねると宿の主人が頷く。

「いや、気を使っていただいて助かるってもんです。泊まっていただく騎士団の方々には、腕によりをかけた料理を振る舞わせていただきましょう」

どうやら宿の主人も異存はないようだ。設備などを壊されないこと、騎士団が宿泊して収入が増えるなど損はないだろうしな。

宿の主人は一礼するとカウンターから出てきて俺達を部屋に案内してくれる。

「連中が泊まってたのはこちらの大部屋でさ」

どうやら大部屋1つを借り切って、そこを拠点に活動していたようだ。

それなりに広い部屋だ。寝台がいくつか並んでいて、書き物をするための椅子と机が一組。窓からの日当たりは裏通り側に面していてあまり良くない。

連中は目立ちたくないわけだから、表通りに面した日当たりの良い部屋よりも、こちらの部屋のほうが都合が良かったのだろう。

「何を探す？」

「探すのは手紙や書類の類かな。さっきも言ったけど、敵が現れる可能性もあるからそこも注意すること」

「分かった」

というわけで、シーラにその他の証拠品探しの際の諸注意もしてから家探し開始である。並行して通信機で騎士団に連絡を取っておくとしよう。

「連中の荷物は、部屋の中を調べた後に寝台の上にそれぞれ並べるから、そのまま手付かずで」

「ん」

頷くシーラ。まずは寝台脇のサイドボード、書き物用の机の引き出しあたりからだろうか。物が物だけに、分かりにくい場所に保管している可能性はあるが。

シーラは壁や床を軽くノックしたり爪先で叩《たた》いて音や感触を確かめたりしながら部屋のあちこちを見て回る。引き出しを全部抜いて、天板や引き出しの裏側に貼りつけられたりしていないか、引き出しは二重底になっていないかなど、丁寧に見ていく徹底ぶりだ。こういう家探しの方法も盗賊ギルドがレクチャーしてくれるのだろうか。

俺も寝台やその上に敷かれた布団もレビテーションで浮かせて、裏側に至るまでつぶさに見ていく。

ラヴィーネは連中の旅行鞄《かばん》やら荷物袋を分かりやすい場所へと移動させていた。

「テオドール。ここ」

シーラが声をかけてくる。どうやら気になる場所があったようだ。

絨毯《じゆうたん》の端を捲《まく》り上げ床板を検めている。

「何か見つかった？」

「後から床板を切って、加工してある。加工も、木の切り口が比較的新しい」

シーラが言って床板を動かすとガタつきがあった。二度、三度とスライドさせるように動かすと隙間ができて、その隙間から床板を持ち上げると……そこには果たして紙束があった。

「……これか」

書状を広げて内容を見てみる。

内容としては……やはり指示書だな。

公爵とその子供らがタームウィルズを訪れてくる旨、その時期などが記されている。

……公爵家のために襲撃を行い和解の阻止をすることが正義だなどと煽《あお》っている。襲撃は公爵家に悪評が立たないよう注意すること。襲撃の後、公爵家を非難する内容で脅迫文を出すこと。和解に反対する大公家側の過激派の仕業と公爵家側に思わせること等……色々と事細かに記されていた。そして最後に、カーティスの署名が記されている。

筆跡はわざと崩しているようだ。何か定規のようなものを当てて書いたらしく、不自然な字体である。カーティスというサインの部分だけは普通に書いたように体裁を整えてあるが……これは偽名だけ練習して筆跡を変えている可能性があるな。これで自分に繋がる証拠を断ったつもりでいるわけか？

それより気になったのは、もう一通の書状である。

その内容はデボニス大公についての悪評があることないこと書かれていた。

大公がマルレーンの暗殺未遂事件の犯人であるかのような論調だ。だが……実際の犯人であるロイ王子に関しては一言も触れられていない。

デボニス大公は確かにロイが南方に領地を構えるにあたり、協力していたが……ロイの行っていたこと、やろうとしていたことまで知っていたわけではない。

ましてや、暗殺事件に関わってなどいるはずもない。これは、ロイに対する魔法審問ではっきりしていることなのだ。

だというのに、デボニス大公が毒殺を画策したなどと、さももっともらしげに書いてある。

……だからこそ、公爵家を盛り立てて大公家の力を殺《そ》ぐのが公爵家のため、ひいてはヴェルドガル王国のためなのだ、などと煽《あお》り立てていた。

「……卑怯《ひきょう》」

その文面に目を通したシーラが静かではあるものの、怒りを押し殺したような声を漏らす。

「……そうだな」

マルレーンの気持ちや、デボニス大公の後悔など知りもしないだろうに。冤罪《えんざい》で他人の義憤を煽って、自分の思うように事を運ぼうとしている。この事件の黒幕は、そういう奴《やつ》だ。

書状を丁寧に畳んで袋にしまう。これは証拠品なので預からせてもらうとして。

「それじゃあ、連中の荷物も点検と回収をしておくか。この部屋を官憲の調査が必要のない状態にしておかないとな」

回収した荷物はやってくる騎士団に引き渡し、宿側には極力迷惑をかけない方向で便宜を図ってやればイザベラの顔も立つだろう。

「ん。もう少し、ラヴィーネと一緒に、調べ終わってない部分を調べておく」

「了解。こっちも荷物の中に怪しい物がないか見ておくよ」

では、手分けして残りを済ませてしまうとしよう。

◆◆◆◆◆

「探し物は見つかりましたか？」

やって来た騎士団に後を任せて1階に戻ってくるとイザベラが尋ねてくる。

「はい。収穫はあったかなと思っています」

「それは何より。皆様の御武運をお祈りしていますよ」

イザベラは頷くと、表情を真剣なものに戻して一礼してくる。

「ありがとうございます」

「シーラも気を付けるんだよ」

「ん。イザベラ、また今度」

「ああ、またね」

そんな言葉を交わして、イザベラは笑みを浮かべて見送ってくれた。

しかし……敵は仕掛けてこなかったな。証拠を辿《たど》れないと思っているのか、それとも何か策があるのか。仮にレスリーが黒幕だとするなら、多少露骨なことをしても決定的な証拠がなければ手出しをできないと高を括《くく》っているということも考えられる。とは言え敵方の見通しや対応が甘いだけなどという楽観視はすべきではあるまい。しっかりと相手の狙いを見極めなければ。

「この後の段取りは？」

と、色々と思案しながら王城に向かって歩いていると、シーラが尋ねてくる。

「俺は変装して公爵家の別邸に潜入することになってるけど、その前にみんなとも王城で落ち合う予定だね」

この後の作戦と予定をシーラに話して聞かせる。王城でみんなから必要なものを受け取ったら、アンブラムを俺の影武者として自宅へ帰し、俺自身は変装して公爵家別邸へという流れだ。

「――で、公爵家別邸近くに宿を取ったから、みんなにはそっちに移動してもらう」

中央区の宿の中に入る際はマルレーンのランタンで幻術を被って姿を偽装してもらえば、仮に斥候がいたとしても攪乱《かくらん》になるだろう。

「別邸で何か起こったら、応援に駆けつける、と」

「そうなるかな。大公家の刺客をまだ装うつもりなら、部隊単位で公爵邸に人員を送り込んでくる可能性もあるし。それに……魔法的な仕掛けで攻めてくることも有り得る。和解の日取りより前に仕掛けるのが黒幕としても筋道が立つだろうと思うから……危険なのはやっぱり今夜あたりからになるかな？」

敵方が大人数で仕掛けてくる場合、護衛対象をきっちり守ることを考えなければならない。護衛対象だけならともかく、屋敷には使用人もいるのだ。みんなが近場に控えていてくれると多人数への対処がしやすくなる。

魔法の仕掛けに対する備えとしてもそれは同じだ。俺が知らない術式であっても対応できる幅が広がるだろう。

同時に、陽動の可能性も考慮しなければならない。デボニス大公の別邸にもマルレーンの使い魔……エクレールを送っておき、問題が起きた場合はクラウディアの転移魔法で戦力を送り込んで対処する。

自宅付近はアンブラムが待機しており、王城にはラヴィーネが残る。そして公爵家には俺が詰める、と。これでタームウィルズの各所で異常が起きても対処がしやすくなるというわけだ。

◆◆◆◆◆

「必要なものはこれで揃っていますか？」

王城にある迎賓館の一室でみんなと落ち合い、宿であったことを説明しながら早速みんなの用意してくれた物を確認していると、グレイスが尋ねてきた。

市場で買ってきてもらった物、それからローズマリーに用意してもらったガラス瓶の中の薬液の種類を全て確認して頷く。

「ああ。これで良いはず」

「そんなもの、いったい何に使うのかしらね」

「んー。揺さぶりに使えるかなとは思っているんだけど――」

俺のやろうとしていることをみんなに説明する。

「そんな方法が……」

と、アシュレイは目を丸くし、マルレーンも目を瞬かせていた。クラウディアもローズマリーも……反応を見る限りは知らなかったようだな。

「みんなが知らないような方法なら、黒幕にも対応しようがないって思ってる」

「なるほど……」

クラウディアが感心したように頷いた。これが……決定打になってくれるならいいんだがな。

変装用の指輪を身に着け、荷物の中にウロボロスとキマイラコート、バロールを紛れ込ませ……使用人の服装に着替えれば、俺の準備は完了だ。

「テオ、お気を付けて」

グレイスの呪具を解除しようとしたらそんなふうに言われて抱き締められた。……うん。呪具の封印を解除してしまうと、グレイスとしてはこうやって普通に抱き合うのも難しくなるからな。

「ああ」

頷いて、グレイスの身体に手を回して髪を撫《な》でる。しばらく抱擁し合って離れ際、グレイスが穏やかな表情で微笑《ほほえ》んだ。グレイスの呪具の封印を解除してから、みんなとも同じように抱き締め合う。

「お怪我をなさらないように」

アシュレイとマルレーンを抱き寄せ、クラウディアと抱き合い……ローズマリーを引き寄せる。と、そこでセラフィナが楽しそうに抱き着いてきた。それを見たシーラとイルムヒルトが顔を見合わせて小さく笑ったので、更に2人とも抱擁することになってしまった。

……よし。気合は入った。変装用の指輪を発動させて、久しぶりにマティウスへと姿を変える。

「それじゃあ、行ってくる。みんなも、くれぐれも油断しないように」

「はい。いってらっしゃいませ」

そうして俺は、みんなに見送られて王城を後にするのであった。

第149章　公爵家別邸にて

中央区にあるドリスコル公爵家別邸へと向かう。既にジョサイア王子からの連絡があったらしく、屋敷の周囲を巡回する兵士達《たち》の姿が目につく。タームウィルズの兵士達とは若干だが、鎧《よろい》の意匠が異なるようだ。つまり、公爵領から同行してきた兵士達なのだろう。

「すみません、クラーク様の紹介で参りました」

と、門番に話しかけて紹介状を見せる。

「名前を聞いて構わないかな？」

紹介状を手に取った兵士は便箋に記してあるクラークの名を確認してから、俺の名を尋ねてきた。

「マティウスと申します」

そう名乗ると、兵士は笑みを浮かべて便箋を返してきた。

「うん。クラーク様から君を新しく雇うという話は聞いている。実は街で騒動があって、少し物々しい雰囲気になっていてな。そのことに絡んで、もしかしたら不愉快な思いをする可能性もあるが……まあ、そこは許容してくれ。大貴族のお屋敷で雇ってもらう者の義務みたいなもんだしな」

そう言って門を開けてくれた。

要するに、雇うと決まっていた話が流れてしまうだとか、身辺調査が厳重になって色々と根掘り葉掘り聞かれるかも知れないが、お前のせいではないから気にするなというわけだ。

「庭園を奥へ進めば正門だ。しかし、使用人は勝手口に回るのが通例でね。石畳の道を進めば右に迂回《うかい》できるから、そちらに回ってくれ。庭にも警備兵はいるが、話は行ってるはずだ。誰かに見咎《みとが》められたら、俺の時と同じように、クラーク様の紹介状を見せて説明すればいい」

「色々御親切にありがとうございます」

「ああ。頑張れよ」

礼を言うと向こうも笑って見送ってくれた。

手入れされた庭園を横切り、途中の道を迂回して勝手口へと回り込む。

庭を巡回している兵士達は確かにいたが、堂々と正門から入ってきたお陰だろうか、声をかけられるには至らなかった。会釈をすると向こうも軽く一礼を返してくる。うん。兵士達の規律は良《い》いように思える。

「君――」

と、不意に声をかけられた。声の方向に振り向くと、身形《みなり》の良い眼鏡の男がいた。年齢は……20代半ばぐらいだろうか?

「見ない顔だが、この屋敷の使用人だったかな? こんなところで何をしている?」

「これはご無礼を。マティウスと申します。その、クラーク様と面接の約束をしておりまして。使用人は勝手口に回るようにとお聞きしたのです」

「ああ。そうだったのか。見慣れない少年が使用人の格好をしているものだからな。街で騒ぎがあったらしくて、少し神経質になっていたらしい。今も気晴らしに庭を散策していたのさ」

「門番の方も騒動があったので声をかけられることがあるかも知れないと」

「そうか。私はレスリー＝ドリスコルだ。雇われることがあればまた顔を合わせることもあるだろう」

「これは、ドリスコル公爵家の方でしたか」

レスリー＝ドリスコル。この男が……。

聞いていた通り、静かな口調で話す人物だ。

静かで穏やか。目立たないと言えばそうだし、ヴァネッサが本音を見せていないのではという評をしたことを踏まえれば、その言葉通りと言えるかも知れない。

いずれにせよ初対面である俺には、彼の人となりがこれだけのやり取りで分かろうはずもない。

今分かるのは……魔力がかなり高いことだな。魔術師、か？

まあ……今警戒されてしまうのはよろしくないな。あまりまじまじと観察をしてもいられない。

一礼して勝手口に向かうことにした。レスリーも何も言わずに静かに頷《うなず》いて俺を見送る。

屋敷を回り込み、勝手口の前まで辿《たど》り着き……ノックすると中から使用人が姿を見せた。

「あら。この屋敷の使用人……ではありませんよね？　どういった御用件でしょうか？」

「マティウスと申します。クラーク様の紹介で参りました」

そう答えると使用人は「ああ」と納得したように頷き、応接室へと通してくれた。

「少しお待ちください。街で騒動がありまして、旦那様も面接に同席するとのことです」

……なるほど。騒動が起きたことを逆手に取って俺との打ち合わせなどを済ませてしまおうというわけだ。

「はい。よろしくお願いします」

答えると、使用人はお茶を淹《い》れて部屋を出ていった。

部屋の中に魔法的な仕掛けが施されていないか、片眼鏡で隅々まで見渡して、先に盗聴などがされていないかチェックを済ませておく……が、何やら迷宮商会で売っている魔道具が置かれているのを発見してしまった。

……タームウィルズに来て、早速迷宮商会で購入したということだろうか。魔石を組み込んでいることによる魔力反応はあるものの、不自然なところはないようなので……これについては大丈夫だろう。

そうやってしばらく待っていると部屋に年齢30代半ばといった年頃の男が、クラークを伴ってやってきた。

長身痩軀《そうく》。垂れがちな目と、自信のありそうな顔つき。整えられた口髭《くちひげ》。

衣服は……フォーマルだが色使いで派手な印象があった。ワインレッドの光沢のある生地に刺《し》繡《しゅう》が入った貴族服である。

「や、待たせてしまったようで申し訳ない。少しばかり立て込んでいてね。初めまして、オーウェン＝ドリスコルだ」

ドリスコル公爵はそう言って愛想の良い笑みを浮かべ、右手を差し出してくる。

表情の作り方や話し方など、ともすれば軽薄な雰囲気が漂いそうなものだが、さすがに大貴族らしく洗練されている印象があるな。

軽薄と愛嬌《あいきょう》の中間ぐらいと言えばいいのか。派手な色使いも板についているように思える。重厚さと堅実、堅牢《けんろう》という印象のあるデボニス大公とは、色々な意味で対極にある人物だろう。

受け答えの前に、まず防音の魔法で部屋の外に話し声が漏れないようにする。

「いえ。お初にお目にかかります、ドリスコル公爵。テオドール＝ガートナーです。今は、マティウスとお呼びください」

手袋を外し、変装用の指輪を露《あら》わにしてから公爵の握手に応じた。

握手を交わすと、公爵は人懐っこい笑みを真剣なものに戻して頭を下げてくる。

「此度《こたび》は、こちらの不手際で大使殿のお手を煩わせるような事態を引き起こして申し訳ない。そして……息子と娘、クラーク達の窮地を助けていただいたことに礼を言わせてほしい」

「――確かに。その言葉は受け取りました」

俺が頷くと公爵は顔を上げ、神妙な面持ちで椅子に腰かける。クラークは炭酸飲料を注いで運んでくると、カップを公爵の前に置く。……珍しい物、新しい物が好きという情報は間違いないようだ。

「すまないね。君と会うならばもっと明るい話題で盛り上がりたいと思っていたのだが」

と、真剣な表情を浮かべていた公爵だが、肩の力を抜くように冗談めかした口調で言った。

「まあ……そういったお話も諸々が解決してからということで」

そう答えると公爵は頷いて、人懐っこい笑みをまた真剣なものに戻す。

明るい話題というのは、前にジョサイア王子から聞かされたあれだな。俺との人脈を作りたがっているという。

ドリスコル公爵としては……本当なら俺とは貴族というよりも商人的な話がしたかったのかも知れないが、この状況でそういった話をするわけにもいかないだろう。

大公家との和解にも真剣だから色々と自粛もしているようだし。だからこそ、俺がここに潜入するという案に対しても反対意見が出なかったというわけだ。

「今回のことについては、色々とオスカーとヴァネッサ、クラークからも話を聞いている。そのうえで状況を踏まえるに……やはりこちらの陣営の誰かだろうな」

と、公爵は目を閉じて首を横に振る。

「心当たりがおありなのですか？　ヴァネッサ様には引っかかっていることがおありのようでしたが……」

「……いいや、恥ずかしながら。だが……ヴァネッサから話は聞いた。分かってやれないような兄だからこそ、恨まれているのかも知れないな」

ヴァネッサの話が事実ならレスリーが公爵に暗い感情を持っているということでもある。レスリーが事件に関わっているいないにかかわらずだ。一時のものだったのかそうでないのかの違いはあるだろうが。

レスリー＝ドリスコル。気になるのは、魔法に精通しているかどうかだな。

「彼は魔法を扱えるのですか？」

「魔力は高いと言われていたな。とは言え、公爵家や大公家では珍しくはない。私も似たようなものだし、オスカーやヴァネッサもそうだろう。私生活で学んでいたかと言われると、答えようがない。互いに領主になってからはどうしても把握できない部分が出てくるからね」

ヴェルドガル王家の親戚だからな……。御多分に漏れずというか。確かに、片眼鏡で見る限りドリスコル公爵の魔力も高い。

「だが、レスリーが出かけていた場所は知っているよ。公爵家は西の海にある島に、高名な御先祖の建てた別荘──というより古城を持っていてね。その古城が昔からのお気に入りのようなのだな」

その言葉に、浮かせたティーカップを停止させてしまった。

ヴェルドガルの──しかも、古い時代の城ときた。

それは……何があるか分からない。王城セオレムに保管されていた魔道書の性質の悪さを考えると、同等の物があってもおかしくはない。

もしかして、それ、か？　魔法の研究に足繁《あししげ》く通い、研究成果が形になったから動き出したとか、何か危険なものを見つけてしまって、その影響を受けたとか、触発されただとか。

実際、先程庭で見かけたレスリーの魔力はかなりのものだった。平常な状態での魔力の多寡だけで魔術師としての実力を測るのは早計ではあるが……間違いなく公爵よりも上だろう。隠し玉を持っているかも知れず、その性質も不明。現時点では何とも言えないが、警戒だけはしておいて然《しか》るべきだな。

「──では……今からはマティウス君、と呼ばせてもらうが……。君にはオスカーとヴァネッサの身辺の世話を行うという名目で、試用という形にさせてもらおう。年齢が近いからということと、生活魔法が使えるからということでな」

「分かりました。お2人を護衛します。公爵はこのバロールを護衛として同行させてください。懐に入れておいていただければ大丈夫かと」

「おおっ。これはまた面白い魔法生物だな」

ということで、バロールを公爵に渡す。公爵は受け取ったバロールと視線を合わせて楽しそうにしていた。うん……。オスカー、ヴァネッサの父親なだけあるな。

公爵にバロールが、俺がオスカー、ヴァネッサの2人の護衛に付くことでカドケウスを自由にできる。レスリーの監視兼護衛であるとか、屋敷内の警戒も可能となるというわけだ。

「お2人に付けていた使い魔には屋敷の中を動いてもらうこともあるかも知れません」

「承知した。では、後は頼んだぞ、クラーク」

「はい。お任せください」

ドリスコル公爵とクラークの2人を交えて今後の段取りを打ち合わせたところで、応接室での話し合いも終了した。

「では、案内します」

と、クラークがオスカーとヴァネッサのところまで案内してくれる。

「ありがとうございます」

「事件が事件なので、オスカー様がヴァネッサ様の身を守っております。これはヴァネッサ様の案ですな」

……なるほど。襲撃を逆手に取って2人が一ヶ所に固まる理由にしているわけだ。こちらが護衛しやすい状況を作ってくれているのは助かるな。

「クラーク様も、できる限り公爵のお側《そば》にいらっしゃるほうが僕としては安心です。襲撃を受けてもあまり無茶はなさらないよう」

「この老体までご心配いただけるとは」

クラークは相好を崩す。まあ……クラークは有事に身を挺《てい》して主人達を守ろうとする程の忠誠心があるようだし、公爵からは距離を取らないとは思うが……。だがそこは俺の仕事だ。犠牲や怪我《けが》人《にん》は出したくない。

絨毯《じゅうたん》の敷かれた廊下を通り、屋敷の階段を上り……そしてオスカー達の部屋に到着すると、クラークは扉をノックした。

「オスカー様、ヴァネッサ様、以前お話ししていた使用人を連れて参りました」

「どうぞ」

部屋の中に声をかけるとすぐにオスカーの返答があった。

クラークと共に入室すると、そこには壁際に置かれた机を挟んで、向かい合うように座っているオスカーとヴァネッサがいた。俺の姿を認めると立ち上がって一礼する。

念のため防音の魔法を使っておこう。

「お待たせしました。諸々《もろもろ》の準備をしていたら遅くなってしまいました」

「いえ。テオドール様、ですよね？」

ヴァネッサが尋ねてくる。

「はい。変装の指輪を付けて、今はマティウスということになっています。今の僕は使用人ということで」

「分かりま——いえ、分かったわ。マティウス」

うむ。貴族と使用人というふうに見せかけないといけないからな。

「では、私めは失礼させていただきます」

クラークが一礼して部屋を出ていく。カドケウスも一緒に部屋を出ていった。

まずは屋敷の間取りなど、色々と調べさせてもらうとしよう。

「父との話はどうなりま……えーと。どうなったのかな？」

「色々と段取りを決めてきましたよ。公爵にはバロールを預けてきましたので動向も把握できますし、別行動をしていても守ることができます」

そうだな……。２人は頭も切れるし色々と説明しておくとして……その間に古城の件を通信機でみんなに連絡をしておくことにしよう。

◆◆◆◆◆

「……なるほど。そうなると、後はどこで仕掛けるかかしら」

公爵とのやり取りで決まった段取りを話して聞かせるとヴァネッサは感心したように頷いて思案するような様子を見せる。

今回は襲撃を待つよりもこちらから仕掛けるのが正しい。より差し迫った事態であるのはレスリーが黒幕である場合だ。だから、それを想定して動いていく。

先程王城に立ち寄った際にメルヴィン王にも話を通しているし、公爵も協力してくれる。諸々の条件は整っている。

「それはもう決まっています。黒幕の立場が本当であれ偽装であれ、公爵に脅迫状を送付しないと、襲撃の意図を知らしめることができません」

「向こうの計略の性質上、次の手は読めるというわけだね」

「ですね。実行犯は捕まっていますが、別動隊がいないと襲撃の意味が成り立ちません。別動隊がいるということを臭わせるための脅迫状でもあります」

襲撃を仕掛けた意図をこちらに知らしめるのが目的であるなら、それは絶対だ。襲撃犯は捕まってしまったが、そのうえで更に企てを進めようとするなら脅迫状を送り付け、別動隊がいる、ということにしなければ話が進まないわけである。

『フォルセト様達が宿に到着しました。ラヴィーネ、エクレール、アンブラム、共に異常なしとのことです』

と、通信機にグレイスから連絡が入る。アンブラムが自宅に帰って情報を伝えたところ、前衛がもっといたほうがいいと、フォルセトとシオン達が協力を買って出てくれたというわけだ。確かに。

彼女達の力は頼りにして良いだけのものはあるだろう。状況が整理できてきて、こちらがどう動くべきかも分かってきたところではあるしな。

グレイスの通信機については解放状態では強度不足で使えなかったので、素材を見直し、構造強化の魔法も用いて解放状態でも使えるように耐久性を強化してある。

『了解。こちらも現時点では異常なし。定時報告以外で状況が動いたら、その都度連絡するよ』

返信をしてから……後は何か変化があるまで五感リンクに集中し、情報集めと様子見を行っていく。

オスカーとヴァネッサも、今は待つ時と理解したようで、落ち着かない様子ながらも読書などをして時間を潰すことにしたようだ。

……この部屋にも炭酸飲料の魔道具が備え付けられていたりして、２人もそれをカップに注いで飲んでいたりするのは気になるところではあるが。どうやら公爵は余程気に入ったようだな。

◆◆◆◆◆

――そして……次に状況が動いたのは外がすっかり暗くなり、夕飯が済んだ後の頃合いであった。

オスカーとヴァネッサは気分が優れないので部屋で食事をとるということで、俺も２人と一緒に夕食を済ませ、一息ついた時だ。

部屋の扉をノックする者がいた。

「クラークでございます。たった今、お屋敷に不審な書状が届きました。旦那様は皆を交えて話をしたいので、お2人にも食堂に来てもらうようにと」

……来たか。お互いに顔を合わせ、頷いてから連れ立って部屋を出る。

庭を見張っている兵士達にも異常はなし。レスリーも動いていない。書状が外から届いたということは、前もって仕込んでいた可能性があるな。

脅迫状の文面からでも得られる情報はあるだろう。まずは、内容の確認からだな。

クラークの先導で食堂に辿り着くと、公爵と公爵夫人、レスリー、使用人達数名が集まっていた。夕食はもう片付けられてしまったようで食堂は綺麗《きれい》なものであった。

「来たか。先程、カーティスを名乗る人物からこのような書状が届けられた。身に覚えがない不審な書状ゆえに、皆に意見を聞きたい」

と、公爵は便箋をみんなに見えるように掲げてみせる。そこには……カーティスの署名があった。

ここで……自らカーティスを名乗るのか。どうせ偽名であろうとは思うが、黒幕のことは仮称としてカーティスと呼ばせてもらおう。

「何が書かれていたのですか？　いや、そもそも、誰が運んできたのです？」

オスカーが公爵に尋ねる。

「内容はまだ見ていない。運んできたのは公の配達人だな。家人の誕生日を祝いたいので夕食後の頃合いを見て届けるようにという書状も、配達人宛てに添えられていたそうだ」

……公爵家に関わる者からのリクエストとあっては、配達人としても言うことを聞かないというわけにもいかないか。

「では……内容を皆の前で読み上げていくこととしよう」

手袋をした公爵が丁寧に便箋を取り出すと、それを読み上げていく。

「――夕食後の安息をかき乱すような無礼、許されたし。諸君らは今、どうお過ごしだろうか。襲撃を受けた不安に怯《おび》えているのであれば、それは我等《ら》の仲間の試みが成功したということだ。それとも、我等の仲間を退けて安心しているのだろうか？　だとすればそれは誤りである。今こうして諸君らに書状を送り付けていることからも分かるように、まだ終わりではないのだから」

公爵はそこで一旦言葉を切り、周囲の顔を見渡す。皆の表情に変化はない。続きが語られるのを待っている、といったところか。公爵が脅迫状の続きを読んでいく。

「……単刀直入にこちらの要求を申し上げる。何、難しいことではない。大公家との和解を取りやめ、旧来通りの関係を維持するよう努めることだ。ヴェルドガル王国の三家の均衡を乱し、新たな関係を作り直す必要などないということだ。この要求が通らないのであれば、公爵家には間を置かず、新たなる災いが降りかかるであろう。――カーティス」

……なるほど。襲撃後の状況がどう転んでも意味が通るようにしてある。字体もあの、直線的なもので筆跡が分からないように偽装工作がなされていた。

そして三家の均衡を崩すなと主張することにより、和解反対派の黒幕に、大公家側、王家側に関わりのある人物も候補として加わるように、攪乱《かくらん》をしてきているな。

西区港湾部で襲撃を行わせたことや、あの実行犯達の質を勘案するに、実行犯達が捕まることも、そこからある程度の情報が漏れることも想定していたのかも知れない。

結局あの書状の内容にしても、実行犯が捕まってしまえば遅かれ早かれ魔法審問で明るみに出ていたことではあるだろうし。

……通常なら実行犯達が以前起こした揉《も》め事《ごと》と、釈放のためにどんな働きかけがあったのかなどから情報を追うべきなのだろうが……カーティスの想定している方法で情報を追いかけると、偽の情報を摑《つか》まされることさえ有り得る。

家人達の様子を見ていたが、皆同様の反応といったところだ。オスカーとヴァネッサは脅迫状が来ることを想定していたから腹芸なのだろうが、レスリーも驚いたような表情を浮かべていた。演技なのかそうではないのかは分からない。

多分、襲撃犯のところから見つけてきた書状をそのまま突き付けてもカーティスの動揺を誘うことはできまい。

……つまり、こいつの用意した盤上で戦うべきではないのだ。

内容に関しては虚実が摑めず、論じるだけ無駄。

カーティスの想定外の方法で一気に喉元まで詰め寄る必要がある。そして――そのための準備……打ち合わせと根回しは、既にしてある。

「旦那様。ここは陛下からお聞きになった、あの新しい手法が使えるのではありませんかな？」

「ああ。そうだな。後で実験しようと思って用意させておいたのが、こんな場所で役に立つとは思わなかった」

と、2人がそんなやり取りをかわす。仕込んだ側から言わせてもらうと白々しいが、大貴族とその使用人だけあって腹芸もできるようだ。

勿論《もちろん》、これも先程応接室で打ち合わせた段取りのうえでの流れである。

他の家人が首を傾《かし》げる中、クラークは食堂の隣の厨房《ちゅうぼう》から、乾燥させた海藻を運んできた。これが……みんなに市場に行って買ってきてもらった物だ。

クラークはそれをテーブルの上に置くとまた食堂を出ていく。

「海藻……？　何をするつもりかな？」

脅迫状の話をしていたと思っていたらいきなり話が違う方向に転んで、展開が読めないのだろう。首を傾げるレスリーに、公爵は落ち着いた様子で応じる。

「まあ――しばらく見ていると良い。書状には決して触れないように」

出ていったクラークはすぐにまた戻ってきた。今度はローズマリーの用意してくれたガラス瓶やビーカーなどの実験器具を持っている。

「マティウス。お前は生活魔法が使えるのだったな。手順を教えるからやって見せてくれ」

「は、はい」

公爵からいきなり指名を受けて、戸惑う振りをしながら前に出る。

方法としては海藻を燃やし――その灰や灰から煮出した溶液に酸などの薬剤を加えてヨウ素を分離させる、というものだ。

言うまでもなく霧島景久《きりしまかげひさ》――前世の知識である。まあ……中学生の時の記憶だな。化学教師が授業の内容を脱線させて行ってくれた内容である。

公爵は俺の教えた手順をそのまま俺に語って聞かせてくれる。公爵の言う通りに海藻を刻んで灰にし――作業を進めていく。

「立ち上る蒸気は有毒という話だ。吸わないように気を付けるのだぞ」

「窓を開けましょう」

と、クラーク。

「風魔法で……閉じ込められると思います」

いかにも初心者を装い、真剣な表情でたどたどしく詠唱を行いながら、そこから火魔法、風魔法、水魔法などを用いて水分を飛ばし、成分を分離させていく。発生した臭気を閉じ込め、固めて冷やしていけば……ヨウ素の結晶が作られた。

「これで、よいのでしょうか旦那様」

「うむ。この結晶を硝子《ガラス》の筒に入れて火で焙《あぶ》り、立ち上る蒸気を手紙に当てる」

すると紙に付着した汗の成分が反応し、指紋に色が付いて検出できるというわけだ。

立ち上るヨウ素の蒸気を手紙に当ててやると、手紙のあちこちから指紋がありありと浮かび上がった。

「これは……！」

レスリーの表情は……変化した。目を丸く見開く。

そう。指紋を捜査に用いるだとか、紙から指紋が検出できるだとか、この世界では知られていないのだ。

ＤＮＡ鑑定を知らなければ犯罪者とて髪などの遺留物を残さないようにするなどの対策が取れないのと同じように、脅迫状に指紋が残ることを知らなければ対策のしようがない。

「確かにこれは驚いたが……。こんなものが証拠になるのかな？　触れた指の痕が分かったから、それが何になると？」

と、そこでレスリーが指紋の証拠能力そのものに疑問を呈してきた。

そう。そうなる。新しい方法であるだけに、手法の正しさが証明されていなければ意味がない。

だが、そういう話になることは俺の想定の内である。

公爵は目を閉じて手袋を外すと、ガラス瓶に触れて、指紋を残してから言った。

「こうやって……ガラスなどに触れると痕跡が残るだろう？　この渦巻模様は、たとえ親子であっても１人１人特徴が異なるそうでな。細かく分析していけば誰が何に触れたか分かるのではないかと異界大使殿が陛下に提唱しておられるそうだ。メルヴィン陛下は十分な頭数から採取して調べていけば自《おの》ずと正しさが証明できようと、この方法を新しく犯罪捜査に取り入れることに乗り気なのだとか。何せ……このように紙から浮かび上がらせることができるとなれば、応用の幅は広いだろう」

公爵が語った言葉は……今回の方法で揺さぶりをかけてみてはどうかと提案した時にメルヴィン王が俺に答えた言葉そのままである。王城に戻ってきた時にメルヴィン王に提案して、根回し済みだ。

手順を進めるのに当たっては、新しい物好きな公爵の性格を利用させてもらったわけだな。俺が出しゃばらなくても話が進められるし。

指紋の証拠能力の有無の裏付けはまだこれからというわけだが……。それも時間の問題だろう。カーティスからしてみると、これは尻に火がついた状態だ。

もっと言ってしまえば、俺にとっては指紋の正しさなど既に論じるまでもないし、犯人の目星――確信に至れる情報があればそれで十分なわけである。

「此度の襲撃を計画した犯人……或《あ》いはその協力者は公爵家の中にもいるかも知れん。この紋様を参考に、一致する者を探し出し、これを特定する。捕まった襲撃犯のところにも指示書が来ているのではないかな？　こちらも発見されれば同様に指の模様が検出されるだろう」

公爵が皆の前で宣言する。だから、この脅迫状を処分するだけでは終わらない。

「僕も協力します。潔白が証明されれば疑心暗鬼にならなくて済みますから」

「兄様に同じく」

と、オスカーとヴァネッサが同調し、自分の指紋を残すようにガラス瓶に触れる。夫人とクラークもそれに続いた。レスリーは……少し離れた場所から動かない。幾分か表情から血の気が失《う》せているように見えた。

公爵とその子供さえ指紋採取に協力しているのに……拒否する理由は作れない。座して死を待つか、それとも自分のところに辿り着かれる前に動くか。

レスリーは俯《うつむ》いていた。

一挙手一投足も見逃さない。特に魔力の動きは。無詠唱による攻撃魔法も、片眼鏡であれば予兆を察知できよう。

「ふ――ふふ……」

それは……笑い声であった。小さく肩を震わせている。

「レスリー。何がおかしい？」

公爵が眉を顰《ひそ》めて問う。

「いや、これは驚きだ。異界大使というのは、こんな方法をどうやって見つけたのか。それとも、何かの書物から得たのかな？　いずれにしても私の見識もまだまだというわけだ」

がくがく、とレスリーの頭部だけが不自然に揺らぐ。そして――顔を上げた。ヴァネッサが息を呑《の》んだのが分かった。そこには憎々しげに歪《ゆが》んだ表情が張り付いていたのだ。彼女が見た表情というのは、これか。

そして、魔力に異常な反応。これは――!?

「下がって！」

咄嗟《とっさ》に皆の前に出て、大きくシールドを展開する。しかし、レスリーの取った行動はこちらの予想とは違うものだった。大きく後ろに飛んで、大食堂の天井――隅に背中で貼り付く。

目。その目もその動きも、人間のものではない。山羊《やぎ》の瞳のような、横長の瞳孔が爛々《らんらん》と輝いている。魔人か？　いや……それも違う、ような気がする。

「色々と仕込んでいたというのに。それらも役に立たなくなってしまったな。まあ、良いさ。少しずつ同調させて、ようやく自由に動けるようになってきたんだ。こういう力技は興が醒《さ》めてしまうが……今ここからでも、夢と現《うつつ》を揺らがせる私にならば、状況をひっくり返せるということを見せてやらねばね」

……こいつ。レスリーに憑依《ひょうい》しているのか？

さっき、レスリーの胸のあたりから……人間のものとは思えない得体の知れない魔力が噴き出して、鎖のように四肢に絡みついたのが見えた。

「……何者だ。お前は」

天井に貼り付いて、笑うレスリーに尋ねる。レスリー……いや、レスリーの身体《からだ》を借りた何者かは、瞳を爛々と輝かせながら歓喜の表情で言った。

「——夢魔グラズヘイム。ワグナー＝ドリスコルの時代には夢潜みの大悪魔とも呼ばれていたよ。これは……ワグナーの子孫への復讐《ふくしゅう》なのだよ、少年」

第150章 夢魔の宴

「……こ、これ、は……？」

「母様！　どうなさったのです!?」

「い、いえ。眠気が……これは……いったい……」

夫人やクラークが頭を押さえてぐらつく。強い眠気が襲っているようだ。俺や公爵、オスカー、ヴァネッサの胸元で、破邪の首飾りが強い光を放っていた。

「首飾りを翳《かざ》して！」

俺が言うとオスカーとヴァネッサが自分の身に着けていた首飾りの紐《ひも》を持って夫人とクラークに翳す。それで2人の眠気は和らいだらしい。かぶりを振りながらも自分の足で立ち上がる。

周囲に妙な魔力が満ちていた。恐らくは、グラズヘイムが現れた影響と見るべきか。

「私が表層に顕現した時点で、この屋敷の敷地内は既に結界の中だ。夢は現《うつつ》に、現は夢に。君達《たち》は現実で起こったことを夢として忘却し、私の見せる夢こそが君達にとっての真実となる。ククク――」

グラズヘイムの含み笑いと共に、貼り付いている天井付近から――壁が、床が。有機的な、肉のような質感を持つ何かに侵食されていく。悪夢が現実を飲み込んでいくかのような光景だ。

結界と言ったな。自分の支配する限定的な空間に、悪夢を顕在化させる能力といったところか？　現実を夢としてしまうなどと言うのなら……奴《やつ》の今までの言動や行動等から察するに、結界の内側で眠りに落ちれば、グラズヘイムにとって都合の悪い記憶を夢として消し去り、奴にとって都合の良《い》い夢を現実の記憶として残すぐらいのことはやってのけるだろう。

実行犯達を刺客に仕立て上げたのも奴の能力かも知れない。

だから、彼らが捕まったとしても記録や関係を追っていったとしても、奴にとって都合の良い情報しか残されていないというわけだ。

ここからでも状況をひっくり返せると豪語した理由もそれだ。仮に公爵家がレスリーを残して全滅したとしても、使用人達がこぞってレスリーの無実を魔法審問でも何でも証言してくれるという寸法。

だが、破邪の首飾りで防ぐことができる。ならばクラウディアの祝福でも同様だ。既に俺の推論と情報は、カドケウスがみんなに通信機で連絡を回している。

「妙な首飾りで凌《しの》いでいるようだが——いつまで持つかな？」

侵食が部屋全体に及び、椅子や机までが脈打つ肉の塊になって——家具が文字通りに牙を剝《む》いた。四足の獣のように床を右に左に蹴って、先程まで椅子であった肉の塊が躍動して飛び掛かってくる。シールドで受け止め掌底で吹き飛ばせば、壁に激突して飛び散った。

「ほう？」

あちこちから飛び掛かってくる椅子達を岩の塊で吹き飛ばし、拳で打ち払って迎撃。

「お屋敷を——かなり破壊することになってしまうかも知れませんが」

「構わないさ。別邸だからな。失って困るものは家族と、家臣、使用人達の命だけだ。そのために必要なら、全て壊して構わない」

と、公爵が即答してくれる。

「どうか、お願い致します、大使殿」

公爵がそう言って、オスカーやヴァネッサ達と共に頭を下げてくる。……ならば、公爵達の防御はカドケウスとバロール、そして駆けつけてきてくれるだろうみんなに任せて、俺はこいつを叩《たた》き潰すことに専念させてもらおう。そのためには、もう少しばかりここで粘る必要があるが。

公爵達の周りにディフェンスフィールドを展開。左手を厨房《ちゆうぼう》側に続く扉に向け、ウロボロスを呼ぶ。

「来い――」

隣の部屋からキマイラコートを被《かぶ》せられたウロボロスが俺の手の中に飛来する。飛び掛かってきたダイニングテーブルを蹴り返しながらコートを纏《まと》い、ウロボロスを構える。その頃にはマルレーンの祈りによってクラウディアの祝福が俺の全身を包んでいた。

「ふん……。なるほどな。竜の杖《つえ》に月女神の祝福……。噂《うわさ》に聞く異界大使か。聞いていた容姿と違うのは……そうか。変装の指輪を使っているらしいな」

グラズヘイムはゆっくりと天井から降りてくると、その手の中に、どこからか肉で作られたようなハルバードを伸ばした。

次の瞬間、背中に翼を生やしながら踏み込んでくる。こちらも真っ向から突っ込んでいった。激突。大上段から振り下ろされる槍斧《やりおの》の一撃をウロボロスで受け止める。ぎろりと、斧の腹部分に目玉が開いてこちらを睨《にら》みつけたと思った瞬間、真っ赤な閃光《せんこう》が至近から放たれていた。

魔力の集中は片眼鏡で見えている。首を傾《かし》げるように熱線を回避して、身体《からだ》ごと回転してウロボロスで胴薙《な》ぎの一撃を見舞った。

上に飛んだグラズヘイムが回転、天井を足場に直上から槍の穂先で刺突を繰り出してくる。ウロボロスで打ち払い、牙を生やして噛《か》み付こうと迫ってくる本の群れをシールドで止めてネメアの爪で薙ぎ払う。

家具達は——グラズヘイムに直接制御を受けているわけでないのなら、結界の内側で起きている人間を眠らせるのを目的として動いているようだ。或《あ》いは、公爵達家人の抹殺を最優先にしている……のかも知れない。

ディフェンスフィールドの中で眠っている使用人には目も向けず、公爵達に向かって羽の生えたフォークやナイフだの、牙の生えた本や唇のついた花瓶やらの奇怪な家具達が殺到していく。

バロールがシールドを展開して群れを押《お》し止《とど》めたところを、カドケウスが足元から串刺しにしていく。

本体同士で切り結びながら別動隊の制御。俺も奴もやっていることは似たようなものだ。

「やるな！」

楽しそうに笑うグラズヘイムがハルバードを打ち下ろしてくる。ウロボロスでは受けずに薄皮一枚でぎりぎり避けて、杖の逆端で横薙ぎの一撃を見舞うと、向こうも風車のように身体ごと回転させて石突き側での打撃を見舞ってきた。

ウロボロスの軌道を変えて、ハルバードと叩き付け合う。そのまま踏み込み、身体ごとぶつけるようにシールドを前面に展開して突っ込んでいく。

グラズヘイムを押し出すように、奴の背中で窓ガラスをぶち破って中庭に飛び出す。同時に追い掛けるようにあちこちから窓をぶち破って化物に変貌した公爵家の家具達が飛び出してくる。

庭の中も奴の支配力が及んだ空間は既に変わり果てた光景になっていた。目を輝かせる化物庭木が根っこで闊歩《かっぽ》する異常な空間。だが、家の中に比べればまだ敵も少ないだろう。

そこで――グレイス達が音を聞きつけたのか、真っ直《す》ぐこちらに向かって突っ込んでくるのが見えた。首元に破邪の首飾りの輝き。全身を包む祝福の煌《きら》めき。

「邪魔です」

先頭を行くグレイスの斧が闇夜に幾重にも残光を描いて異形の化物と化した庭木達を微塵《みじん》に蹴散らし、文字通りに道を切り開く。

「こっち」

祝福の輝きが四方に散る。それはシーラ、デュラハンとイグニスの姿だ。

前衛の面々が別方向へと薙ぎ払うように突き進み、敵群の注意を分散させて引き付ける。

シーラの持った両手の真珠剣が闘気を纏って外に飛び出してきた手足の生えた洋服簞笥《だんす》の化物を両断する。

それでも多勢に無勢。グレイスを先頭に屋敷に向かって突っ込んでいく一団に、後ろから回り込むように家具と庭木達が迫るが――。

「グレイス様はそのままで！」

アシュレイ達の放った氷の弾幕が化物達を撃ち抜く。氷弾が通り過ぎた後に氷の壁が伸びていき、迂回《うかい》しようとした空を泳ぐ本の群れをイルムヒルトの弓矢とマルレーンのソーサー、セラフィナの音弾が打ち砕く。

額縁に足の生えた絵画の化物が魔力糸に引っかかって真っ二つになった。

「全く……悪魔連中はどうしてこう趣味が悪いのかしら」

と、ローズマリーが不愉快げにぼやく。

グレイスに対して回り込むように左右から迫ってきた異形の一団は、片方を氷の塊に押しつぶされ、もう片方は土壁と硬質の砂嵐で蹴散らされた。動きが止まったところを飛竜と光の狼《おおかみ》が薙ぎ払う。

……更なる援軍か。ま、ホームグラウンドだしな。

エリオットも駆けつけてくれたらしい。もう片方の一団の動きを止めたのはコルリスと、その頭に乗ったラムリヤ。仕留めたのはリンドブルムとアルファだ。

共々祝福の輝きを纏った面々であるが……。ステファニア姫達も援軍に来てくれたというわけだ。グレイス達と一緒に来たということは、宿で合流したのかな？

そのままグレイス達は一瞬たりとも立ち止まらず、庭を突っ切って館へ向かう。

敵の襲撃の間隙をついて、光弾となったバロールが壁を突き破り、旋回して再び公爵達のところへ戻っていく。

一瞬、グレイス達と視線が交差する。

「バロールの飛び出してきたところだ！　公爵達と使用人を頼む！」

「はいっ！」

刹那遅れて、俺のいた空間に槍の穂先が突き込まれていた。すんでのところを避けるが、手首を返して斧部分で引っ掛けるように後頭部目掛けて攻撃が戻ってくる。流れに逆らわず、間合いの内側に踏み込む。掌底を見舞おうとしたが、寸前で下方から飛来した何かを回避するための回転を余儀なくされていた。

グラズヘイムの援軍は庭木の化物どもだ。庭木に次々と翼が生えて、空に舞い上がってくる。枝や根を槍のように放ってきた。ネメアの爪で切り裂き、カペラの後足で空中を飛び回りながらそのままグラズヘイムと切り結ぶ。

夢魔の操る悪夢だけあって、支配力の及んでしまった物に対しては何でもありのようだ。見える物全てが敵になると思っておいて間違いない。今も屋敷や庭の変質はどんどん進んでいる。

ならば――時を置かずして屋敷全体が敵に回る。

公爵達を守る場所は庭に移す必要がある。グレイス達が公爵の防御についたところで、カドケウスとバロールが館のあちこちで眠りに落ちた者達の回収に動き出す。バロールにライフディテクションを用いさせ、眠っている場所を把握。館の床や壁をぶち抜いて最短距離を移動。グレイス達のもとへと避難させていく。

「何これ！　変なの！」

嘶《いなな》きを上げるバスタブを真っ二つに切り裂いて、マルセスカが笑う。

「シグリッタは、獣達の操作に集中して！　シグリッタは僕が守る！」

シグリッタに噛み付こうとしていた長靴をシオンの斬撃が撃墜する。

中庭に倒れる警備兵達も――シグリッタのインクの獣達が回収しているようだ。制御に集中するシグリッタ。それに近付く家具や庭木達をシオンとマルセスカが叩き落としている。数には数で対抗。正しい手立てだな。

だが、援軍が到着してもグラズヘイムは笑う。

「ククッ！　無駄だ！　外から敷地に入ることはできても、内側から逃げることはできんぞ！　家具を潰せば駒が尽きるなどと思っているのではないだろうな！」

侵食はますます進んでいるが、外からは屋敷の様子は普通だと、グレイス達は突入する前にカドケウスの通信機に返してきている。現に屋敷の中は蜂の巣を突いたような騒ぎなのに、屋敷の周りはいつも通りの静かな夜、というように見える。

半分夢で、半分現実。奴の結界の中はどちらともつかずのままでせめぎ合っているが、通信機で知らせなければ屋敷内の異常を察することもできないし、対策なしに踏み込めば眠りに落とされる。そして奴の増援は口振りからすると無尽蔵なのだろう。2つに切り裂かれた家具など、そのまま上下に分かれて2匹の化物になったりしている。つまり悪夢の元など無限に等しいということだ。だが――。

「夢は夢だ。お前を倒せば全部消えるんだろ？」

「やれるものならな！」

奴に向かって嘲りを込めた笑みを向けると、奴も哄笑《こうしょう》を上げて突っ込んできた。レスリーの姿と言うべきかグラズヘイムの姿と言うべきかは分からないが、その姿は既に悪魔のものに変貌しきっている。

額の間に第三の目を持つ、山羊《やぎ》の頭蓋骨。それが奴の顔だ。仮面か兜《かぶと》のように見えなくもない。ウロボロスとハルバードをぶつけ合って至近で睨《にら》み合う。

第三の目に魔力が集中。放射状に淡い光の波が放たれる。見た目からして催眠効果のありそうな、如何《いか》にもといった魔力波だ。

攻撃が来るのは事前に察知できていたので、放射された時にはカペラの足で大きく後ろに飛んで回避している。飛びながら空中で一回転。マジックサークルを展開。

土魔法、ソリッドハンマーを上から回転の勢いを付けて叩き付ける。グラズヘイムは真っ向からハルバードで岩を両断して突っ込んできた。精神防御の魔法を用いながら迎撃。鈍重そうな武器でありながら猛烈な勢いで振り切られるそれを、シールドを使って斜めに逸《そ》らす。身体が流れたが、グラズヘイムには攻撃を打ち込めなかった。衣服の陰から鮫《さめ》が飛び出してきたからだ。

こちらも負けじとネメアとカペラが飛び出してその鮫を押さえる。その隙を縫うようにグラズヘイムの身体が空中で回って、あらぬ方向からハルバードの斬撃が見舞われていた。

寸前で止まって僅かに引いて、槍の穂先での刺突に変化する。シールドで止めると同時に魔力衝撃波で大きく弾《はじ》き飛ばし、踏み込んでグラズヘイム目掛けて掌底を叩き込んだ。

それを何か――虚《うつ》ろな目をした人形の顔のような物で受け止めている。それでも衝撃は突き抜けてグラズヘイムに届いていた。

「やるなっ！」

グラズヘイムは笑いながら後ろに飛ぶ。但し、銀色に輝く無数のナイフをばら撒《ま》きながらだ。

ウロボロスを風車のように回転させてナイフを弾《はじ》き散らしながら追う。悪夢を操るというだけあって何が飛び出してくるか分からない。

追《お》い縋《すが》りながらハルバードとウロボロスを打ち合わせ、飛び出してくる悪夢の影をネメアとカペラで撃墜していく。

犬、鋸《のこぎり》、蜂、槍。統一感のない一切合財を砕き散らして大上段に振り被ってウロボロスを叩きつけるように打ち下ろす。しかしグラズヘイムは空いた手を自分の顔に掛けると、めりめりと引き剝がし、その下にあるものを俺に見せてきた。

「ククッ！」

一瞬のこちらの逡巡《しゅんじゅん》を衝《つ》くように。背中側から旋回してきた――公爵の姿をした何かが俺の脇腹に手刀を叩き込んでくる。

シールドが一瞬遅れて、魔力を集中させた肘で受け止める結果になった。衝撃が身体を突き抜けるが支障はない。逆側から挟み込むようにハルバードが迫ってくるが大きく後ろに飛んで距離を置く。

「甘いなぁ。私を倒したければレスリーを殺すつもりで来なければ」

山羊の頭蓋骨の下にあったものは、眠るように目を閉じるレスリーの顔だった。それを俺の攻撃に対して盾に使ったというわけだ。こちらへの攻撃にも公爵の偽者を使う徹底ぶりである。

「……なるほど」

悪魔らしいと言えば悪魔らしい。レスリーを死なせないように魔力衝撃波で削って封印術を叩き込んで分離させるつもりだったが……。積極的に盾に使ってくるとなれば若干面倒ではあるかも知れない。

1つ分からないのは、これだけの能力を持ちながら、追い詰められるぎりぎりまで能力を行使しなかったことだ。最初からお家騒動などとまどろっこしいことをせずに、能力を存分に使ってしまえば良かっただろうに。

復讐《ふくしゅう》だからとか興が醒《さ》めるとか言っていたが――それだけが理由だろうか？じわじわと公爵家を苦しめる。それは奴の性格からして分からなくもないが……こいつの能力を使えばいくらでも苦しめられるだろう。それができない理由がまた別にあった、とか？　ならばここに来て何が変わったというのか。

――同調。同調した故に表に顕現した。夢と現を入れ替える能力。つまりこれは誰かの悪夢が表出したものだ。なら、その悪夢は誰のものだ？

決まっている。レスリー＝ドリスコル。彼以外に有り得ない。犯人として追い詰められたことで現実を受け入れられなくなって、現実を悪夢と見做《みな》して夢に逃げ込んだ。だからこそ、奴の下でレスリーは今も眠り続けている。

突っ込んでくるグラズヘイム——いや、レスリーに向かって言った。

「レスリー＝ドリスコル！　これは夢なんかじゃない！　こんな奴に好きにさせて良いのか!?」

名を呼ぶと、一瞬ハルバードの太刀筋が揺らいだ。やはり。シールドを二度三度蹴って回避しながら軌道を変えて、すれ違いざまに加減してウロボロスを脇腹に叩き込む。

「貴様っ！」

大きく身体を反らしてハルバードの刃をやり過ごす。その場を退かず、斬り合い、打ち合いに応じながら俺は笑う。

「色々手口には疑問があったが……お前はレスリーが心の奥で望んでいること、胸の奥に秘めていることを、夢を見ていると錯覚させて行動したんじゃないのか？　わざと証拠を残すような手口も。余裕を見せてるんじゃない。レスリーの良心と、夢魔の綱引きの結果だったんだろう？」

「黙れっ！」

余裕を見せて笑っていた先程とは明らかに違う。激高したグラズヘイムがハルバードを振るう。

薙ぎ払われる斧槍を竜杖《りゅうじょう》で受け止め——奴の頭蓋骨にこちらの額を叩きつけて、至近距離で牙を剝いて笑う。

「レスリーに知られたら困るか？　レスリーが望んだことじゃなくて、お前が誘導したことだからな！」

「ぐうううっ！」

俺の頭突きなど大した威力でもないだろうに。弾けるように後ろに飛んで、顔を押さえる。山羊の頭蓋骨に亀裂が走っていた。だがまだ足りない。亀裂が端から修復されようとしていた、その時だ。

「レスリー！」

名を、呼ぶ者があった。俺ではない。俺の背後。レスリー＝ドリスコルの遥《はる》か眼下。そこにはグレイス達より前に出て中庭に立つ、公爵の姿があった。

「私は──私は、思えば駄目な兄だったと思う。こうやって大使殿に聞かされ、お前のその姿を見るまで、お前の心に秘めていた悩みに、気付いてやれなかった」

「な、にを──！」

グラズヘイムは苦しげに身を捩《よじ》る。手で押さえる頭蓋骨の亀裂が広がっていく。

「私が不真面目だったが故に、真面目なお前にはそれが我慢ならなかったのか？　お前を、怒らせてしまっていたのか？　だとしたら、だとしたら……済まなかった！」

そう言って公爵が深々と頭を下げる。

そう。公爵が指紋の検出に積極的に協力してくれたのは、レスリーが犯人でないならその潔白を証明できるからだ。黒幕かも知れないと聞いてなお、公爵はレスリーを案じてもいたのだ。

「や、めろ……！」

それはグラズヘイムの声か、それともレスリーの声か。

「お、叔父上！」

オスカーが声を張り上げる。

「僕は、叔父上の旅の話が好きだったんだ！　いつも静かで、知的だったから……僕はそんなふうになりたいって、憧れてた！　帰ってきてください！」

「ち、違う。私は……！　お、あ、あああ！」

……そうか。オスカーは穏やかな感じだものな。それがオスカーの知っている、普段のレスリーの姿なのだろう。かぶりを振るグラズヘイムの頭蓋骨の罅《ひび》が広がり、骨の欠片《かけら》が零《こぼ》れ落ちていく。

「叔父様！」

ヴァネッサが叫んだ。

「ずっと……ずっと不思議だったんです。あの時の叔父様の顔と、普段の叔父様がどうしても重ならなくて。でもやっと分かりました！　私の知っている叔父様に偽りなんてなかった！　誰だって、時には暗い感情だって持つけれど、そんなこと、そんなこと人間なら当たり前じゃないですか！」

オスカーだって叔父を慕っていたし、ヴァネッサとて叔父を信じたいと思っていた。叔父のことを話すのを後ろめたいとさえ思っていたのだから。

ヴァネッサの心に不安があったのはグラズヘイムの一瞬の表出を見てしまったが故。それはそうだ。レスリーの中にいる、他人を垣間見《かいまみ》てしまったのだから。タネが分かれば疑う余地など、ない。

いや、後ろ暗い感情があってもそれは誰しも同じで。だけれど信じると、ヴァネッサはそう言っているのだ。

「ちが、違う、私は違うんだ。違……や、めろ、やめろやめろやめろやめろおおおおッ！」

絶叫。それはレスリーとグラズヘイムの入り混じった声。

振り上げたグラズヘイムの右腕が肥大化する。軋《きし》むような音を立てて、真っ黒な巨木が生まれた。

破城《はじょう》槌《つい》を打ち込むように、グレイス達の前に出ている公爵一家に向かって叩き込もうとする。

「させると思うのか？」

それより早く攻撃の軌道上に身を置いて、眼前に巨大な多重シールドを展開して真っ向から受け止めていた。

全身に突き抜ける衝撃。牙を剝《む》き出しにしてウロボロスを全身で支え、押し戻すように力を込めていく。

「レスリー！　帰ってきてくれ！」

「叔父上！」

「叔父様！」

３人の叫び。夫人もクラークも、レスリーの名を呼ぶ。

頭蓋骨の亀裂が致命的な広がりを見せる。グラズヘイムの魔力も乱れていた。レスリーの胸のあたりから全身に鎖のように巻き付いているが、その鎖に綻びが見られる。

そう、あのあたりに何か――。首から、何かぶら下げている？　それは首飾りのような――。

公爵一家の呼びかけに揺らぐように、巨木の圧力が緩む。

ならば、ここからだ。この距離から撃ち抜く。全身の動きと魔力を連動。高めていた魔力を掌《てのひら》の

ただ一点に集めて、黒い巨木に撃ち込むと同時に解き放つ――！

「穿《うが》て！」

螺旋衝撃波《らせん》。叩き込まれた魔力が黒い巨木を貫き、針のような一撃となって、レスリーの首から提げている首飾りに吸い込まれ、その一点で衝撃波を炸裂《さくれつ》させた。

呆気《あっけ》なく、何か小さな物が砕けるような音がして、首飾りが四散した。同時に山羊の頭蓋骨も黒い巨木も砕け散り、レスリーが落ちてくる。

「――目障りだ。いつまでしがみ付いてる」

その肉体には今、レスリーの意識もグラズヘイムの意識も表出していない。マジックサークルを展開し、目線の高さまで落ちてきたレスリーの身体に向かって封印術の楔《くさび》を叩き込む。

レスリーとグラズヘイムを繋《つな》ぐ魔法の契約。魔力的な絆《きずな》に楔が穿たれる。元より完全でないそれは、意識の空白を縫って呆気なく分断された。

レスリーの背中から、紫色の煙のような物が噴き出していく。噴き出して、離れたところで山羊の形に固まって実体化した。落ちていくレスリーをカドケウスが受け止める。

そして空に残るのは三つ目の山羊と俺のみ。紫の山羊。悪魔グラズヘイム。悪魔の本体であり精神生命体。

「き、さま……！」

くぐもった声で俺を憎々しげに見やる。依代《よりしろ》にしていた物品に螺旋衝撃波を食らったからか、かなりダメージを受けているようだが……。

「まだ――まだ私の結界の内にいるということを、忘れるな！」

「来い――！」

ウロボロスを構える。激高したグラズヘイムは気付いていない。奴が分離した時点で、俺とグラズヘイムだけを囲うように展開した結界に分断されている。クラウディアを頂点に、アシュレイ、マルレーン、ローズマリー、フォルセトからなるピラミッド型の結界。頂点に立つクラウディアが静かに見下ろしていた。

逃がしもしないし、逃げもしない。徹底的に叩き潰す――！

紫色に輝く山羊がこちらに突っ込んでくる。さっきよりも遥かに早い。紫色の流星のような速度で駆けるグラズヘイムに対して、最高速度で飛び回りながらすれ違いざまにウロボロスを叩き付ける。

その度に火花が散る。青と紫の輝きを虚空に描きながら幾度も幾度も交差する。もっともっとだ。魔力を高めて練り上げろ――。

「人間ッ、風情がぁッ！」

山羊の第三の目から魔力の光が四方に走り、周囲の景色が一変した。

幻覚。それは雪景色。

本体となったことで使える別の能力――？　しかしこれは――。

瘴気《しょうき》を浴びて落ちていく。それは母さんの姿だ。あの時の、俺の記憶――。

「テオッ！」

グレイスの声。横から突っ込んでくる山羊。

「もらった――ッ！」

横から突っ込んでくる山羊の角を、俺は掌で受け止めていた。シールドを展開してそのまま固定。破邪の首飾りは砕け散ったが――元より、祝福やみんなの編んでくれたベストで守られている俺に、どう足掻《あが》こうとも憑依《ひょうい》は不可能だ。

だから反発する。本来実体のないこいつにも触れられている。それにしても……こいつ。こいつをどうしてくれようか。

「な……！」

驚愕《きょうがく》の声を上げる山羊。痛みにいっそ目が醒める。それで幻覚の景色が消えていく。よくもまあ、やって――くれた。

あの時味わった無力感までそのまま味わわせてくれるとは。全て全てくっきりと思い出させてくれたよ。

「ひっ!?」

角を摑《つか》んだままで多重にマジックサークルを展開。1つ目のマジックサークルで構築された術式に従い、夜空を焼き焦がすような雷撃が山羊の身体を焼く。

「ぎあああああっ!?」

絶叫。放り投げると山羊は悲鳴を上げ、空に向かって逃げ出そうとする。

悪魔。精神生命体。肉の器がなければ現世に長く留まれない連中。ウロボロスが獰猛《どうもう》な唸《うな》り声を上げて、増幅した魔力を術式へと練り込んでいく。

第9階級光魔法――スターライトノヴァ。光の輝きがウロボロスの角の先端に集まっていく。

「消えろッ！」

幾千もの浄化の輝きを束ね、巨大な1つの光弾に変えて撃ち放つというもの。ガルディニスの用いた闇魔法スターレスバスターの、対となるような魔法だ。呪詛《じゅそ》か浄化かの違いはあるが、結果も概《おおむ》ね変わらない。つまり、当たれば何も残らない。

奴がピラミッドの壁面に激突する寸前に、俺の術式が完成した。結界の壁面にぶつかり、山羊が振り返ったその時に見たものは、圧倒的光量を放つ真っ白な世界。

「あ――」

悲鳴も上げられずに光に飲み込まれ、夜空に向かって極光が奔《はし》っていく。タームウィルズの街を、王城セオレムを。光の柱が白々と照らす。

光の柱の中に片眼鏡で捉えている、端から粉々に消し飛んでいく、先程までは山羊の形をしていた魔力の塊。やがてそれは欠片も残さずに光の奔流の中に散った。

ありったけの魔力を注《つ》ぎ込み、長々と輝き続けた光の柱が収まれば――そこには何もない。いつも通りの夜空が広がっているばかりだ。

公爵家の別邸も、あちこち破壊の跡が残っているが、先程までの騒ぎが嘘《うそ》のように静まり返っていた。

ああいう霊的な存在の感知ができるデュラハンを見やると、手に持った首を静かに縦に振る。うん。グラズヘイムはきっちりと滅ぼすことができたようだな。きっちりと止めを刺したことで胸の奥で渦巻いていたような激情も、少しずつ収まってくる。

「テオドール様……！」

庭に降りるとアシュレイが駆けてくる。

「お怪我《けが》を見せてください……！」

「……ん。ありがとう」

グラズヘイムの角を受け止めた時に掌を怪我したからな。必要のなくなった変装を解いて、傷を見てもらう。アシュレイが俺の掌を手に取って治癒魔法を用いてくれた。

治癒魔法の光ですぐに痛みが和らいでいく。アシュレイの足元から光の円が展開して、そこから立ち上る淡い光に包まれると、手刀を受け止めた腕や、巨木を受け止めた時の衝撃のダメージも同時に癒されていく感覚があった。

更に魔力ソナーで体内にダメージが残っていないかまで確認してくれて、アシュレイの治癒魔法が以前よりも万全になっているのが分かる。

「どうでしょうか？」

「ん……。痛みもなくなった。どんどん上手《うま》くなってるね」

拳を握ったり開いたりしながら調子を確かめて笑みを返すと、アシュレイは静かに頷《うなず》いて、そっと寄り添ってくる。アシュレイの肩を抱くと、小さな声で言った。

「……最後の……テオドール様の記憶……。私達にも、見えましたから」

「……ああ」

最後に受けた幻術に関しては……諸々《もろもろ》の対策を突き抜けてきたあたり、何か夢魔ならではの特異な技だったのだろう。奴の結界の内部にいたというのも関係しているかも知れない。それとも、色々対策していたからあれで済んだ可能性もあるけれど。

みんなにもあの光景が見えてしまったのなら、心配させてしまったところはあるな。

「ありがとう、アシュレイ。その……俺は当時の気分にまで戻されたところはあるんだけど……アシュレイは大丈夫だった？」

「……はい。私達はただ……見えただけ、だと思います」

そう言うと、アシュレイは腕の中で小さく頷いて、頬を寄せるように目を閉じる。そこにグレイスもやってくる。

「テオ……」

俺の名を呼ぶグレイスの表情は、悲しそうなもので……。そうだな……。母さんを慕ってくれているアシュレイもそうだろうし、グレイスには光景だけだったとしても辛《つら》いものだろう。頷いて封印状態にすると、そのまま強く抱きしめられた。アシュレイの肩を抱いたまま、グレイスの腰に手を回して、３人で寄り添うように抱き合う。

「……グレイス。最後、心配をかけた」

「はい……。良かった、テオが無事で……」

ゆっくり時間をかけて抱き合い、離れる。するとマルレーンが俺の胸に顔を埋めるように抱き着いてくる。

「テオドール……元気、出して」

鈴を転がすような声。それから俺の顔を見上げて、少し潤んだ瞳で心配そうに覗《のぞ》き込んでくる。

「ん。マルレーン」

そのまま小さく笑みを返して、マルレーンの髪を撫《な》でる。マルレーンにとっても母親のことを考えてしまうような光景だったかも知れない。胸に顔を埋めるマルレーンを抱きしめていると、今度はクラウディアに頭を掻《か》き抱《いだ》かれてしまう。

「テオドールは……弱音を言わないから、逆に心配になる時があるわ」

「……そうかな。だとしたら……みんながいてくれるからだと思う」

クラウディアだって、弱音を言わないしな。みんながいてくれるから頑張れるというのも、本当のことだと思うし。

「ああ。マリー」

「気持ちが分かるとは軽々しく言えないけれど……。そうね、側にいることはできるわ」

と、ローズマリーが俺とマルレーンを一緒に抱きしめてくる。

ローズマリーの回してくる手に、俺の手を重ねて応えると、向こうも更に少しだけ力を込めてくる。顔を見ようとすると目を閉じてしまったが。

「テオドール、怪我が治って良かった」

「そうね。無事で良かったわ。テオドール君」

「ああ、セラフィナ、イルムヒルト」

離れたところをセラフィナに抱き着かれて、そのままシーラやイルムヒルトからも髪を撫でられたりしてしまった。

「テオドール、お疲れ様」

「うん。シーラ」

ああいった幻術系の攻撃だといつも以上に心配をかけてしまうな。目を閉じ、大きく息をついてから意識的に気持ちを切り替え直す。それから心配そうに見ているエリオットとフォルセト達、それからステファニア姫達にも視線を向けて頷いて見せた。

「……申し訳ありませんな、大使殿。私達の家……いや、一族の不始末で迷惑をかけてしまった。私達の命まで身を挺《てい》して守っていただくとは……」

と、そこで公爵が静かに頭を下げてきた。

「いえ。あの悪魔を野放しにすれば、ヴェルドガルにとっても大変な事態になっていたと思いますので。それより、レスリー卿《きょう》は大丈夫ですか？」

「目立った怪我はないようですな。レスリーだけでなく、私達にも使用人達にも、お陰様で怪我はないようです」

「それは何よりです」

公爵の言葉に頷く。

オスカーとヴァネッサに上体と頭を支えられる形で地面に横たわっているレスリーであるが……念のために手を取って、循環錬気で魔力の様子を見てみる。

……魔力に大きな乱れはないようだな。生命力はやや衰弱気味だが……これは通常の体力の消耗の範疇《はんちゅう》だろう。

状態からすると眠っているだけのように見えるが……心の傷といったものは循環錬気でも見えないのでまだ分からない。

「う……」

「あ、叔父様！」

ヴァネッサが声を上げ、レスリーが薄く目を開く。みんなの見守る中、周囲の状況を見渡して、レスリーは辛そうに目を伏せてかぶりを振った。

「ああ、やはり……。夢では、なかったのか……」

静かな声。レスリーは辛そうではあるから手放しに喜べるわけではないが、理性も意識もきちんとあるという点では安心できる反応と言える。

「叔父上、まだ動いては」

「い、いいんだ。オスカー。私は……どうしても話をしなければ。い、異界大使殿……でいらっしゃいますね？」

レスリーはふらつきながらも立ち上がり、俺を見てくる。

「はい」

「申し訳ありませんでした。どうか、私をメルヴィン陛下のところへ。王国の安寧を乱した罰を受けねばなりません」

「……夢魔のような特殊な種族が絡んでいるだけに、そうすべきかどうかは、僕には判断が付きかねます」

そう答えると、レスリーは荒い息を吐きながら膝をついた。レスリーに体力回復の魔法を用いながら言う。

「見たところ消耗が激しいようですし……まずは身体を休めて、話を伺ってからでも遅くはないでしょう。贖罪《しょくざい》の気持ちを持っておられる方が、逃げようとするとも思えませんし」

「私が……弱かったのです。兄上を羨んだりしなければきっと……あの夢魔に付け込まれるようなこともなかったはず」

それは……罪になるのだろうか。内心で思うだけのことと、実際に行動に移すことでは大きな隔たりがある。普通、理性や良心、感情がブレーキをかけるからだ。そうしている内に折り合いをつけられることが殆《ほとん》どなのだし。

ましてや、ああいう性質の悪い夢魔が取り付いていたのなら。現に夢魔がいなくなったら、この状態だ。体力の消耗よりも、自分のやってしまったことで憔悴《しょうすい》しているような印象を受ける。

「あの首飾りは、どこで？」

「……古城の、隠し書斎です。首飾りを見つけた経緯は今まで忘れてしまっていましたが……。あの首飾りをどこかで見つけて気に入って、着けてからは愉快な夢を見たり、不安や悩みが軽減されたり……とにかく調子が良かったのです」

つまり、最初は懐柔からだな。使役しようとして失敗したとか、そういうことでもなさそうだ。手に入れた経緯ごと忘れさせられてしまっていたのなら対処は難しい。

「あなたは、カーティスとして行動する時にどういう状態だったのです？」

「……ずっと……夢を見ているのだと思っていました。その時はそうするものなのだと、何となくで納得して動いていたような気がします」

言葉にしにくいが……確かに夢というのはそういうところがあるな。普通に考えたら絶対にしないような行動でも、そうするものなのだと何となく納得して動いてしまうような。

奴は同調、と言った。だが、それはグラズヘイムがレスリーに同調するのではない。実際は全く逆だ。

主導権を握っているのはあくまでもグラズヘイムだから、奴の目的に沿うようにレスリーの感情を誘導して同調させるというものだったはずだ。

レスリー卿が公爵を羨む……或いは憧れるような感情を利用され、誘導されていったとしたら。しかもそれを夢だと思っていたとしたら。もうどうしようもない。

「……僕から聞くべきことは以上です」

公爵を見て、頷く。俺としては今聞いたことを、ありのままメルヴィン王に伝えればいいだろう。レスリーは勿論《もちろん》、襲撃の実行犯達にも恩情のある沙汰が下るのではないだろうか。文字通りに悪魔に唆されたというわけで。

「……羨む、か。私から言わせてもらえば、どんな時もこつこつと努力できるお前のほうが羨ましかったのだがな」

公爵が自嘲気味に言うと、レスリーが驚いたような表情で顔を上げる。

「そう。私は昔から飽きっぽくて不真面目だったからな。弟であるお前が頑張っているから私もと、自分に言い聞かせていたところはあるよ」

「兄上……。わ、私は……みんなから慕われる兄上が羨ましかったのです。確かに憧れていたけれど……。結局兄上のように器用にはなれなくて……」

「慕われていたではないか。オスカーには」

レスリーを見て、オスカーが頷く。オスカーの表情を見たレスリーは静かに目を閉じた。先程オスカーの叫んだ言葉は、記憶に残っているのだろう。

「……結局、そういうことなのだな。もし私が先にあの首飾りを見つけていたとしたら、私がお前に害をなしていただろう」

「父様や叔父様だけでなく……私だってそうだったと思います」

「……ヴァネッサ」

公爵はレスリーの肩を抱くと、軽く背中を叩いて言った。

「よく、無事に帰ってきてくれた。お前が罪の意識に苛《さいな》まれるのも理解するが……私は今のお前の言葉を信じるし、またみんなで笑い合うためならば、陛下に嘆願もしよう」

「……兄上」

目を閉じるレスリーの頬を、一筋の涙が伝う。オスカーとヴァネッサも公爵とレスリーに寄り添うように抱き合う。公爵夫人もハンカチで目元を拭っているし、クラークももらい泣きしていた。

……夢魔が取り付いている間に起こした行動をレスリーがどう思い、それを公爵達がどう受け取るかは気がかりだったが……。この分ならきっと、公爵一家は大丈夫だろう。

◆◆◆◆◆

体力回復の魔法でレスリーの顔色も多少良くなってきたが、言うなれば病み上がりの状態だ。無理はしないほうが良いが、屋敷もあちこち穴が開いたりと壊れてしまっている。

なので、公爵家の面々はグレイス達が泊まる予定だった中央区の宿に移動してもらい、そこで休んでもらってはどうかという話になった。

公爵家の使用人と警備兵達については王城にある宿舎へ。俺と公爵はメルヴィン王に報告を行うために王城へ向かう必要があろう。

レスリーに関しては……俺は休んだほうが良いだろうと思うのだが、本人はどうしても王城へ行って自分の口からも説明したいとのことなので、その意を汲《く》むことにした。

「それでは、私達は皆様を宿屋に送ったら、先に家に戻っています」

屋敷を出たところでグレイスが言う。

「うん。また後で」

「ん。テオドール」

「また後でね！」

グレイスに笑みを向けて頷くと、彼女も微笑《ほほえ》む。マルレーンやシーラ、マルセスカが手を振って各々馬車に乗り込んでいった。

夢魔を倒した時に派手な魔法を使ったせいか、王城から騎士や兵士達も駆けつけてきている。まあ……移動中の安全という面では心配あるまい。

護衛は当然ながら王城へ向かう俺達の側にもつく。王城へ帰るステファニア姫達と公爵を護衛するような形で、タームウィルズの兵士達と公爵家の警備兵が隊列を組んで街を進む。やたら目立つが移動している人間の顔触れを見れば納得する部分でもあるかな。

ステファニア姫、アドリアーナ姫、エルハーム姫にドリスコル公爵にレスリーという顔触れだ。重要人物ばかりだな。

レスリーはまだ自分は陛下の沙汰を受けていない、と王城からやってきた騎士達と一緒に馬車に乗った。クラークもレスリーが病み上がりであるので、その看病にもう一台の馬車に乗っている。

さて……。馬車で移動しながらで、まだこれからのことが確定したわけではないが、公爵に明日以降のことを少し相談してしまうか。

「公爵。少しお時間よろしいでしょうか?」

「何ですかな?」

「屋敷を魔法建築で修復したいと思っているのですが」

俺の言葉に公爵は一瞬目を見開いたが、少し慌てた様子で手を振る。

「いや、大使殿にそこまでしていただくわけには……」

「ですが、今の状態から片付けるとなると大変でしょう。レスリー卿も、慣れた環境で休んだほうが回復も早いと思います」

まあ、俺が使い魔に破壊させた部分もあることだし。

「むう……。ではお恥ずかしながらお頼みします。重ね重ねの御恩、感謝しますぞ」

公爵は少し唸っていたが、頭を下げてきた。

「では、屋敷の修復については明日ということで」

「はい。私や警備兵達も片付けを行いますゆえ」

「分かりました」

壁や床の素材は破壊されたとは言えそのまま残されているし……資材を用意しなくてもある程度は修復可能だろう。

家具も破壊されてしまったが、これも状態の良いものと悪いものに選別し、修復できるものは修復する、というのが良さそうである。

「魔法建築ですか。テオドール様の行うものとなれば、さぞかし凄《すご》いのでしょうね」

エルハーム姫が言うと、ステファニア姫が笑みを浮かべて頷く。

「それはもう。領地のお城に手を加えてもらったりしたことがあるけれど、見事なものだったわ。あっという間に部屋や通路が作られていくの」

「ほう。それは興味深いですな……」

ステファニア姫の言葉に、公爵は感心したような声を漏らした。

「一度間近で見てみたいですね」

「ふむ。どうでしょうか。大使殿さえよければ……」

せっかくだし姫様達も見学に、ということだろうか。ふむ……。造船所を作った時もそうだが、魔法建築は意外に楽しんで見てもらえるようだしな。

「僕は構いませんよ」

と答えると、ステファニア姫達はお互いの顔を覗き込んで嬉《うれ》しそうな表情を浮かべた。

「私達も片付けを手伝いましょう」

「そうね。レビテーションやクリエイトゴーレムは使えるのだし、魔法は役立てていくべきだわ」

「金物の修理ならお任せください」

それぞれが一国の王女なのにフットワークの軽いことだが……魔法を使い慣れた面々でもあるので確かに即戦力だろう。

そんな話をしているうちに馬車が王城に到着する。迎賓館の前で馬車から降りると、そこにはメルヴィン王とジョサイア王子が待っていた。

「此度《こたび》の事件の報告に参りました」

「うむ。大儀であった、テオドール。ドリスコル公爵も怪我がないようで何よりだ」

「はい。大使殿のお陰で家族や使用人共々、無事に夢魔の襲撃を切り抜けることができました」

メルヴィン王から声を掛けられて、ドリスコル公爵が答える。クラークに支えられる形でレスリーも馬車から降りてきた。

レスリーはメルヴィン王とジョサイア王子の姿を見るなり、臣下の礼をとって跪《ひざまず》く。

「レスリー＝ドリスコルです。私の不注意と心の弱さが此度の騒動を引き起こしてしまいました。メルヴィン陛下とジョサイア殿下には合わす顔もございませんが……此度の仕儀は兄の与《あずか》り知らぬこと。何卒《なにとぞ》、罰は私にのみお与えくださいますよう」

「公爵領の古城にあった呪物に宿っていた悪魔――夢魔グラズヘイムを名乗る者がレスリー卿に取り憑《つ》いて操っていたようです。夢魔はレスリー卿から引き剝がし、退治しました」

「……なるほど。つまり、あれの時と似たような状況か」

掻《か》い摘《つま》んで状況を説明すると、メルヴィン王はその言葉で大体のところを察したらしかった。

あれ、というのはローズマリーのことだな。王城の隠し部屋にあった古文書のことでもあるし、ローズマリーが魔法の罠《わな》が仕掛けられていた古文書に囚《とら》われた時の話でもある。

細部に違いはあるが、その両方の状況に似ているとも言えるだろう。

「しかし……凄《すさ》まじい光の柱が王城からも見えたゆえ、それほどの大魔法を用いるほどの相手かと思っていたが、悪魔とはな。その足で報告というのは助かるが、無理はしておらぬか？」

「僕はそれほどの怪我でもありませんでした。レスリー卿の消耗のほうが大きいかも知れません」

「確かに顔色が優れぬ様子。話は中で聞こう。典医を迎賓館へ呼ぶように」

「はっ」

メルヴィン王から指示を受けた兵士が走っていった。迎賓館の中へと皆で移動する。

「礼を言う、テオドール君。君のお陰で無事に和解の席が迎えられそうだ」

と、ジョサイア王子が話しかけてくる。

「それは何よりです」

「両家の和解を広く周知するという意味で、ある程度盛大に行わなければならないからね。憂いがなくなったというのは大きい。本当に……感謝している」

確かに……和解と言っておいて必要以上に物々しい警備を付けていたら不安材料があると言っているようなものだからな。

◆◆◆◆◆

「――以上が夢魔グラズヘイムがその口で語ったことと、レスリー卿から僕が聞いた話の一部始終になります」

迎賓館の一室に場所を移して報告を終える。

「なるほど……。話を聞く限り、故意に引き起こしたということではあるまい。レスリー卿。今の話に偽りはないな？」

医者から体調を診てもらっていたレスリーは、メルヴィン王の問いに頷く。

「今の私の立場であれば、当然魔法審問を受けるべきかと存じます。しかし私の警戒が足りなかったのも、私の兄を羨む気持ちが夢魔に付け入る隙を与えてしまったのも事実です。操られていたなどと、それだけで私に責任がなかったなどとは思いませぬ」

「それを言うのであれば、私の不徳が招いた事態でもあります。責任の一端は私にもありましょう」

レスリーと公爵の言葉を受けて、メルヴィン王は静かに目を閉じた。少しの間思案していた様子だったが、やがて目を開き言った。

「あい分かった。では、魔法審問は体調の回復を待って、手短に済ませるのがよかろう。レスリーの言葉に偽りがないことが証明された場合……そうさな。罰としてカーティスとしての活動により生じる不利益や不都合な事態への収拾に協力をすることを申し付ける」

「それは……」

レスリーが目を見開く。罰と言っているが……名目だけに近い恩情判決だな。グラズヘイムのやらかしたことの後始末に、レスリーの協力は不可欠なのだし。

「そなたが己の失敗に後悔し、罰を望む気持ちは理解した。その思いは、ヴェルドガル王国に住まう全ての者達のために用いられることこそが贖罪であると心得よ」

「は……はっ！　全霊を以《もっ》て尽力致します！」

レスリーは感極まった様子でメルヴィン王に跪いた。メルヴィン王はふと表情を柔らかいものにする。

「まあ……古い時代の魔法絡みの遺産については手に余るというか、如何《いかん》ともしがたいところがあるからな。正直なところを話すのならば、余も至らぬことばかりで、そう強くは言えぬさ。こちらも魔人絡みの状況が落ち着き次第、管理なり把握なりを進めていかねばならぬ事柄であろうが……。テオドール。その際、そなたの力を貸してもらえるか？」

「はい。微力ではありますがお力添え致します」

頷くと、メルヴィン王は穏やかな笑みを浮かべた。

さて。レスリーの立場についてはこれで一先《ひとま》ず落ち着いたか。

事情から考えればメルヴィン王の下す沙汰が厳しいものになるとは思っていなかったが……こうしてはっきりと今後のことが確定すると公爵としても安心だろう。

公爵とレスリーは抱擁し、背中を軽く叩くようにして……無事であることを喜び合っていた。ああ、そうだな。グラズヘイムに昔の記憶を見せられて、少し感傷的になっているのかも知れないが……こうやってお互いの無事を喜び合っている2人を見ると、俺も嬉しい。公爵一家を守れて良かったと……そう、思う。

番外編　続・迷宮と大土竜

境界都市タームウィルズ――ヴェルドガル王国王都の大通りをのっそりとした動作で大土竜《もぐら》が行く。王家と関わりのあることを示す刺繍《ししゅう》が入ったスカーフ。肩から提げたしっかりとした作りの鞄《かばん》。その出《い》で立ちに道行く人達《たち》から注目を集めながらも、大土竜は我関せずといった様子だ。

時折鞄の中に手をやると、指先から伸びた爪でその中から器用に何かを摘《つま》み上げて口に運んで……ポリポリと小気味の良《い》い咀嚼《そしゃく》音が響いた。

摘み上げて口に運んだのは間違いなく石――鉱石だ。

「何だいありゃ。境界都市は異種族が多いとは聞いてたが、驚いたな……」

驚いた表情でそれを見送るのは店先で話をしていた若い冒険者だ。

「あれはコルリス。ベリルモールって魔物だな。ステファニア殿下の使い魔だって聞いたぜ」

「第1王女様の使い魔……。有名……みたいだな、その反応は」

同行している冒険者達の落ち着き払った態度と言葉に、男は苦笑いを浮かべる。

「ああ。お前は確か、タームウィルズに来たばっかりなんだったな。有名も有名だよ。何もしてなくても相当目立つし、あの通り鉱石を食うだろう？」

「見間違いじゃなかったか……」

そんな風に漏らしてコルリスの後ろ姿を見送る男に、冒険者達はにやっと笑うと楽しそうにベリルモールに関する知識を披露する。

ベリルモール。曰《いわ》く、鉱石を食い土の術を操る……かなり強力な巨大土竜の魔物。肉食ではないし理性を失った凶暴な魔物というわけでもないが、本来は縄張り意識がかなり強い種族なので鉱山関係者には恐れられている……らしい。鉱石の類は大地の魔力を多く含むので、それを食らうことで活動のための力を得ているのだとか。

「しかもそれがステファニア姫様の使い魔ときた。少し前に冒険者を迷宮から助けたって話題になってな。実際大人しいし賢いってんでギルドや冒険者達からの評判もいいぞ」

「なるほどなあ……」

そんな冒険者仲間の薀蓄《うんちく》に男は感心したように声を上げる。有名で評判が良い、というのは事実なようで、大通りを駆けてきた子供達が「あっ、コルリスだ！」と嬉《うれ》しそうに手を振ると、コルリスもまた手を振って挨拶を返しながらもマイペースに歩みを進めていく。受け入れられているのは冒険者ギルドや冒険者達だけではなくタームウィルズの住民にも、ということなのだろうと男は理解してその背中を見送る。

だが――その場にいる子供達や通行人達、コルリスを見送る冒険者達も……大土竜の頭の上に何か小さな……別の生き物がひょっこりと顔を覗《のぞ》かせたことには気付かなかったのであった。

◆◆◆◆◆

「おお、コルリスではないか」

道行くコルリスにそんな声がかけられたのは――コルリス達が冒険者ギルドに入ろうとしたところでの話だ。

街中で声をかけられても挨拶を返しつつマイペースに歩みを進めていたコルリスであったが、その声には足を止めて視線を向ける。エメラルドのような緑色の輝きを持つコルリスの瞳が声の主を捉え、その頭の上から小さな何かが顔を覗かせる。

「ラムリヤもおるのか。うむうむ」

それに気付いた声の主が相好を崩すと小さな生き物はペコリとお辞儀をするように頭を下げた。

コルリスの頭の上に乗っていたのはトビネズミを模した魔法生物――ラムリヤだ。

「ふむ。コルリスは鉱石集めか。ラムリヤは……コルリスの付き添いかの?」

声をかけたのはタームウィルズ冒険者ギルドの長、アウリアであった。

尋ねられたラムリヤは頷《うなず》いて、その疑問に答えるというように能力を行使した。砂が舞い、つらつらと長い文章を書く。古めかしい文体ではあったが、アウリアもエルフとして長く生きている身だ。解読に支障はない。

「なるほど。能力を使って武器素材の調達ができるか迷宮に試しに行きたい、と……ふむふむ」

砂文字に目を通したアウリアが頷く。

コルリスの向かう迷宮の旧坑道区画は鉱物系の素材を得られるということもあり、鍛冶職人としてファリード王の武器を作りに来たエルハーム姫としては興味があるということらしい。

エルハーム姫は自分でゴーレムを操作して迷宮に潜ることを考えていたらしいが、ラムリヤにしてみれば迷宮がどんな場所か分からないまま、自身の戦闘能力があまり高くないエルハーム姫を危険な場所に行かせるわけにはいかない。それを止め、まずは自分がコルリスに同行してみることを提案した、という話であった。

　エルハーム姫も自分だけが安全なところで危険な仕事をやらせるわけにはと難色を示していたらしいが……ラムリヤはまず自分が迷宮に慣れることで案内も護衛もできると説得したのだという。

　コルリスの食料調達に付き添うことで、その手助けをしながら素材の調達も足りるかも知れないと考えたと……そんな風に砂の文章が続いた。

　これからの予定がどうなるにせよコルリスが定期的に迷宮に潜り、それに付き添うならばラムリヤにとってエルハーム姫を迷宮から遠ざけることに繋《つな》がる。説得が不調に終わって護衛することになった場合でもコルリスに同行するのは都合が良い。

「ほうほう。では、迷宮探索の前に冒険者ギルドでの講習を受けたいと。うむ。あい分かった」

　だから迷宮ではなく、まず冒険者ギルドを訪れたわけだとアウリアは納得する。

　そうしてアウリアはラムリヤの砂文字を読み終わると、笑顔で頷いてギルド内部へと招き入れるのであった。

◆◆◆◆◆

　ラムリヤを案内してきたコルリスはギルドの壁際にぺたんと座り、大人しくしていた。そんなコルリスの姿に受付嬢のヘザーはふっと表情を綻ばせ、それから冒険者としての心得であるとか、迷宮に潜る際の転界石の使い方であるとか注意事項を伝えていく。ヘザーの言葉に耳を傾けているのは、カウンターの上でふんふんと頷くラムリヤである。

「そして同時に――この転界石を用いることで、迷宮内部で得た物資を外に転送することができるわけですね。赤転界石の有無にかかわらず、まずは帰還に必要なだけの転界石を集めつつ、女神像の位置を把握。その上でそこを起点に探索範囲を広げ……必要に応じて更に転送用の分を集めながら動いていく、というのが基本的な探索法です、が……」

そこまで言ったところでヘザーはラムリヤを見やる。それはあくまで一般的な冒険者の話だ。

実力のほうは問題ないとギルド長であるアウリアは言うが、ラムリヤ単身では集めた転界石を運んだりできないのではないだろうか？

ラムリヤはヘザーの言いたいことを察したのか、こくんと頷くと、砂を集めて人型の従者を造り出すと重そうなテーブルを摑《つか》ませ、軽々と持ち上げて見せた。かと思えば砂で形成された人型の従者は箱型になったり荷車になったりと、砂が変幻自在の動きを見せる。

「なるほど……。ラムリヤさんの場合は物資や転界石の確保に運搬……それに戦闘も、諸々《もろもろ》問題なさそうですね」

そもそも小さなラムリヤは自身の姿を見せずに戦うことも可能なのではないだろうかと……そんな風にヘザーは分析する。

「ふむ。運搬は問題なさそうだが、ギルドの発行している通常の魔石板では、常に持ち歩くには少々大きいな……。ラムリヤの場合は特別に小さな魔石板が必要かも知れぬのう」

冒険者に対してタームウィルズの冒険者ギルドは魔石付きの小さな金属プレートを配っている。

これは魔道具を使って名前や得意なこと、実績等を刻むことができる、というものだ。

迷宮に潜る冒険者にとっては識別証のような役割を果たすが、積んだ実績に関する記録も行われるために他の冒険者ギルドを訪れた時の信用状としての役割も果たすわけだ。

ただ……通常の魔石板はラムリヤの身体《からだ》のサイズに比してやや大きめであるというのは確かだ。

「確かに……ラムリヤさんが持ち運ぶには少し大きいですね。常時能力を発動していては折角の小さな身体の利点もなくなってしまいますし、もう少し小さな物を用意したほうが良いかと存じます」

アウリアの見解にヘザーも思案を巡らせながら言った。

「これに関しては必要不可欠とは言いませんが――」

ヘザーがそう言ってコルリスに視線を向けると、ラムリヤもまたそちらに視線を向けた。

コルリスはヘザーの言いたいことを察したのか鞄を掲げ――そこに鎖で付けられた金属プレートを見せる。ラムリヤもそれを見て頷くと、ヘザーに向き直った。

「そうですね。やはり揃《そろ》いの物を所有していたほうが仲間同士の絆《きずな》も深まるかと」

その反応に、ヘザーも微笑《ほほえ》む。

「うむ。冒険者の事情を鑑みて融通を利かせるのもギルドの役割じゃからな。元々魔石板に関してはギルドで用意している物。それについてはこちらに任せておくが良い」

ヘザーの言葉を受けてアウリアが言う。魔石板が身元の確認や信用状のような役割を果たすこともあるため、偽造防止を理由にギルドお抱えの魔法技師が魔石板を製造している。同じくその技師が製作した専用の魔道具で情報の更新もしているということもあり、特別に小さな品を用意するとなった場合でも一から融通が利くという背景がある。

「では、こちらで手配しておきます。ラムリヤさんの身長に合う大きさにするならば……」

ヘザーが巻尺を持ち出してラムリヤの首回りや胴回りの長さを測ろうとすると、砂が動いてラムリアの首回りに巻きつくようにして魔石板を模したものを形成する。自分の大きさや好みに合わせた魔石板の適切な大きさをヘザーに教えようとしているようだ。

「これは……。やはり、便利な能力ですね。金属板はこの大きさ……魔石は通常の大きさのものを流用しても問題なさそうですね。……ふむ。残りの部分は革の帯などで作るのが良さそうですが——」

ヘザーはラムリヤが砂で形成した魔石板を机の上に置いてその大きさを計測し、紙に記録しながらもその完成図を想像して、笑みを見せる。

「ふむ。儂《わし》も少しばかり迷宮に用があってな。入口まで同道させてもらってもよいかの？　何、儂が一緒にいれば冒険者達のラムリヤへの面通しにもなるかと思っての」

アウリアがそんな提案をするとコルリスとラムリヤが揃って頷く。

「では支度をしてくる故、少し待っていてもらえるかの」

「例の一件の追跡調査ですね」

「うむ。精霊達が活性化しておるようじゃからな。見たところ小さな精霊に良い力を与えるもので、害はないと思うが、経過ぐらいは念のために調べておかねばの」

魔人達の事件に絡んで精霊殿が解放されたことにより、迷宮内の一部区画で精霊達が活性化している。アウリアはエルフの精霊使いであり迷宮内部のことにも通じている。迷宮で精霊に変化が起こっていないかを調べに行くにはうってつけの人材、というわけだ。支度を整えたアウリアが戻ってくるとそれを見たラムリヤがコルリスのほうを向く。

が、先程のようにコルリスの頭上に乗る前にアウリアが楽しそうに笑って告げた。

「面通しであるからな、儂の肩に乗っていっても構わぬぞ」

と、そんな風に言うアウリアにラムリヤはこくんと首を縦に振る。そうしてアウリアはラムリヤを肩の上に乗せると1人と2匹、連れ立って冒険者ギルドを出発するのであった。

◆◆◆◆◆

コルリスもその巨体と土竜という姿故に人目を引くが、アウリアも違う意味で人目を引く人物と言っていいだろう。タームウィルズ冒険者ギルドのギルド長という肩書きではあるが、種族はエルフで、見た目は少女だ。エルフは妖精に近い種族であり、高い魔力を持つ者の中には見た目が幼いままの者もいると言われているが、アウリアがその好例というわけだ。

口調は威厳に溢《あふ》れているが性格が緩い。実力や判断力に関しては十二分……というのが副ギルド長オズワルドの評である。

そうした評通りの人物だけあって、自主や自由を愛する気風のあるギルド職員や冒険者達から好ましく思われている、というのは事実だ。

但し現場の仕事、有事は有能だが平時の書類仕事は目を光らせていないとたまに抜け出しているので注意が必要、というのもギルド職員の共通認識ではあるが。

そんな名物ギルド長であるアウリアが、肩の上にトビネズミを乗せてコルリスと共に移動しているのだ。色々な人目を引くのは間違いない。

「どうしたんですか、ギルド長。その頭の上にいるネズミは」

「うむ。ラムリヤという。さる貴人の――使い魔のようなもので、このコルリスとは結構似た立場じゃな。揃って迷宮に向かうと言うので、少し案内しているところじゃ」

顔見知りの冒険者に声をかけられて、にかっとした笑みを見せて答えるアウリアである。ラムリヤもそんな言葉に合わせてぺこりとお辞儀をする。そんな姿が微笑ましく映るのだろう。冒険者達に「よろしくな、ラムリヤ」と声をかけられていた。

そうしてコルリスとラムリヤ、アウリアはギルドを出て広場を通り、迷宮入口のある月神殿へと向かう。その中でアウリアは積極的に顔見知りに声をかけて、同じようなやり取りを交わしていた。

周知することでラムリヤの迷宮内での安全に繋がるというわけだ。貴人の使い魔。コルリスと似た立場……と伝えるのも効果があるだろう。既に知名度の上がりつつあるコルリスに関してもそれは同様で、情報が知られる機会は多い程良いと、そうアウリアは考えている。

そうして迷宮入口に続く螺旋《らせん》階段を下り切って、転移用の石碑に向かう……と、そこにはアウリアの到着を待っている者達がいた。4人組の男女の冒険者――フォレストバードだ。

「ああ。ギルド長」

リーダーを務めるロビンが、アウリアの姿を認めて手を振ってくる。コルリスとラムリヤも揃って手を振って挨拶をすれば、ロビン達も笑って応じる。

コルリスと一緒に来たことにあまり動じず、楽しげに迎えているのは……フォレストバード達とテオドールとの間に交流があるからだろう。コルリスともアウリアとも面識があるようであった。

「うむ。待たせたかの」

「いえいえ、丁度良いぐらいの時間帯かと思いますよぉ」

ルシアンが少し間延びした口調で答えるとモニカとフィッツも口を開く。単身で迷宮の調査に向かうのは、いくらアウリアが迷宮に慣れているといっても慢心というものだ。だから、ギルドとして信頼の置けるフォレストバードに調査の動向依頼を出した、というわけである。迷宮入口前で待ち合わせ、そのまま現地に飛ぶ予定だったのだ。

「コルリスちゃん達も一緒だったのね」

「もしかして一緒に調査に？」

「いや。コルリスとラムリヤが旧坑道に向かうと言うからの。案内がてら同道しただけのこと。ラムリヤの冒険者達への紹介にもなるしのう」

アウリアが答えると「コルリスちゃん達も一緒なら更に心強かったんですけどねぇ」とルシアン

が言ってロビンが「全くだ」と笑う。

そうして挨拶と雑談もそこそこに迷宮入口にある石碑の前で一旦分かれ、各々の目的とする区画に向かおうかという話になった。そこで――突然少し離れたところでどよめきが起こった。

コルリス達とアウリア達がそちらを見れば、血と泥に塗れた冒険者達が転移石による脱出の光と共に、広場に現れるところだった。崩れ落ちるようにその場に倒れる冒険者達。視線を送った次の瞬間にはアウリアは短く「すまぬ」とフォレストバード達に告げて、そちらに向けて駆け寄る。

「大丈夫か……!?」

「すま、ねえ……。仲間……が、まだ……迷宮に……」

「はぐれたところを……守護者《ガーディアン》に襲われて……。引きつけた、が……ドジを、踏んじまった」

アウリアは冒険者達の傷の度合いを手早く確認して少し安堵《あんど》したように息をつく。

「うむ……。今すぐ命に関わるような傷ではないようじゃな……。傷の手当てができる者がいれば、手伝ってくれぬか……!? 薬や魔力の分の代金はギルドが受け持とう！」

そんなアウリアの呼びかけに「俺達の薬を使ってくれ……！」と、近くにいた冒険者達がポーションの提供を申し出る。そうして男達に手当てを受けさせながらも、アウリアは男達にゆっくりと分かりやすい言葉で尋ねた。

「どこの区画に、何人、どのような者達が取り残されておる？」

「光彩遺構……だ。あと2人……どっちも、女で……」

男達から詳しく聞き取りをしたアウリアが立ち上がり、周囲に集まっていた冒険者達に言う。

「誰か、光彩遺構へ行ったことのある者は？」

そう尋ねるが今度は名乗り出てくる者はいない。

「ふむ。直接飛べるのは儂1人、か。一先《ひとま》ず救助に向かうことはできるが……」

命からがら脱出してきた面々は守護者に追われていた。はぐれた冒険者達2人は守護者から追われなかった。とは言え、2人しかいないのでは苦境に立たされていることに変わりはない。

一刻も早く救助に向かうべきなのだろうが……腕の立つ者に改めて声をかけて救助隊を結成する、というのは難しいだろうと、アウリアは判断する。

アウリアが迷宮入口付近にいる冒険者達の顔触れを見回しても該当区画に足を運べるような、腕が立つと分かっている冒険者達は少ない。

該当区画の探索経験がある者もいないようであるが――それを見て取ったフォレストバード達は視線を合わせて真剣な表情で頷き合う。それから一歩前に出て言った。

「俺達も同行するってのはありなのか？」

「ええ。他に適任の方達がいないのならば、私達に救助の手伝いをさせてください」

「それは――助かる」

フィッツとモニカがそう言うとアウリアも真剣な表情で応じる。フォレストバードは地力のある冒険者達だし、パーティーとしての戦い方や個々の能力を知っている。即席のパーティーを組むよりは連係もできる。フォレストバードが言い出さなければアウリアのほうから依頼を考えていたぐらいだ。

と、そこに一歩のそりと前に出てきた者達がいる。コルリスと、ラムリヤだ。

「む……。そなた達も手伝ってくれるというのか？」

アウリアが尋ねると、コルリスが自分の胸あたりに手をやって頷く。ラムリヤもまたコルリスの頭上で首を縦に振って手伝いたいという意志を伝えてきた。

「おお。では、儂とフォレストバード達、それにコルリスとラムリヤで救助隊の結成じゃな」

「7人になってしまうが大丈夫か？」

通常迷宮に潜るパーティーは6人まで、というのが基本だ。6人以上になると、脱出に必要な転界石がかなり増えてしまうためである。

「赤転界石を持ってきておるから一先ず救助の仕方を含めて気にする必要はなかろう」

ロビンの言葉にアウリアが答えた。赤い転界石は女神像を必要としない、その場で迷宮から緊急脱出することの可能な転界石だ。通常の転界石よりも人数的な制約も緩く……救助対象の2人も含めて纏《まと》めて脱出してくることは可能だろう。それなりに貴重品の部類ではあるが、こういう場合にこそ積極的に活用するものだとアウリアは考えている。

コルリスも……冒険者達の臭いを嗅いで下に下りた時のことを考えて動いているようだ。或《ある》いは五感リンクを受けたステファニア姫の働きかけかも知れないが、と……アウリアはそれを見る。上手《うま》くすれば更なる援護も期待できるだろう。

「すまねえ。恩に着る……」

「地図がないのは……申し訳ない」

「何。同行者が頼れる故、どうにかなりそうじゃ。誰かこの者達をギルドに連れていってやってくれるか？　儂が後を頼むと言っていたと伝えておいてくれ」

「なら、それは私達が」

「うむ。よろしく頼む」

そうしたやり取りを経て、アウリア達はみんなの視線を受けつつも改めて石碑の前に立つ。

「では……行くとしよう」

そうしてアウリアの導きでコルリスとラムリヤ、フォレストバード達は光に包まれ――石碑から迷宮内部へと飛んだのであった。

◆◆◆◆◆

転移の光が収まると――そこは外と遜色のない明るさの区画だった。フォレストバード達は周囲の警戒をしながら視線を巡らし、状況把握に努める。
光が燦々《さんさん》と差し込む……石造りの構造物の上に彼らはいた。建造物から外れる場所は鬱蒼《うっそう》とした森が広がっていて……。木の根が構造物に絡むように伸びていたり、石の床を突き破って伸びていたりと……朽ち果てて地に埋もれかけた遺跡のような雰囲気だ。問題は……幻想的な彩りの光が差し込み、ところどころから突き出ている結晶に反射して――その光を受けた風景が歪《ゆが》んでいるような場所があることだろうか。

「光彩遺構……なるほどな」

その様子を見て、ロビンが納得したように頷く。

「この場所に来るのは初めてだというのなら、簡単に注意点だけ説明しておこう。まず、森には入らぬこと。植物共が異物を排除にかかる故、あれらは迷宮の壁と同じような役割を果たしておる。それからこの区画は——光による幻影で探索する者を惑わすという特徴がある。遺構の壁や床、通路に柱……瓦礫《がれき》のような障害物といった……目に見えている構造物を信じすぎないようにして欲しい」

「つまり隠された通路があったり、そういう部分から敵が出てきたり、足場が想定外に悪かったりする、と？」

フォレストバードの斥候役でもあるモニカが眉根を寄せて尋ねると、アウリアは真剣な表情で頷いた。

「然《しか》り。本来ならば慎重に探索を進めていく必要のある区画じゃ。だが、今回は救助が目的である し儂が精霊を使役して支援するつもりでいる。コルリスとラムリヤが同行しているのも僥倖《ぎょうこう》じゃな。取り残された者達のいる方向に見当はつくかの？」

アウリアに尋ねられる前から周囲の臭いを嗅いでいたコルリスだったが——やがて何かの臭いを感じ取ったのか、視線を向けてこくんと頷く。爪を広場から枝分かれした通路の１つに向ける。

「では……参ろうか。ラムリヤも——支援に回ってくれるかの」

ラムリヤは頷いて、飛び跳ねて移動するとモニカの肩に乗る。

「ええと……よろしくね、ラムリヤちゃん」

モニカの言葉にこくんと頷くラムリヤである。斥候役となるモニカを守るようにフィッツがすぐ後ろに続く。隊列の中心に後衛であるルシアンとアウリア。殿をコルリスとロビンが務める形だ。

モニカがコルリスに示された方向に進んでいく。前方から空気の緩やかな流れ。その風の流れに逆らうように……さらさらと後方から前へと足元を砂が流れていくことにモニカは気付く。

風はアウリアが風の精霊を使役して起こさせているもので、足元を流れる砂はラムリヤの力だろう。

風の流れを操ることでこちらの立てる音、発する臭いを敵に察知させず……幻覚が展開されている範囲には砂が飲み込まれるのでそこが不自然だと分かる、というわけだ。しかも落ちている転界石を砂粒が集めてくるらしい。ラムリヤの周囲に、どこからともなく転界石が集まってくる。

「……なるほど。これは良いわね」

後は自分が奇襲や幻影を見逃さないように進んで行けば良い。コルリスも嗅覚で救助対象を追えているから迷う心配もない。

「ここに出没する魔物自体はそこまでの強敵ではない。魔物よりも、地形が問題になる故。支援と知識があればそなた達ならば対応可能と見積もっている。救助は火急ではあるが、見通しが良いからと焦ることのないように」

そう言いながら、敵に遭遇する前に区画に出没する魔物についてアウリアが説明していく。フォレストバード達が質問をして、それにアウリアが答えると早速対策を実践するような動きを見せていた。その動きにアウリアは満足そうに頷いて言葉を続ける。

「問題は守護者じゃな。この場所で守護者に追い立てられればはぐれもしよう。あの者達もそこそこ腕は立つから、守護者に追われたほうでない者達も身を隠して生き残っていると信じたいところではあるが——」

アウリアがそこまで言うとコルリスが声を上げる。

何か通路の向こうから臭いを感じ取ったのだろう。警戒を促すような唸《うな》り声だ。

「……進むべき方向は変わらず、か。戦闘は避けたいが、一戦交えて先に進むしかあるまいな」

隊列を維持し、身構えながら進んで行く。鬱蒼とした森で見えない曲がり角に差し掛かったところで、ラムリヤが砂の人形を造り出して先行させた。

と……曲がり角から砂の人形が身を乗り出した直後に何者かが攻撃を仕掛けてきた。死角からの奇襲を仕掛けたのは、苔《こけ》生したガーゴイルだった。

但し胴体に罅《ひび》が入って片腕や片翼はもげており、光彩遺構に合わせたような古びた姿だ。オールドガーゴイル。光彩遺構の守りを担う魔法生物である。

「こいつは俺の得物の相性が良さそうだな……！」

「援護するわ！」

フィッツが前に出る。手にしているのはハンマーだ。フィッツは依頼に合わせて武器を替えるが、大剣を使ったりハンマーを使ったり、総じて重量級の武器を好む傾向がある。一方フォレストバード内での役割は同じ前衛ではあるが、片手剣を扱う軽戦士という位置付けなのがロビンである。

モニカが弓に矢を番《つが》えて、そこに闘気を纏わせる。気合と共に踏み込んだフィッツがハンマーを振り抜けばオールドガーゴイルが腰から砕けて吹っ飛んだ。

あっと言う間もなく、コルリスが壁を指差せば……そこから何か、細いものが飛び出した。

ルインイーター。石を食うワームだ。フィッツはそれを予期していた、というように大きく跳躍した。同時に番えられていたモニカの矢が放たれてルインイーターを正確に射抜く。フィッツを追っていたルインイーターは、身体を伸ばし切ったところを射抜かれていた。

フィッツが空中のシールドを足場にルインイーターの目測を誤らせた形だ。地面に落ちたルインイーターに向かって落下して行き、ハンマーで叩《たた》き潰す。

「……問題ない。いけるな。オールドガーゴイルは、闘気を込めればロビンの剣でも十分対抗できそうだ」

フィッツが言うと、アウリアがコルリスを見やる。この場にいる敵は殲滅《せんめつ》した、というようにコルリスが頷いた。

「他に近くの敵はいないようじゃな」

「コルリスちゃんは頼れますねぇ」

ルシアンがそんなコルリスの反応に笑顔を見せた。任せろというように自分の胸のあたりに手をやるコルリスである。

「よし……。残念だが剝ぎ取りをしてる暇はない。どんどん進んで行こう」

アウリアの言葉に頷いてロビンが言う。一行は頷き合うと、倒した魔物達を放置して更に迷宮の奥へと進んでいく。

◆◆◆◆◆

通路の奥から迫ってくるのはオールドガーゴイルの大群だ。が――コルリスが声を上げて天井付近を指差せばラムリヤがそれに応じるように砂を操る。

砂塵《さじん》が通路を呑《の》み込むように突き抜ければオールドガーゴイルの群れが掻《か》き消え、天井に張り付いている魔物の姿が露《あら》わになった。幻影を映し出す目玉の魔物――イビルアイだ。自身の姿を発見されたり危険を感知すると目から光弾を放ったり触手で迎撃したりといった動きをする魔物だが――ラムリヤの砂塵で目潰しを受けては幻術の維持はできず、迫るルシアンの火球も回避できない。直撃。炎に包まれて高い鳴き声を上げながら床に落ちる。

敵の編成、地形に合わせて攻撃役を替えることで各々の負担を減らしつつ、一行は朽ちた遺構を進んでいた。幻影の瓦礫に隠された通路。足場があるように見せかけられた崩落した通路。侵入者を惑わす幻を回避し、遭遇する魔物を撃退しながら臭いの痕跡を追って奥へ奥へと進む。

そうして――広い十字路まで来たところでコルリスが臭いを嗅ぐ。破壊されたままで、剝ぎ取りをすることなく残されたオールドガーゴイルとルインイーターといった魔物達。戦いの痕跡。

コルリスの感知した臭いの痕跡は二方向に分かれている。ここで分断されたのだと、コルリスはそう理解した。

他の魔物とは明らかに違う、強い魔力の香り。迷宮入口で出会った冒険者。それとはまた違う者達——2人の残り香。

それを感じ取ったコルリスは冒険者の残り香を示すように、十字路の一方を指差す。一行も周囲の痕跡を見て守護者との遭遇現場であることを感じ取ったのか、表情を引き締めてコルリスの誘導に応じて移動を再開する。

広い通路から少し狭い脇道へと逸《そ》れて——やがてコルリスは更に脇道を指差す。そこは少し開けた場所になっていて……広場の中央では太い柱が崩れたのか、瓦礫が積もっているようだ。

「この広場？」

モニカが尋ねれば、コルリスがこくんと頷く。それを受けて慎重に内部の様子を窺《うかが》いながらモニカは広場の中へ歩みを進める。瓦礫で死角が多いので注意が必要だとモニカは考えたが——ラムリヤの操作している砂の行方を見て、すぐに不審な点に気付く。

「幻影で隠れているけれど、瓦礫の手前あたりの床が崩れているようだわ」

「だ、誰かそこにいるのか？　私達は、ここだ……！　ここにいる！」

モニカが声を上げると、女性の声が返ってきた。驚きに顔を見合わせるフォレストバードの面々と、肯定するように頷くコルリス。即座にアウリアが光の精霊を使役して、幻影を払う。すると……広場の真実の様が露わになった。中央部を横切るように長い亀裂が走っている。柱の瓦礫そのものも、元々どこにも存在していない。

「これは——」

その亀裂の底に……はぐれた冒険者達はいた。女冒険者が２人。亀裂の底で魔物の襲撃を受けたのか、オールドガーゴイルやルインイーターの残骸が転がっていたが、２人は無事なようだ。

状況から判断するに、瓦礫に身を隠そうとして亀裂の底に落ちたのだろうとモニカは推測する。無傷とはいかなかったようで、各々包帯を巻いており応急処置した後が窺える。亀裂から脱出しなかったのは、守護者がいるから救助を期待してのものか、或いは動けない程の傷なのか。

「待っていて。今縄を下ろして――」

モニカが荷物からロープを出そうとしたその時だ。コルリスが警戒を促すように唸り声を上げた。その視線は前方――他区画における迷宮の壁に相当する鬱蒼とした茂みの中に向けられていて。

「まさか……」

臨戦態勢を取ったコルリスに、アウリア達も身構える。めきめきと木々をへし折る音と共に、それが姿を現す。広場に隣り合った通路かどこかからアウリア達のことを感知して最短距離を突き抜けてきたのだ。それは――遺構の構造部と同じような装飾を外装に持つ大型のゴーレムだった。

オールドガーゴイルと同じくあちこち苔生しているが、その機能に遜色はない。副腕を備える光彩遺構の守護者、オブリビオンガーダー。

ガーダーは光を宿す丸い単眼で先頭にいたモニカを捉えるも――動きを見せるその前にコルリスが咆哮《ほうこう》と共に突っかけていた。魔道具で展開したマジックシールドを蹴って空中に跳ぶと、空中で結晶の鎧《よろい》を身体に纏ってオブリビオンガーダーに身体ごとぶつかっていく。砂が平面上に展開して、穴の底にいる負傷者２人を守るようにして足場を構築した。

「遭遇してしまっては仕方ない！　コルリスを支援するぞ！　この戦力で倒せなさそうなら皆での撤退の隙を窺う！」

「ああ！　フィッツ！　俺は向かって右だ！」

「応ッ！」

アウリアの言葉に応じて、ロビンとフィッツが駆けていく。正面から激突するコルリスを援護するように、副腕に向かって闘気の斬撃を飛ばしつつ、間合いを計るロビン。敢《あ》えて間合いギリギリに踏み込んで、攻撃の種類を見極めようとするように動くフィッツ。そこにオブリビオンガーダーの破壊音を聞きつけたのか、正面の破壊痕や広場に繋がる通路側から複数のオールドガーゴイル達が集まってくる。

「すまぬな。暫《しば》し時間を稼いでもらえるかの」

アウリアがそう言って、魔力を練り上げていく。

「任せてください！」

「ラムリヤちゃんも助けてくれるって！」

アウリアが状況を打破するような手札を持っていると判断したのだろう。要救助者を発見して赤転界石が手元にあるという現状、力を温存しておく理由がないからだ。ルシアンとモニカが杖《つえ》と弓矢を構え、ラムリヤの砂塵が3人を守るように渦を巻く。

そうして——戦いが始まった。オールドガーゴイル達の動きを砂塵が阻み、そこにルシアンの魔法とモニカの放った闘気を纏った矢が叩《たた》き込まれる。文字通り矢継ぎ早にモニカが矢を放ち、闘気を込めるタイムラグにルシアンがモニカの矢に強化の術を施して魔法の矢玉へと変え、更に自身も魔法を撃ち込む。時間稼ぎだ。２人とも出し惜しみをせず、迫るオールドガーゴイルを遠距離から粉砕していく。

砂塵を固めた拳が地面から叩き込まれて、オールドガーゴイルを破壊する。ラムリヤの援護だ。アウリアはと言えば、目を閉じて更に魔力を練り上げながら詠唱を行う。精霊の助力を乞う、祈りにも近い精霊魔法だ。

そこに近付けまいとコルリスとロビン、フィッツがオブリビオンガーダーと激突する。マジックシールドを蹴ってコルリスの巨体が跳ぶ。結晶を纏った爪をガーダーに叩きつければ、ガーダーもまた光り輝く魔力を腕から伸ばし、剣状に展開してそれを受けた。

火花が散って互いが弾《はじ》かれる。ガーダーの真正面で跳躍したロビンが闘気の刃を放ち、後方に弾かれたコルリスの背中から結晶弾が撃ち出された。同時に地面ぎりぎりを疾駆するように副腕を掻《か》い潜《くぐ》ったフィッツが踏み込む。

正面に目を向けていたガーダーは空中にいたロビンに攻撃を仕掛けるが――シールドを蹴って空中で体勢を変えて、ガーダーの横凪《なぎ》の魔力刃を回避していた。

ロビンの動きはガーダーの目を引きつける陽動に近い。即席の連携ではあるが、嗅覚で位置関係を把握するコルリスもタイミングを合わせてくれているとロビンは感じていた。

「おおおっ！」

裂帛《れっぱく》の気合と共に、闘気を纏ったハンマーがガーダーの膝に叩き込まれる。重い衝撃と共に金属音が響く。狙いは正確だが——関節を破壊するには至らない。外装をひしゃげさせた程度に留まる。

「ちっ！」

蹴り飛ばす動きを見せるガーダーに、フィッツは舌打ちをするとシールドを蹴って後方に宙返りをするように跳んでいた。直後にガーダーの足が振り抜かれ、暴風がフィッツのすぐそばを通り過ぎていく。フィッツをしてひやりとさせる風圧と重量。まともに当たればただでは済まないだろう。

ガーダーはフィッツを深追いすることなく、そのまま上方へと光弾をばら撒《ま》き、雨あられと光の雨を降らせてくる。

回避するロビンとフィッツ。背中から結晶弾を放って光弾を迎撃するコルリス。動けないアウリア達はラムリヤが砂塵の防壁で守り抜く、が。攻撃の途切れた一瞬を待っていたというようにオールドガーゴイル達が間合いを詰めてきて。モニカとルシアンが降り注ぐ光の中でガーゴイル達の迎撃に追われる。

ガーダーは装甲を破壊できそうな装備と能力を持つフィッツとコルリスに警戒を払うような動きを見せて、簡単には踏み込ませようとしない。副腕から光弾を放ち、広場全体への牽制《けんせい》と妨害を行いながらも四方八方から突っ込んでくるロビン達と切り結ぶ。

「くっ、まだ新手が！」

そこに更なる新手も駆けつけてきて……消耗の分だけ不利になるかと思われた、その時だ。

「来たれよ！　大地の乙女ノーミード！」

契約精霊をアウリアが顕現させる。高めた魔力は土の精霊の糧とするものだ。一瞬膨大な魔力が膨れ上がり、その場に現れた小さな土塊に向かって集束すれば――土塊が形を変えて、土で作られたような少女が姿を見せる。額に宝石。身体に緑のドレス。

ノーミードは状況を把握するように視線を巡らせ……そうして腕を振るう。魔力の波が地を這《は》うように広がっていき、オールドガーゴイルに触れた瞬間に。

石で作られたガーゴイル達は、制御能力を超える干渉力を持った土の魔力を浴びて、纏めて粉砕されていた。

ノーミードはロビン達に視線を向けると、ガーダーの光弾を阻害するように幾つもの土の壁を生み出す。攻撃を防いで役割を終えた土壁は自ら道を開けるようにロビン達の行く手を開いて――。

「こいつは良いッ！」

「凄《すご》い……！」

ロビンとモニカが同時に声を漏らした。

「ふっふっふ。今出せるありったけの魔力をくれてやったからの！　まだまだ、こんなものではないぞ！」

地面にへたり込みながらもアウリアが笑って拳を突き上げれば、ノーミードが応じるように煌《きら》めく魔力を両手の上に宿し、吹き付けるようにコルリスとラムリヤに飛ばす。

土と砂。どちらも大地に関わる属性の魔物と魔法生物だ。ノーミードの祝福を受けたコルリスとラムリヤの魔力が爆発的に増大する。コルリスが咆哮し、ラムリヤの周囲に砂塵が猛烈な勢いで渦を巻いた。

コルリスの全身から余剰魔力の火花が散って、結晶の棘《とげ》を全身に生やした球体のような有様になると、回転しながら身体ごとぶつかっていく。ラムリヤの放った砂の渦がガーダーの足を取って、動きを封じていたからだ。回避は――できない。凄《すさ》まじい衝撃と共に、魔力の剣を交差させて受けようとしたオブリビオンガーダーの身体が大きく揺らぐ。

ノーミードの放つ土の波に乗って、ロビンとフィッツが滑り込むように突っ込んでいく。ガーダーは姿勢を崩しながらも光弾で迎撃を試みるが――回避も防御もノーミードが受け持つというように土の波でロビンとフィッツを高速で滑らせ、土の壁を作り上げて光弾を弾き散らした。

「そのまま闘気を高めて突っ込め！　攻撃に集中ッ！　残りの些事《さじ》は任せよ！」

「良い作戦だッ！　気に入ったぜ！」

「やるぞ！　フィッツッ！」

「ああっ！」

ありったけの闘気を振り絞って、2人の手にする武器が眩《まばゆ》い輝きを纏った。ガーダーの攻撃をすり抜け、防御を掻い潜り。ロビンは先程フィッツが攻撃を叩き込んだ脚部へ。フィッツは副腕の接合部目掛けて土の波に乗って跳ぶ。

「おおおおおっ！」

「はあああああっ！」

2人の気合の声が重なる。弾丸のような速度でロビンがひしゃげた装甲の隙間に渾身《こんしん》の斬撃を叩き込み、全身を大きく反らしたフィッツが副腕の繋がる背面接合部目掛け、膂力《りょりょく》全てを叩き込むようにハンマーを振り下ろす。

脚部が切り飛ばされて、副腕が根本から弾け飛ぶ。体勢を崩して地面に倒れたオブリビオンガーダーが目にしたのは――広間の直上に位置取ったコルリスの姿だった。

両の前脚を頭上に掲げて。そこに巨大な結晶の杭《くい》が構築されていた。ラムリヤの砂の渦が結晶の杭に纏わりついて、周囲に余剰魔力の火花を散らす。

コルリスの咆哮。振り下ろされる前脚と共に巨大な結晶の杭が眼下のガーダー目掛けて解き放たれる。迫る結晶に抗《あらが》おうと両腕から魔力を噴出させて魔力剣を強化してそれを受ける。

が――拮抗《きっこう》することができたのは僅かな間だけのことであった。火花と轟音《ごうおん》。魔力剣を散らし、腕をひしゃげさせて、胴体目掛けて結晶の杭が突き刺さる。渦巻く砂塵がガーダーの身体を破損部から真っ二つにして、細かな部品、破片、瓦礫を諸共に弾き散らしていくのであった。

◆◆◆◆◆

光と共にアウリア達が迷宮入口の広場まで戻ってくる。

「いやはや。中々大変じゃったな！」

赤転界石を用いて脱出してきて、要救助者と同行者全員が揃っているのを確認したところで、アウリアは明るい声で言った。

それに気付いた周囲の者達は――アウリア達の帰還を待っていたのだろう。歓声と拍手を送る。

アウリアとフォレストバード達は嬉しそうにそれに笑って応じ、コルリスとラムリヤはぺこりとお辞儀をする。救助された冒険者達2人は、そんな様子に少し笑いつつも安堵の表情を見せていた。

「本当に……助けてもらってありがとうございました」

「ああ。今度ばかりは駄目かと思った」

「いや、無事で何よりだ」

「そうですねぇ。助かって良かったです。この状況は少し恥ずかしいですけど」

2人の言葉にロビンとルシアンが笑って応じる。アウリアやフィッツ、モニカも快く頷いて応じる。

「無事だったか……！　良かった！　ありがとう！　本当に、ありがとう！」

駆け寄ってきたのは要救助者の2人の仲間達。冒険者達は抱擁し合って無事を喜び合い、また新しい拍手と歓声が沸き起こった。

「ふふ。本当にみんな無事で何よりだわ」

更に前に出てきたのはステファニア姫とエルハーム姫だ。隣には護衛の騎士達。それからテオドール達の姿もあって。

「守護者の撃破と全員での帰還、喜ばしいことです」

テオドールも笑みを浮かべて一礼する。

「怪我《けが》をしている方は私が」

と、アシュレイが救助された2人に駆け寄っていく。

「これは皆様。心配をおかけしてしまいましたな」

居住まいを正す冒険者達を余所《よそ》に、アウリアが応対する。コルリスを連れていったのは五感リンクで繋がっているステファニア姫にも伝わり、そこから後詰めになってくれることを期待してのものであったが、テオドールにも声をかけて援軍として駆けつけてくれたらしい。

といっても治癒術師が不在なら先に脱出してきた冒険者達の治療もできず、区画に直接飛べる者を確保できなかっただろう。その場合は誰かを一度脱出させて案内役として連れて来て貰《もら》うような手順が必要だったはずだ。

その役割としてはコルリスが適任だったから、先行してコルリスだけ脱出させて援軍を連れて来て貰うというプランもアウリアにはあったが、その時は援軍の到着をどうにかコルリス抜きで凌《しの》ぐことになっていたに違いない。

結果から言うなら……同行した面々で守護者を討伐して要救助者も無事、救助側に怪我はないという、最高の結果ではあった。戦力は足りたが、いずれにしてもこうして駆けつけてくれたというのは喜ばしいとアウリアは頷く。

「コルリスも、ラムリヤも……良く頑張ってくれたわね」

「2人とも、ありがとう」

ステファニア姫とエルハーム姫が、コルリスとラムリヤに労《ねぎら》いの言葉をかける。そう言われた土竜とトビネズミはこくんと揃って頷く。

「これは何か……ご褒美を用意しないといけないわね。んー。たっぷり魔力を込めた鉱石、とか？」

「それなら……ラムリヤは魔力補給？」

笑顔で顔を見合わせるステファニア姫とエルハーム姫の言葉にコルリスが期待を込めて首をぶんぶんと縦に振り、ラムリヤは感謝するというようにぺこりとお辞儀をした。そんな反応にその場にいる面々から明るい笑い声が漏れる。

「ふっふ。儂らの予定は変わってしまったが、コルリスの目的は達成されたようで何よりじゃな」

「ああ。そうだ。調査はどうするんだ？」

「うむ。フォレストバードの皆も流石《さすが》に疲れたじゃろう。急ぎではないし、日を改めるというのがよかろう」

そうして話は纏まり、アウリアも精霊の増強に魔力を相当使って疲れたとのことで解散となった。アウリアが召喚した土の乙女にもみんなで感謝の言葉を伝えて別れる。精霊もまた楽しそうに笑って手を振って、元いた場所に還《かえ》っていくのであった。

それから後日——ギルドから協力の感謝状と共に、特注の魔石板が工房にいるエルハーム姫の下に届けられることになる。

コルリスと共に揃いの魔石板を身に着けたラムリヤが、どこか誇らしげにエルハーム姫にその姿を見せていた、と。コルリスもステファニア姫から魔力を込めた鉱石をもらってご満悦だった、と——アウリアやフォレストバード達は、テオドールからそんな話を聞かされて、嬉しげに笑みを浮かべたのであった。

あとがき

いつも拙作をお読みいただきありがとうございます、小野崎えいじです！

というわけで『境界迷宮と異界の魔術師』13巻を無事読者の皆様にお届けする事ができました！

また、このあとがきを書いている時点でコミック版4巻に関しての刊行作業も順調に進んでおり、こちらに関しても皆様に楽しんで頂けたら嬉《うれ》しいなと思っております！

こうして書籍版13巻やコミック版4巻を刊行できますのも読者の皆様の応援や関係者の皆様のお陰です！　改めて感謝を申し上げます！

13巻に関してですがバハルザード王国の騒動も一段落し、本来の目的である魔人の謎を探るための聖地の調査を進めていく内容となっております。以前から幾度か登場人物達《たち》に言及されていた、ヴェルドガル王国の公爵家の登場とそれにまつわるエピソードも収録されておりますね。

また書き下ろしの内容に関しては、12巻に収録されていた番外編から直接繋《つな》がる話というわけではないのですが、関連性のある続編扱いという事で番外編初の試みもしております。テオドール達以外の登場人物の活躍も描かれておりますので、併せて楽しんで頂けたら幸いです！

というわけでまた次巻のあとがきにて皆様にご挨拶できましたら望外に存じます。ではでは。

小野崎　えいじ

作品のご感想、
ファンレターを
お待ちしています

あて先

〒141-0031　東京都品川区西五反田 7-9-5 SGテラス5階
オーバーラップ編集部
「小野崎えいじ」先生係／「鍋島テツヒロ」先生係

スマホ、PCからWEBアンケートにご協力ください

アンケートにご協力いただいた方には、下記スペシャルコンテンツをプレゼントします。
★本書イラストの「無料壁紙」　★毎月10名様に抽選で「図書カード（1000円分）」

公式HPもしくは左記の二次元バーコードまたはURLよりアクセスしてください。
▶ **https://over-lap.co.jp/865547269**
※スマートフォンとPCからのアクセスにのみ対応しております。
※サイトへのアクセスや登録時に発生する通信費等はご負担ください。

オーバーラップノベルス公式HP ▶ **https://over-lap.co.jp/lnv/**

境界迷宮と異界の魔術師 13

発行　2020年8月25日　初版第一刷発行

著者　小野崎えいじ
イラスト　鍋島テツヒロ

発行者　永田勝治
発行所　株式会社オーバーラップ
〒141-0031
東京都品川区西五反田 7-9-5
校正・DTP　株式会社鷗来堂
印刷・製本　大日本印刷株式会社

ISBN　978-4-86554-726-9 C0093

【オーバーラップ　カスタマーサポート】
電話　03-6219-0850
受付時間　10時～18時（土日祝日をのぞく）